译文纪实

PATIENT OHNE VERFÜGUNG
Das Geschäft mit dem Lebensende

Matthias Thöns

[德]马蒂亚斯·特恩斯 著　王硕 译

临终困局

上海译文出版社

目 录

再版自序 / 1
前言 / 10

1 肺器官衰竭：最后一口气不意味着死亡 / 19
2 强行化疗 / 34
3 外科手术：德国是手术世界冠军 / 54
4 心脏衰竭：医学光环带来昂贵的高科技医疗 / 62
5 无助的植物人 / 75
6 透析：有利可图的洗肾 / 89
7 痴呆症：向失忆的人收账 / 96
8 放疗：盈利的源泉 / 105
9 人工营养：利润丰厚，但往往没有意义 / 114
10 病痛：治疗越少越好 / 121
11 紧急医疗：不允许死亡 / 135
12 姑息治疗：提高生活质量，减少开销 / 152
13 钱的问题 / 170
14 死亡延期联盟 / 217
15 展望，或者希望 / 221

附录一 / 236
附录二 / 245
致谢 / 252
注释 / 254

再版自序

说实话,当《临终困局》一书于 2016 年 9 月出版时,我真没想到自己会遇到这么多严厉的反对声音。尤其在我的家乡维腾,很多同行都被激怒。维腾当地的报刊编辑部把我叫去进行危机谈话——那是我这辈子最难熬的六十分钟。据说,这本书诬蔑了医生,而且其中的批评过于笼统、极端,过于挑衅或者迎合大众。它让整个医生群体都惹上了麻烦。而且书中的叙述并不符合事实,数据也不对。有人甚至要直接断绝和姑息治疗网络的业务往来。不幸的是,这些人在接下来几个月里真的说到做到:我的团队所接待的需要帮助的临终病患数量减少了三成——我个人的感觉是,有人宁可不让病患接受姑息治疗,也不愿和一名"把家丑外扬的恶人"继续合作。有人批评这本书导致医患之间重要的信任关系变得敏感,这是有道理的。我本人也担心这点,为此经常失眠。

我总是强调,我所描述的是医学的黑暗面。我也清楚,医学同样有它光明的一面。我非常佩服癌症和强化治疗领域的现代医疗手段及其成果,也认识很多优秀的护理人员和医生。此外我还知道,除了经济上的诱惑,导致过度治疗的还有其他因素。不过后者的情况并非卑鄙无耻,并且据专家的评估,也不那么常见。

在此书出版后的几周内,我的个人生活也发生了极大变化:我的爱人进入孕晚期。总之,我的压力很大。和很多人一样,如果感到压力大,我的腰就会犯病。这时候就算我不断对自己说——特恩斯,这只是"心理效应"罢了——也无济于事。因此我更加为站在自己身后的、了不起的团队感到欣慰,也为2017年1月儿子诺亚的出生而感到非常幸福。

在读书会上,如果提起在《临终困局》出版后我所遇到的那些反对者,我会引用一段经常令现场观众捧腹大笑的历史名言:早在古希腊时代,传递坏消息的人就会受到惩罚,到了中世纪他会被斩首。而中国有句古话说:"讲真话的人需要一匹快马。"

但是,我身边的同事、朋友,尤其是病患及其家属,带来的反馈全部是积极的。至此,我已经收到1000多份信函,其中只有几封是批判性质的,它们代表的观点,如"我的医生很棒",或者"医生们的压力太大",我当然不反对。尽管信箱里有那么多令人毛骨悚然的报道,我仍坚信,我的同行中的大多数是遵守医德和人道的。媒体对他们的报导也大体持肯定的态度。

早在《临终困局》出版之前,我曾尽力让更多人关注本书第一章所述的重症监护病患的过度治疗问题。幸运的是,我收到德国电视一台(ARD)《监视器》栏目组的邀请。记者约亨·泰斯勒(Jochen Tassler)和一位女同事装扮成一对兄妹,走访了不同的重症监护医疗服务机构。在隐藏的摄像头下,他们讲述了虚构的有关自己父亲的故事,并出示由我准备的医生诊断记录:几年前脑溢血后,他们的父亲就处于植物人状态。

如今老人家必须转移到别处，因为他的生前预嘱阻碍了目前的加护治疗服务。这份生前预嘱反对使用人工呼吸。这两位记者假扮的兄妹还大言不惭地提醒，父亲应该——尤其考虑到他丰厚的退休金——继续使用人工呼吸。总共六次谈话中，有五次的内容令人震惊：有人建议，让这份生前预嘱消失，或者篡改它。假儿子随即提出疑惑，怎么可以做这种事，他得到的回答是："那您就换个思维方式。"一家服务机构竟然就这样夸口，把病人的生前预嘱当成儿戏。沃尔夫冈·普茨律师（Wolfgang Putz）在一次采访中表示，如此行为已构成犯罪："掩盖证据，伪造证据，人身伤害……"尽管这个节目早在 2016 年 9 月就播出了，但至今没有任何一位德国检察官对这个越发壮大的病患群体感兴趣——将死之人的背后没有为他撑腰的势力。

如果我们意识到，只有五分之一的重症监护医生了解病患在离世前最后治疗阶段的意愿，那么上述病患群体被忽略的事实就更为明显。[1]如果考虑到，如今有四分之一的德国人在重症监护室里去世，这其中 70％ 的病患只有在医生决定停止强化治疗之后才能够，或者被允许死去，那么过度治疗就不是一个边缘问题了。[2]

而且，那些接受强化治疗后的幸存者的状况也不容乐观。"慢性而危急的病态"就是形容这类患者最普遍的画面，也是我们的祖辈及其前辈根本没必要遭受的痛苦。仅仅十天的人工呼吸就让 70％ 的病患遭受肌肉神经方面的病痛，后者还会引发极度虚弱、呼吸衰竭和吞咽困难。[3]尽管有少量病患能够熬过一年的人工呼吸期，但他们中的大多数会患上精神障碍，这相当于中等程度的老年痴呆。[4]

当然，也有带来希望的消息：前不久，有一位医生因过度治疗被州立高级法院制裁。他必须缴纳一大笔赔偿金,这在德国司法史上是第一次。[5]沃尔夫冈·普茨律师曾多次在联邦最高法院为患者争得姑息治疗的机会。这次,他为原告,即患者儿子辩护。我因需要写鉴定而研究了档案记录,并目睹了悲惨的画面。那么到底发生了什么?

原告的父亲82岁,自1997年起因大脑萎缩症而处于法定监护之下。2006年进入一家护养院后不久,患者被送往医院。在没有告知当时居住在美国的患者儿子的情况下,患者因为有营养不良的迹象而被插上胃管。之后患者再无法控制排便和排尿。由于语言表达能力在几个月前就丧失,相关人员自称无法确定患者对此事的意愿,之后的决定由一位专业护理人员负责。患者因关节错位加重而几乎无法动弹。2008年,医生确诊患者越发严重的肌肉僵化,以及带来极大疼痛的四肢痉挛。但强化治疗手段有效地阻止了患者的死亡。如果他的情况再次恶化,就会再次被送进医院。2011年,当胃管引起营养过度,从而再次引发肺炎后,患者被送往医院治疗。最终,尽管施行了各项治疗手段,患者还是去世了。此前,负责他的医生不仅给他开了人工营养,还对他进行了防癌措施和多次实验室检测,在他生命最后几个星期里还服用了抗生素,并注射了流感疫苗,对呼吸道进行抽吸。在这期间,没有使用任何止痛药。遗憾的是,如此悲哀的治疗过程并非特例。只要为脑疾病患实施足够长时间的强化治疗,以阻止他的死亡,那么接下来他就会陷入上述的可悲境地。

在患者去世前,他的儿子就反对这些令人毫无尊严的治疗。为此他聘请过很多律师,但都无法越过那位专业护理人员,也就是当时替父亲做治疗决定的人。由于患者并没有需要人工营养的指征，患者儿子最终起诉了相关的医生。负责此案的医学法律协会的法官明智地解释道："被告履行职责时的过失导致患者的痛苦被延长，从而构成可赔偿的损失……不可逆转的大脑损伤导致患者即使在有帮助的情况下也无法进食，因而使用胃管为这样一名患者输入营养，正是对一个人的正常发展过程（包括死亡过程）的违背自然的干预。"赔偿金成为患者遗产的一部分。普茨律师在一次访谈中阐述了这次明智决断的深远影响：从今往后，医生倘若在没有医学指征，或者在违反患者意愿情况下延长患者痛苦，他就必须向患者遗产继承人缴纳赔偿金。此外他还得面对医疗保险的索赔。在系统发展产生畸形的地方，只有法律制裁能进行矫正。这一点被一项新的研究所证实：倘若医生必须为过度治疗而进行赔偿，他们就会成为更好的医生。[6]

《临终困局》一书的出版也在癌症治疗领域激起了千层浪。我对很多癌症治疗的批评被专业人士认为是"业余水平"，他们觉得我对抗癌治疗领域最先进的突破性成果一无所知。但根据研究，在被批准的抗癌药物中，只有四分之一的药是因为明显有益于病患的治疗，即延长寿命，而被批准使用。其他药物被批准归功于它们带来某些辅助参数的好转，比如X光显影的好转，或者化验结果的变化。但这些抗癌药是否对患者有益还不清楚。去年年底，享誉盛名的伦敦国王学院的研究员检测了被推崇的抗癌新药。[7]但结果令人悚然：所有68种最新批准的抗癌药物治疗中，90％的情况只用于已经没有治愈希望的患者，其目的只是将生命略微延长。这样的病患也是我每天都接触的，所以我很了解，他们中的大多数尤其希望能提高生活质量。现代姑息治疗的创始人，女医生西塞莉·桑德斯（Cicely

Saunders）曾精辟地总结：我们的目标"并非要活更多天，而是要每一天更好地活着"。然而，在新抗癌药物研究中，没有一项（！）把生活质量作为首要的研究对象。在被检测的68种抗癌药中，只有两种提高了患者的生活质量，延长了寿命。另外9种（即13%）能提高患者的部分生活质量，如改善患者的呼吸状况，但并不会影响患者的寿命。然而疼痛状况是否有所改善，仍不属于药物获得批准的准则。从数据角度看，像呼吸状况这样的次要准则简直就是胡扯：就好比让一个班的学生都去扔骰子，总会有一个学生会扔出"6"——可这并不能证明，这名学生就比其他人更会扔骰子。

很明显，以这样的数据为基础，副作用很大的抗癌药也会被批准。就算经过了将近六年的观察期，有一半的患者使用后没有效果。另外"有效果的一半"，患者的寿命平均被延长了不足三个月。也就是说，患者通过长期服用有毒的药物而多活了三个月。研究中并未提及药物的副作用和患者的耐受性。伦敦的学者自己也承认，这项研究的大部分成果对患者来说是没有意义的，并在最后指出："如果昂贵的、没有治疗实际意义的药物被批准，并由医疗保险支付，那么患者个人的治疗就会受到不良影响，重要的资源被浪费，公正的、支付得起的医疗措施被埋没。"

我曾接触过一位病患，是一位患有乳腺癌的年轻女性。她服用了阿瓦斯丁，并接受了本书极为诟病的、极为昂贵的化疗。在接受德国电视一台《监视器》栏目组采访时她说："如果现在有人对我说，'通过化疗您能多活两年，但不做化疗只能活一年'，那我会选择快活地活一年。"在节目报道中，知名专家和欧洲药物许可检测部门都确定了治疗结果。[8]英国的这项突破性研究在《德国医师报》(Das Deutsche Ärzteblatt) 至今未提及。相反，这份德国报刊详细报道了一个依赖医药企业资金的委员会。后者企图通过一项有争议的准则，以简化抗癌药物的审批程序。至于为何不提及连《每日新闻》和《监视器》栏目都在报道的研究，《德国医师报》解释，每年都有六千多项研究，不可能每一项都提到。

但令我极为愤怒的是，这样的药至今仍旧被批准和使用。其中三种抗癌药的销量在德国名列前茅。根据技术人员医疗保险（Techniker Krankenkasse）的推算，这些药物的开销占据了抗癌治疗费用的 20%。这项上亿欧元的产业，带来的是无法证实的期望。

然而，能延长癌症患者寿命、提高生活质量的姑息治疗却极少被实施。其实，每一位被诊断为"无法治愈"的病患都应该自动接收姑息治疗，这也是几年来国外一贯推行的策略。如今，路德维希-马克西米连-慕尼黑大学附属医院，也是提供德国最著名、最活跃的姑息治疗的机构，公开了在这里住院后一年之内去世的癌症患者档案。几乎所有患者都应该获得姑息治疗。但事实上，只有 1.9% 的病患接受了三周以上的姑息治疗。[9]这项调查结果被刊登在相对并不出名的美国癌症研究杂志上，在德国却没有被讨论过——并且，您或许已经猜到：《德国医师报》对此没有任何报道。这是否因为这家报刊的资金主要来源于医药广告呢？

我很高兴看到很多积极的反馈和向正确方向迈出的小步伐。《临终困局》不仅进入《明镜》畅销书榜的前五名[10]，还曾在社交媒体流行书榜上排名首位，并且被《科学画报》(Bild der Wissenschaft) 评为最受读者喜爱书籍[11]——这些都体现了大家对这个重要议题的认同。就连德国电视二台在滑稽短剧《奶奶归谁管？》（Wer kriegt die Oma？）播出后，晚间喜剧节目《天哪，西贝尔》（Mann，Sieber！）也讨论了这个话题。没有什么能比这么精彩的四分钟电视节目更好地概括本书提供的信息了。国际医学权威杂志《柳叶刀》专门用一期分析了这个问题，其总结是："与过度治疗抗争的关键是，通过对收费制度的结构化来限制医疗行业的贪婪。"联邦议院和联邦参议院咨询委员会主席、家庭医生格拉赫教授（Prof. Gerlach）也提出了相应的警告：错误的模式还在激励着医生、太多的医院，以及太多不必要的业绩。柏林医学协会主席君特·约尼茨（Günther Jonitz）也恰如其分地总结了这种情况："医院向企业的转型是一种历史性的错误……如今，医疗和护理的重点不再是病人，而是诊断、医疗干预的数量和病例价值。"

  2017年初，我受时任卫生部长赫尔曼·格罗赫（Hermann Gröhe）的邀请来到波恩。在喝咖啡和吃糕点的同时，我做了相关报告。尽管他对报告中的问题表示关注，并承诺对主任医师合同中出现的，如今已经禁止的奖金规定[12]进行核查——但并没有采取任何实质行动。为了揭示这些可疑的协议所导致的后果，两位来自不来梅的医疗保健研究人员，维坎普教授（Prof. Wehkamp）和奈格拉教授（Prof. Nägler）进行了调查，结果揭示：在接受匿名调查的资深医生中，大多数人承认自己出于经济上的诱惑而使用心脏导管，还有其他在治疗上并没有必要的高成本手术。人工呼吸的时间长短也取决于酬劳。这些行为绝不是轻微的罪行，律师称它们为欺诈、人身伤害甚至过失杀人。被询问的医生多次强调，"这样的情况"根本不应该存在，是一定要改变的。85％的受访医院董事承认，就在他们自己的医院里，已经被禁止的奖金合同仍旧存在。真正令我感到悲哀的是其中一位医生的陈述，这位医生的陈述也是对这个变态的医疗系统的总结：他承认，倘若早产儿病房的床位空着，他的诊所便会推荐剖宫产。这意味着：让新生儿通过早产而遭受健康上的风险——而医院会因照顾早产儿获取巨大的收益。我对此无言以对。

这样的案例显示，为什么我们不能继续袖手旁观，为什么继续关注和了解过度治疗是如此重要。尽管证据确凿，但对于许多决策者——例如健康保险公司科纳普沙夫特（Knappschaft）[13]——仍然"怀疑所描述的错误激励措施是否真的在住院部门中普遍存在"。很显然，这些人没有看过医疗保健专家委员会的最新报告。报告提到，"过度治疗是医疗和经济方面的核心问题"。

只有当这个话题引起一定的公众关注时，医疗界、保险公司和政界才会真正介入并进行规范调整。这就是我为什么鼓励（可能成为）患者及其亲属的您，用批判的眼光看待诊断结果。若有疑问，就争取第二医疗意见。尤为重要的是，为自己的预防保健计划做规划。本书附录中的生前预嘱模板可以帮您朝这个方向迈出重要的一步。

2018年8月于维腾

前 言

当我还是个年轻的医科学生时,就受到治病救人这个理念的极大鼓舞,于是我立志要成为一名急诊科医生。为达此目的,我参加了麻醉师培训,因为没有任何一项专业培训能让人如此全面地学习和运用救人所需的所有技能。我在麻醉科的第一份工作,是在一位非常仁善的主任医师手下任职。他把自己当成患者的律师。比如,在确认病情不会好转的情况下,他会拒绝参与高风险的手术。他就是我们的后盾,让我们这些初入职场的新手们,即便在众多外科医生面前也颇有自信,因为这些人也未必能做到正确评估自己的能力界限,认清他人的本质。

进修期间,我的下一份工作是在一所"高级看护诊所"任职。在这里,我的老板成立了当时在德国还属于新学科的疼痛医疗专科,并由此深刻影响了肿瘤疼痛治疗。我们大家都亲切地称呼他为"疼痛治疗教父"。也是在这里,我见证了许多已病入膏肓的老年患者所承受的、费用近乎天价的手术。在我看来,这些人所经受的艰难的术后强化治疗,存在着很多不合理之处。在很多情况下,治愈已经不可能,那些看上去无止境的强化治疗带来的只是痛苦:无法愈合的、发臭的伤口,腹脏内伤,胡言乱语,目光呆滞,因痛苦而狰狞的脸,还有亲人的绝望,以及终究无法避免的死亡。

对医学如此这般的理解,令我越发心情沉重。作为医生的我,该如何向病人解释,一次高风险手术的目的,就是为了让他在接下来的短暂时光里忍受术后的痛苦?因此,我必须摒弃这种任由他人决定患者治疗的医治方式,并建立自己的诊所——这也是我在十八年前做出的决定。由此,我终于能遵循自己的信念,行使医生的职责。诊所开业后不久,有一次,我因紧急情况来到波鸿的一家临终疗养院。眼前这位病患正处于煎熬中,于是我通过输液立刻缓解了他的病痛。在这家医院里的经历令我无法忘怀:那里的氛围,热心的护士,还有病人的痛苦和希望,这些都给我留下了极其深刻的印象。很快我成为这里的四名临终关怀医生之一,在这里我学习了很多,尤其是从护士那里。我开始经常陪伴临终病患回家,并且得到越来越多的同事、志愿者和热心护理人员的支持。我们一起在波鸿和维腾两个地方建立了姑息治疗网络(Palliativnetze)。[1] 这样的日常工作让我看到,每个生命的最后阶段是多么独特,每个人的意愿和需求是多么不同。有的人在妻子温柔的抚摸下、在祈祷声中安详离世,也有人在爱人们的抽泣声的陪伴下,竭尽最后一丝力气和死神博弈。决定一位患者生命旅程最终阶段的,不应该是身为医生的我,而是病人自身及其状况——这是我们都必须接受的事实。

很可惜,就如患者格哈德*的经历所示,许多我的同行并

---

* 由于保密义务,医生必须严格保护患者隐私,本书病例中的人名和相关情况都做了调整。

不这么认为。2008 年初，我参与了他的治疗。当时格哈德年近八旬，曾是一名水管工。他热爱大自然，喜欢钓鱼、徒步旅行。有一天，他的女儿发现他已经无法拿稳鱼竿。一位有经验的神经科医生做出了令人沮丧的诊断：肌萎缩性脊髓侧索硬化症，简称 ALS＊，以及中度的老年痴呆†。格哈德行动越来越吃力，伴有反复发作的呼吸道感染，甚至引起过急性窒息。

大多数情况下，格哈德会拒绝别人的关照，拼命把送进嘴里的药吐出来，并随意攻击周围的人。也有的时候，他就无助地、面目呆滞地躺在床上。他已经丧失了排泄节制力‡。没过多久，家人无法让他一个人呆着。他开始大喊大叫，拒绝饮食，身体变得越来越虚弱。格哈德已经无意继续活在这个世界。为了防止他饿死，精神科医生建议马上启用经皮内视镜胃造口管§。格哈德的妻子同意了医生建议，毕竟这位医生表示，插管已无法避免了。

胃管设置好后＊＊，格哈德仍不断尝试把插入肚子里的管子拔掉。于是他的胳膊被固定在床沿护栏上，再后来因为病情恶化，他的胳膊再也无法动弹了。随着肌肉萎缩，他连呼吸也变得越来越弱。有一天，他的妻子吉泽拉（化名）发现躺在床

＊ ALS，也被称作"伊曼朵夫病"（Immendorf-Krankheit），轻则肌肉萎缩，重则完全失去活动能力。最终因呼吸困难导致患者死亡。
† 即大脑萎缩症状，目前德国养老院里的 40% 的住户患有老年痴呆，且趋势呈上升之势。
‡ 排泄节制力丧失意味着无法控制大小便。
§ 即 PEG 胃管，从腹部插入胃部的塑胶软管。
＊＊ 格哈德在医院被设置胃管以及两天的住院费用：2297.49 欧元。同样的操作在专科医生诊所的费用为 105 欧元 + 胃管费用（约 90 欧元）。胃管设置操作需要大概 5 分钟。

上的丈夫脸色铁青*，呼吸困难，于是马上呼叫救护车。急救队赶到后，格哈德的心跳已经停止了好几分钟。其实这时候可以确定：从医学角度讲，这个人已经临床死亡。这简直就是死神给予他的怜悯。

但急救人员开始竭力抢救，急诊医生把呼吸管插入他的气管，电休克使他的心跳恢复。补液马上注入身体，支持血液循环的药物开始起作用。†

格哈德必须继续活着。尽管医院采用了全方位的重症监护治疗，格哈德仍旧无法自主呼吸。他再也不会醒来了。心跳停止后，他的大脑缺氧太久。经过整整两个月的强化治疗后，他被送回家，连同他的人工呼吸机和一套急救医疗设备。‡

从此，一支医护团队昼夜不停地守护在他床边。客厅变成了重症监护室：到处都是输液架、人工呼吸设备、氧气瓶、嘟嘟响的监护仪屏幕、发出吮吸杂音的抽吸装置，还有带震动功能的特殊床垫。

就这样，格哈德在床上躺了一年多，期间多次被送往医院急救§，因为每当呼吸气管被痰堵塞，就会出现窒息。这种经常发生的窒息令病人极其痛苦，它也是导致病人死亡的最常见因素：被活活憋死。格哈德反复发作的肺炎和肾盂肾炎也在医院得到治疗。有时候他的脸上会呈现疼痛的表情，除此之外没有任何肌肉收缩的迹象。

---

* 脸色铁青意味着缺氧到了最严重的状态。
† 在德国，这样的紧急医疗服务包括救护车的费用，在鲁尔区是 1028 欧元。
‡ 三个星期的重症监护治疗，包括人工呼吸和透析的费用：45561.33 欧元，即每日开销 2169.59 欧元。
§ 比如 12 天的加重症监护治疗费用：22055.66 欧元。

通过报纸上的一篇报道，吉泽拉注意到让丈夫在家里进行姑息治疗*的可能性。于是我们见面，谈了很久，并且很快就接下来的治疗目标达成一致。我们尤其认同，继续对格哈德使用人工呼吸完全违反了一个人存在的尊严。但是吉泽拉太害怕了，以致无法鼓起勇气关掉格哈德的呼吸机，拔下他的氧气管。"一个医生绝对不能这么做，这就是谋杀！"——这样的话她之前在医院里听到得太多了。但不管怎样，她还是同意限制治疗。往后不再送格哈德去医院，出现危及生命的炎症时不再使用抗生素。肺炎被称作"老人的朋友"不是没有道理——死亡经常出现在无痛苦的昏迷中。

几天后，那是一个星期六的上午，我接到电话后马上赶往格哈德的住所。呼吸机屏幕上显示气压警告，脉搏显示也不正常。这一幕，我永生难忘。格哈德其实在一天前就去世了，他的尸体已经变得僵硬。尸斑已延伸至身体的侧面。没有人发现他已经离世，以为他体内还有东西在动。呼吸机在对抗一具僵尸，并不断发出警告，因为肺部的气压太高。没有人察觉到已经拖延了如此之久的死亡。

尽管去世已经一天，但医疗保险仍旧需要为这一天的医疗服务支付 800 欧元。这就是毫无意义但获利颇丰的过度治疗。没有任何医疗保险机构对此进行查问。

当然，这应该是极端案例。但在德国每天都上演着类似的案例。过度治疗成了一项最大限度延迟病患死亡的业务，并且系统化地忽视了患者自身的意愿。姑息治疗领域的著名人士，

---

* 姑息治疗，即减少病痛的治疗。一个由医生、护理人员和志愿者组成的网络（"姑息治疗网"）正在努力改善临终病患的待遇。

吉安·多梅尼科·博拉西奥（Gian Domenico Borasio）教授曾写道："差不多一半病入膏肓的患者所接受的临终治疗，如化疗、放射治疗、人工营养或者抗生素，都是徒劳的。"[2] 我想，无论会受到同行们怎样的痛斥，我都必须马上将这些弊端详尽而坦诚地公之于众，并揭露一切可怕的后果。经过深思熟虑，我决定写下此书。

医学的任务是治愈，或者至少减轻人的病痛。然而这个初衷，在我们使用昂贵的高科技治疗手段时，偏偏也在病人最为艰难的同时，就完全被遗弃。现代医学本应尽可能地给临终病患创造生活质量，但如今却通过天价的，往往多余的、令人极其痛苦的治疗——甚至在违背病患本人意愿的情况下——折磨着病人。

这个错误源于我们的医疗体系。它错误地鼓励人们使用医疗器械，不断采用新式化疗和大型手术。它的逻辑让医生以及顶着经济压力运作的医院和疗养机构，在系统允许的范围内尽可能地消耗资源。由此，过度治疗得到鼓励，而减少病痛的治疗则受到惩罚——至少在经济层面上。我们的医疗体系生病了。

通过此书，我希望能将大家的关注点集中到患者身上，即他们的真实所想，以及有意义的治疗。愿此书能唤醒读者，让我们更多地关注这个充满矛盾的医疗系统，因为这样一个系统的存在目的仅在于"尽一切可能"延长生命，而无视患者付出的代价。愿书中陈述的案例（也是我作为姑息治疗医生所接触的许多病例），能为我们指明，今后应该如何做得更好。此书所呼吁的对象不仅是患者及其家属、医生，还有清醒的民众、政客，尤其是法律工作者。愿患者能鼓起勇气，表达并实现自己的意愿。因为,自主决定是否需要治疗,以及治疗的方式和目的,这都是患者的权力。我的同行们*应该用批判的眼光再次思考自己的行为,并聆听患者的诉求,而不再眼馋于高额的治疗费。我所叙述的,那些因疾病或者事故而患有严重脑疾、肿瘤以及心肺或肾脏衰竭的临终病患,都是我亲自陪伴过的病人。

每一年,我和我的姑息治疗团队会陪伴400名临终病患走完他们生命的最后一程。我的任务就是,在治愈无望的情况下,尽可能地减少他们的病痛折磨,并让他们在家中,在一个熟悉的环境下与这个世界告别。虽然陪伴这些人让我感受到许多悲哀,但也让我亲历了他们安详而美好的最后时光,见证了很多动人而慰藉的时刻。他们是我的老师。正是他们教会我,要带着责任感使用现代医疗技术,要尊重我们的人性:一个自主而美好的人生——直到离世。

可惜,在熟悉的家中自行决定死亡,这样的情况实在太罕见了——这也是2015年贝塔斯曼基金会一份调查的结果。根据接受调查的90多万人所提供的信息,受访者中只有3%的人表示愿意在医院离世。但在德国有一半病患在医院死亡。

导致意愿和现实之间的差异如此之大的罪魁祸首正是众多的德国医院:人们在这里接受手术、插管、输液、辐射、X光检测、人工呼吸,总之一切医生可用的、可报销的治疗手段。

从重症监护病床数量上看,德国是世界冠军:每十万德国

---

*为了简化文字表达,此书中所有人物的称谓不分男女。(德语中有专门的"男同行"和"女同行"之分——译者)

居民就拥有三十四张这样的病床，而在葡萄牙只有四张。由此可见，如果灾难来临，德国的医疗设备应该可以很好地应对重伤员。但是，尽管灾难很少驾临，我们的病床数量仍旧不足。这是因为不断有老年重病患者不由自主地被那些高科技医疗手段拦截在通往安详死亡之路上。倘若有新来的病人需要重症监护病床怎么办？没问题：把整套重症监护设备转移到患者自家的客厅里，或者到如今被称之为"重症监护共享公寓"的地方。在这里，八个或者更多的临终病患聚集一起，昼夜不停地进行监护治疗。如此一来，接下来的几个月，医院还能向每人的治疗收取两万两千欧元。在过去的十年中，在家中进行监护治疗的重病患者的数量增加了三十倍。[3] 相关的专业机构对此的解释是："人口结构的变化"。换言之，现在的德国人比以前衰老、病重了三十倍。我的问题是，以前尚可安详离世，如今衰老、病重了三十倍的德国人，是否都躺在监护病床上？

　　过度治疗不但延迟了安详离世的可能，还在很多情况下造成病人的器官早衰，因为过多的药物会损害健康。无论在急救医疗，还是在重症监护医疗领域，这都是不争的事实：一位重病患者经受的疗程越多，就越容易引起致命的疾病。[4] 根据一项调查，经常接受治疗的身体部位必须被频繁地检查，会面临更多的小型手术，接下来患者就会越发频繁地被送往医院——尤其重症监护室。这一切都会导致病人过早死亡。过度治疗往往就意味着折磨和死亡。[5]

　　经济利益的诱惑导致病人承受痛苦不堪的治疗。我们作为负责的医疗成员应该抗议这样的行为。在此，我不仅希望同行们、费用承担者和政客们调整应对策略，还恳请读者的支持。在您进行大规模的、有风险的或者昂贵的治疗之前，请务必征求第二医疗意见！面对现今的医疗系统，您更应该执着于自己的初衷。因为总有一天，您也可能成为这项错误系统的牺牲品，您也会无助地躺在重症监护病床上。接下来的故事，也是我近期经历的故事，就发生在这样的病床上。

  一位主治医师和他的助手站在一位老人的病床旁边。后者的呼吸噪音很大，脉搏微弱，前额上冒着汗珠。很明显，他即将离世。主治医师不打算安抚病患，转而对助手说："要是我们昨天给他上呼吸机就好了，那我们的进账会比现在多不少呢。"说完，两人笑着离开病房。*

---

* 医院的收入和各种医疗操作有很大关系——在这里，人工呼吸机相当于印钞机。但这件事中最令人痛心的是：将死之人还活着，一直到生命的最后一刻他都能听到。我无法想象这位老人当时的感受。这令我感到悲哀，感到愤怒——这也是我写下此书的初衷。

1 肺器官衰竭：最后一口气不意味着死亡

莫妮卡的案例

她一生都是一名狂热的滑雪爱好者。2008年圣诞节前，已婚的67岁的货运经理莫妮卡·H和往年一样在奥地利阿尔卑斯山区滑雪。她终于等来了细腻的雪子、清新的山林空气和梦境般的小木屋！莫妮卡感觉相当好，也因此变得轻率。12月11日那天，她没有戴上防护头盔就在滑雪道上驰骋，一场事故使她的颈椎最上端两节骨折，心跳停止。现场急救人员成功进行了心脏复苏。一架直升飞机把她送往因斯布鲁克大学附属医院。在那里，医生对她颈椎骨折的部分进行紧急修补，但已无法改变她的截瘫状态*。就连自主呼吸也不再可能。出事后，她的大脑缺氧时间过长，损坏非常严重，且时常有癫痫发作，面目呆滞，处于植物人状态。她的眼神毫无生机，也无法察觉自己病房里发生的一切。相关检查结果都只能证实，莫妮卡的

---

* 截瘫是位于脊柱椎管内的脊髓损伤的结果。根据脊髓受损的严重程度，它会导致完全或部分功能障碍。

情况已毫无希望。脸部肌肉对针尖刺激的微弱反应是唯一的身体反应。曾经充满活力的她，如今只剩下这张因痛苦而狰狞的脸。

之前的莫妮卡——只要不碰巧在滑雪板上——其实是个谨慎的人。在她儿子的家里有一份书面生前预嘱，其中莫妮卡明确表示，"如果一位极有经验的神经科医生诊断，我将处于永久性的植物人状态"，那么她希望能有尊严地离世。倘若到了如此境地，她希望"仅接受姑息治疗"。在这份本应具有法律意义的文件末尾，还有一段很清楚的声明："我坚决拒绝一切仅仅为了延长生命而使用的治疗手段。"可惜这份生前预嘱没有起到任何作用。＊莫妮卡必须不惜一切代价继续活着。她每活一年，就带给医院、护理机构、医生和医药公司几十万欧元的收入。

通过各种手术、关节坏死处的放疗、气管插管、气管切开术、胃插管、抗生素输液和呼吸机，她绝望的状态不断被延长。经过三个月的强化治疗，莫妮卡仍旧每况愈下。心脏再次衰竭，于是再次被抢救。之后，一个心脏起搏器让她的心跳保持在每分钟70下的水平。由于口腔无法进食，她的牙齿开始腐烂。接下来的手术是，所有的牙都被拔掉。每一个关节不得不在疼痛的阻碍下被迫活动，从而导致内出血。对于如此有限的治疗可能，莫妮卡的理疗医师毫不隐讳地表示："由于无法和患者交流，我们的治疗只是为了保持关节的活动性而已。"至于莫妮卡再也不可能自主活动这个事实，似乎没有人关

＊造成生前预嘱不适用的原因通常是对预嘱不同的理解，或者给予（毫无根据的）病情好转的希望。

心过。

经过了四个月的治疗，莫妮卡被送回家。＊"住院检查后"，出院报告中如此写道，"女患者很虚弱，无法进行语言交流，也没有任何眼神交流，总之没有可能与她建立联系。"医生开了一大堆药，以及一系列的医疗辅助器具：从呼吸机到洗浴系统及其配件，从多功能椅子到可移动的电动升降机和悬挂带。根据记录，每当患者亲属发生情感波动，他们都有"心理治疗师的陪伴"。除了这些，以及账单上的数字，就什么都没记录了。

从此莫妮卡在家中被昼夜不停地看护。出院时，医院为这位已毫无康复可能的病人推荐了各种疗法。但没有人关心过她本人的意愿。因为所有医疗服务的目的只有一个：维护心脏和血液循环。胃插管会定时更换，一个蠕动泵确保患者的营养摄入。但这样一个治疗计划却不包含止痛治疗。莫妮卡的状况继续恶化。2009年4月6日，她的家庭医生在报告中承认，莫妮卡患有"神经性大小便失禁"和"有可能导致全身发作的癫痫"。这意味着：患者因痉挛带来的剧痛而蜷缩。她的表情紧张。膀胱炎越发严重。

原本可以让她安详离世的肺炎，却被抗生素压制。这位已经无法表达自己意愿的女病患继续忍受着疼痛的折磨：由于长时间平躺的状态，后背上的脓疮深入皮肤，且一直扩散到头骨。尾骨无法愈合，并散发出腐烂的气味。

这难道是莫妮卡想要的生活吗？她的儿子曾经告诉医生，由于经历过一位患癌好友漫长的离世过程，这位向来积极乐观

＊莫妮卡第一次住院的费用（不包含紧急手术）：135000欧元。

的母亲决定:"我的好姐妹们,如果我不能自己去排便,那就让我死吧。"病患的权利竟然就这样被湮没。这一切无人问津。

莫妮卡安详离世的路被堵死了。为什么没有人怜惜她?恐怕,答案并不复杂:因为莫妮卡每月的护理费用高达两万两千欧元,此外还有医疗开销。

说得更直白些:莫妮卡就是一头产奶的母牛,因此她必须为了利润颇丰的过度治疗而活着。除了家庭医生和所谓的住家呼吸急救服务,所有参与治疗的泌尿科医生、医疗设备运送服务、营养专家、急诊医生和脑科医生都能获利。如果再次出现呼吸困难,甚至窒息的危险,膀胱或者眼睛发炎,口腔溃疡,医院随时恭候她的光临。之后急救人员会免费把这棵"摇钱树"* 送回家。如不出意外,接下来莫妮卡要面临的就是长期的住院加护治疗,期间还会反复出现各种炎症。

就这样,莫妮卡度过了数个春夏秋冬,就连她的丈夫和子女也逐渐不再抱有希望。2015年6月,莫妮卡处于植物人瘫痪状态已经六年半,而且毫无改观。在一次肾衰竭发生后,我应邀为莫妮卡的情况提供姑息治疗方面的建议。在此之前的一天,所有强化治疗手段都使用过了,但病情没有好转。如今我能做什么?我先看了一下病人本人,然后翻阅了厚厚的病历——我气得脸都变绿了。人们剥夺了这位已经丧失各种功能的病患的尊严,把她的意愿当成笑话。从法律角度看,这已经构成严重的人身伤害罪,而且所涉及之人包括所有违背生前预嘱,将早已治愈无望的患者的生命人为延长的人。莫妮卡的生活内容只剩下吸痰、痉挛和龇牙咧嘴。让病情好转早已是无稽之谈。

---

* 这是对尤其带来盈利的患者不尊重的称呼。

治疗的目的是什么

根据医学伦理，每个治疗阶段的核心部分必须有一个明确的目标。[1] 五年以来，莫妮卡的治疗变得无的放矢。但医生们仍旧继续"医治"。她的亲属被错误引导，以为这些治疗是他们仁爱的体现。他们——可惜还有很多这样的人——被冲昏了头脑。莫妮卡出事后，曾来过一位代班医生。看到她呼吸短促，情况非常恶劣，这位医生心中充满了同情。2009年5月11日，他在记录中写道："和病患家属谈了很久。儿子全权代理。丈夫希望患者住院治疗，因为'不能眼睁睁看着她死'。我本人不建议如此，但患者儿子还是决定住院治疗。救护车和急救医生已经接到通知。"接下来的记录中，他还详尽地描述了患者的各种挣扎和痛苦。

客观地讲，莫妮卡的死亡过程在好几年前就开始了，因此我和我的姑息治疗团队建议，立刻停止这早已不可逆转的、已明显违背患者意愿的人工呼吸。我们尝试向家属讲明："结束这种合法的治疗仅仅会让病人休克而已。"这样的操作——无论从伦理上还是法律上都是可执行的——仍旧需要亲属的许可。但医护人员的话让莫妮卡的儿子和丈夫觉得良心不安，拒绝签署同意书。这其中的居心不言而喻，谁也不想失去这样的好顾客。我的团队和我自己无法为莫妮卡提供任何帮助——写到这里，我不由觉得下笔沉重。她很可能时至今日仍无法解脱，她的现状不仅已经毫无改善的可能，还伴随着极大的痛苦。

这仅是一个特例吗？绝对不是。莫妮卡只是数千病例中的一例。由此看来，过度治疗已经成为医疗范围内近乎于犯罪的行为。2015年6月，亲历了莫妮卡的悲剧后，我决定做一番测试：我用一个假名"内勒·哈延斯"，虚构了一个地址。随后我以"寻找像您这样的优质重症监护医疗服务！！！"为标题，开始在网上咨询。其实这背后的主意非常简单。我声称自己是一位处于植物人状态的、但很富有的重症病人的侄女。尽管他曾留下生前预嘱，但他丰厚的退休金就足以成为我们尽一切可能让他活着的理由。于是我向254个医疗机构发送了正式信函，其内容如下：

> 尊敬的女士们、先生们，
>
> 由于我们和几位护士之间的意见分歧，我的叔叔克里斯多夫·麦尼，现在急需优质的重症监护护理服务。那几位护士中甚至有人建议停止人工呼吸。2013年，我的叔叔在去往工地的路上遇到意外事故，此后他处于昏迷状态，并一直使用人工呼吸。根据诊断，他因颈椎1—3节骨折而导致高位截瘫，心肺复苏后留下缺氧性脑病变，四肢无力，大小便失禁，关节挛缩。* 可惜事故后他再也没有任何身体反应，只有当抚摸额头时，他的脸会部分收缩，或者大量出汗。我们的需求十分紧急，因为我的婶婶威胁要亲自负责叔叔的护理事宜。她对全家人说，叔叔并不想这样活着。其实这也确实符合他自己的决定。如今医疗法庭正在找我的麻烦。但只要不出示病人的生前预嘱原件（如今还在我手上），那么新的法庭审理就不会把我们怎么样。
>
> 请告知我，您是否近期就能提供人工呼吸护理（您是

---

* 颈椎骨折导致高度截瘫的复苏后，因缺氧引起的相关脑损伤。

否有相应的设备?是否能安排或者推荐一处出租公寓?)我叔叔的经济状况很好,并且有高额意外事故医疗退休金。不过我们仍希望知晓,护理费用会有多高。不知道您的团队是否会因此遇到麻烦?您能确保我叔叔的生命权吗?

希望您能通过电子邮件尽快回复,我将非常感激,因为八月中旬之前我本人都还在国外。

致以诚挚的问候

内勒·哈延斯

这份咨询很明显是违法的。信中明确提到患者的书面生前预嘱。因此,那些如洪水一般涌进我邮箱的回复邮件,以及回复速度之快就更加令人诧异。我联系的机构中,有 90.3% 回复了我。对于我提出的丧尽天良的但利润前景非常好的无理要求,他们的态度友好而坦诚,如下文的几个例子所示:

哈延斯女士,您好!

您的来信收到。我会尽快联系您,在此之前,我必须就加护治疗事宜询问团队负责人的意见。我们正在组建一个新的重症监护共享公寓。这当然还需要一些时日。和团队负责人谈过后,我会向您提供更详尽的信息。目前已有其他几位病患在这里登记,我尚未确定是否还有空余的床位。一般我们不会干涉患者生命权的决定。

"一般我们不会干涉患者生命权的决定。"换言之:只要钱到账,那么患者的书面生前预嘱对于我们如垃圾一般。有经济实力的家庭成员，无论他的状况怎样，就会被时刻看护。一家来自巴伐利亚州的教会护理机构给我的回复更明确了这一点：

> 我们的护理共享公寓有五个床位。每位病患都有自己的房间，都配有卫星电视和监控设备。由此患者家属可以通过个人密码进入监控系统，确保家人的平安状况。……至于限制治疗范围，或者治疗终止：我们不认为有责任做出或者执行这样的决定。我们致力于通过专业的护理，缓解客户的疼痛和恐惧，让他们在有限条件下享有一定的生活质量。
>
> 我们认为，有关限制治疗范围的决定属于患者的医生和最信任的家属的责任。只有如此才能为患者提供最恰当的治疗。因此我不希望自己的同事夹在两者之间为难。我们作为专业的护理机构没有权力决定患者的生死。

也就是说：无论您想怎样，我们都会配合。为昏迷病患提供卫星电视：没问题！只要钱够就行。

所有的回复态度都是如此。这些护理机构注重的是后勤细节。

> 非常感谢您的询问。请告诉我，您的叔叔生活在哪个区域。关于费用：我们的护理每小时收费 34 欧元。此外我有必要告诉您，医疗保险会支付这些费用。如果我没理解错，您叔叔的事故属于 BG 事故*，因此据我所知，工

---

* BG，即 Berufsgenossenschaft，同业工伤事故保险协会，负责支付工伤治疗费用。

伤医疗保险将会负责费用。

至少在这次回信中没有任何道德方面的思考。决定接受或者拒绝提供护理的因素，还是经济方面的考量：

> 重要的是，您叔叔的医疗保险是哪家。按规定，法定的公共医疗保险会支付医院外的加护治疗护理费用。如果通过医疗保险支付——审查一般14天左右——那么病患入住手续办理会比较快。

这里可以看出这家机构的热心，尽管违背了病重叔叔的生前预嘱：他们所关心的仅仅是医疗保险是否同意付款。保险一开绿灯，呼吸机就启动了。

> 我们身为重症监护服务机构，很乐意在短时间内解决您叔叔的护理问题，并为您提供支持。在我们对客户进行护理和关怀的同时，患者的生命权自然是最优先考虑的。

除去那些没用的说辞，意思无非就是：我们延长生命而非改善生活——其他的事和我们无关。

> 我们只负责护理服务。其他的由监护人决定。我很愿意为您提供成本估算，但我还需要知道护理级别、医疗保险公司的信息和患者的医疗保险编号。

这样的成本估算使任何一个生前预嘱都变得无足轻重。不管怎样,这位贪婪的、被虚构的内勒·哈延斯女士大可对私人服务机构的员工放心。"护理人员无权决定是否停止或继续人工呼吸。"这位身患绝症的、即将留下丰厚遗产的叔叔——谢天谢地只是一个虚构的诱饵——由此不得不继续使用人工呼吸。

群发的邮件发出后,我看到自己被一帮自称为生命守护者的人包围着。他们把自己的无耻当成慈善来出售:

> 无论您如何决定,我都鼓励您继续为您的叔叔而战。持续的植物人状态并不意味着大脑不再起作用。在这种情况下,即脑死亡,治疗医生一般早就会联系家人,停止人工呼吸。但我们的工作人员会尽力照料患者,就如患者此时所期待的那样。我们的昏迷患者的平均年龄不到50岁。你叔叔的生命权当然会得到尊重。现在我们就可以立即开始护理您的叔叔。

一个电话就足以破坏法律。一位来自北德的护理机构女主管对此并没有什么不同的看法:

> 我们也从这些患者身上看到了生命权。如果一个人为另外一个人做出决定,结束后者的生命,我觉得这样不好。时至今日,对于生命这个词没有一个放之四海而皆准的定义。生命是什么,如何表达它,我如何确定这个生命是值得的?仅因为我不能或不想这样生活,就结束他人的生命?这样的理由太廉价了。

因此，人们做出了更昂贵的选择。

就这样，德国成为重症监护病床占有率的世界冠军。根据联邦卫生部的统计，2002年至2012年，人工呼吸的病例数量惊人地上涨了35.4%。当然，这其中有不少是为了挽救生命的治疗。但很多时候它不再关乎治愈，而只推迟了自然的、仁慈的死亡。"他咽下最后一口气"——这曾经意味着：他被允许在亲人的陪伴下离世。如今，自主呼吸的结束意味着极其有利可图的重症监护治疗的开始。结果，大家都竭力争取临终病患，并且让家属相信，倘若没有不惜代价地维持患者生命，即使不是犯罪，也是卑鄙的。

我们遵从基督教的人物形象，否则不能护理这样的病人，我们的工作也就失去意义。每个人都知道，金钱不会使人快乐。但这也适用于健康。健康的人不会自动快乐，至少我已经遇到很多健康但很不快乐的人。您的叔叔可以和我们一起生活。我们认为，您永远不应该放弃别人。如今我们看到好几位患者的病情有所好转，尽管没有人相信。我们不会收取额外费用，只有病患的公寓租金、护理产品费用等。

每月约22000欧元的其他费用由医疗保险支付。叔叔万岁！

倘若谈到健康，似乎就不应该谈论金钱。但我们每天和植物人病患——以及他们的人工呼吸服务——做的交易尤其能证明，我们迫切需要进行这种谈话，并且是在公开场合！眼下的做法肯定会带来有悖于患者意愿的诱惑，而那些意志不坚定的医生、诊所主管或私人护理服务主管往往无法抗拒这样的诱惑。

不幸的是，这样的情况在现实中经常发生：64 岁的玛丽斯从来都是一个狂热的女自行车手。有一次在高速路上，她被一辆超车的汽车撞到了空中。之后她毫无生气地躺在地上。急救人员对她进行了抢救，救护车很快到达现场，她被立即送往可以确保提供最全面治疗的医院。经过全身 X 光检查后，诊断明确了玛丽斯极其不幸的状况：伴随大量脑出血的重度脑损伤、脊髓撕裂导致第 1 至 6 节颈椎骨折和截瘫综合征、右侧肋骨 1 至 6 骨折和左侧 1 至 5 骨折、肺部重度损伤出血、脊髓动脉损坏和锁骨断裂。2012 年 4 月 24 日的事故发生后，玛丽斯经历了 3 次脑部手术、4 次脊柱和锁骨骨折的修复手术、呼吸气管切口，被插入永久性人工营养饲管。长期人工呼吸启动，但大脑和脊髓损伤都没有治愈的希望。两个月后，情况也没有任何改善，玛丽斯的重症监护状况仍旧继续，截瘫状况亦是如此。如果有一天，她真从昏迷中醒来，那将是一个医学奇迹。这位活跃的运动爱好者曾多次告诉她的家人和朋友，倘若陷入无法自主生活的状态："在我无助地坐上轮椅之前，我宁可把塑料袋套在头上让自己闷死。"从年少时起，玛丽斯就遵循"活得痛快，死得痛快"的生活方式。玛丽斯的女儿们对负责的主治医生多次强调母亲的意愿，但都没有用。当亲属拒绝再次进行脊椎部位大型手术时，外科医生甚至威胁："如果您不签署同意书，我们将把此事告上法庭——然后由昂贵的专业护理人员来决定您母亲的未来。"

这位不幸的自行车手被转移到特殊诊所，以便继续治疗。在那里，她经历了进一步的治疗和手术。但令人痛苦万分的关节错位和肌肉痉挛没有任何变化。这种所谓的治疗一直持续到她的家人终于成功为她取得出院许可。之后我们的姑息治疗服务终于可以提供帮助。很快,我们找到一家开明的疗养院,患者可以在那里安详离世。我们停止了玛丽斯的人工营养和供氧。参与其中的每个人都清楚,这么长时间以来,玛丽斯都在承受没有意义、没有目标的治疗。这点也可以通过住院医生诊断书确定。很显然,在医院里,手术和强制喂食仍旧毫无节制地继续着。玛丽斯在这家疗养院里只有疼痛治疗,并第一次使用了吗啡。一周后,她得以在女儿的陪伴下离世。我确信,她在告别时不必忍受任何痛苦。

有必要补充的是:第一家医院的治疗收费为 57000 欧元,第二家医院收费约为 27000 欧元。为了确定合适的治疗目标—— 缓解疼痛——我们进行了多次谈话,尽管这些都没有收取费用,我们觉得自己在做正确的事情。意外事故保险试图逃避其向病患亲属支付治疗费用的义务。终止人工营养管饲相当于自杀。但是,自杀带来的后果并不在医疗保险支付范围。不过最终保险公司还是妥协了。停止没有医学指征的营养摄入,与自杀根本没有关系。

为了避免误会,我有必要在此声明:在任何情况下,尽一切可能挽救生命、进行紧急手术并开始人工呼吸、强化治疗,这当然是正确的做法。而如果被诊断出严重的、不可逆转的大脑损伤,那么关于如何继续治疗,以及接下来的治疗目的的讨论是不可避免的。之后医生必须明确患者仍然可以完成的目标,以便实现可接受的治疗结果。作为患者的亲属,您无需害怕向主治医生索取有关可实现的治疗目的的各种信息,或者第二医疗意见。例如,通过现代医学成像检测手段,我们可以完全确定,"完全康复"或至少"去除截瘫综合征"的治疗目标对于骑车爱好者玛丽斯来说,是无法实现的。在此结论的基础上,任何进一步使用医学器械进行的治疗就失去了意义,甚至还会构成人身伤害,因此属于犯罪行为。

但深入讨论治疗目的并不会带来任何收益,更糟糕的是,这种讨论有时还破坏了利润丰厚的医疗技术产业。每个法学院的学生在第二学期就已经知道,通过过度治疗而痛苦地延长患者生命是一种人身伤害——但检察院对此很少感兴趣。金钱优先于伦理:无论在住院部还是门诊部,对重病患者和昏迷患者进行机械式的呼吸都是一项万无一失的营生。有时,重症监护室每天的人工呼吸服务费用高达数千欧元,收款机跟着叮当响。就算在门诊部,每天也有接近 1000 欧元的进账。下面的表格概述了 2014 年一家医院的账单:在这里,仅 80 天的人工呼吸治疗费用就够买半套单身公寓了——这还只是一名患者的开销:

诊断代号	内容	时间	金额
A07A	人工呼吸>999 小时和<1800 小时,综合手术或多发性创伤,高度综合或三阶段综合干预手术或重症综合治疗	2014 年 5 月 20 日—2014 年 8 月 7 日	126934.09 欧元
ZE 2013-05	胃肠道上的自膨式假体	2014 年 6 月 1 日	919.74 欧元

人工呼吸成为患者的隐患

您需要了解的是:人工呼吸往往伴随着高风险。它应当只在绝对紧急的情况下使用，并尽可能短时间使用，大多数医生知道这一点。统计数据显示，所有使用人工呼吸的患者中，有50%至70%会在使用后第一年内死亡。2015年，美国一个研究小组试图查明，长期使用人工呼吸是否能提高患者的生活质量。但他们在找到第一个实据之前甚至就失败了：大多数患者无法回答问题，甚至连点头或特定的眨眼都做不到。因此他们不可以臆测这些病患是否同意参与治疗。[2]报告中写道："在所有患者中，很少有人知情并同意在医院外进行人工呼吸。"

其实这也不奇怪。因为每一天的人工呼吸都在增加感染、肺损伤、器官衰竭和血液中毒的风险。但似乎所有这些对病患的折磨都得到了默许：重症监护医学终于可以再次全面地治疗这些疾病，并带来极高收益——如透析、抗生素、支气管镜检查等。许多主任医师通过奖金合同直接参与这些利润丰厚的业务。每一分钟的人工呼吸都会带来欧元。"共享的快乐是双倍的快乐。"即使医学进步能够让使用人工呼吸的天数缩短，但谁还会想实现这一点？人工呼吸带来的好处太多了，而后果有时很可怕。

2 强行化疗

安内特的案例

被强行安排化疗的不仅仅是老人。过度治疗的丑闻很明显已牵扯到不止一代人，而且不仅是植物人病患。

安内特，48岁，两个儿子的母亲，有吸烟习惯。一月份，她咳嗽出血。很快癌症中心的检查结果就出来了：肺癌。一开始的两期化疗她就非常不适应。到了九月份，在她的胸膜和腹膜都出现了癌细胞转移。之后她又在癌症中心接受化疗。由于不得不与11岁和13岁大的两个孩子分离，安内特非常痛苦。她对细胞抑制剂不耐受，并且已经出现明显的副作用，因此化疗被重新调整。接下来会进行五个疗程周期。不管怎样，从肿瘤分子标识看，病情有了起色，癌细胞转移也得到了控制。但之前十分活跃的安内特，如今几乎天天呆在医院里，血检和超声波检测成了生活的重心。

疼痛、恶心，特别是因担心两个孩子今后的生活而带来的恐惧，这一切都在折磨她。她越发觉得自己照顾孩子力不从心。尽管肿瘤得到控制，但她的体重锐减。就连通过血管输入的不曾间断的人工营养也未能阻止她日渐消瘦。很快，她就成了一具行走的骨架：身高 171 厘米，体重 44 公斤。尾骨上的皮肤变得如此之薄，以致皮下褥疮依稀可见。到了 12 月，腹膜遭受癌细胞侵袭而导致肠阻塞。通过紧急手术，安内特的身体被设置了人造肛门*。此后，粪便通过插入腹部的管道排入一个袋子里。

接下来的检查确认患者"肿瘤负担"过重，因而得继续化疗。现在的安内特必须全天卧床。她的一位朋友帮忙照顾小孩。她感觉自己和护工、营养师、排泄护理师†、诊所工作人员在一起的时间都比和家人相处时间更长。

细胞抑制剂导致她不断呕吐。住院一段时间之后，安内特的状态很不好，于是负责治疗她的教授建议把用剂减少到三分之一。"不过治疗必须继续进行。化验检测结果肯定会因此稳定下来。"1 月 13 日，由于腿部静脉堵塞，安内特不得不接受痛苦万分的湿绑腿治疗。接下来是注射稀释血液的点滴。到了 1 月 20 日，她的病例里记录了又一次肠阻塞、呕吐粪便以及其他排泄异常情况。

癌症专家和家庭医生会诊后，对她的状况总结如下："继续化疗已经没有意义了。"但一天后，这位癌症专家还是为安内特在肿瘤治疗中心安排了接下来的化疗。在后来的医疗报告中他辩解，这一切"是出于患者对治疗的强烈愿望"。安内特就在如此悲惨的状态下出院回家。同一天夜里，她因剧烈疼痛而呼吸困难并伴随呕吐。她和丈夫从肿瘤治疗中心得到的唯一

---

* 住院治疗费用：6954.04 欧元（医院账单代码：DRG G18C）。
† 即人造肛门排泄护理方面的专家。

回复就是："那您还是回来我们这里吧。"于是大家联系了救护车。急救人员熟悉这样的临终状况，安内特的血氧含量只有正常值的64%。她还是幸运的。救援指南建议，在如此低的血氧水平下，应该立即进行人工呼吸，机智的急救医生并未完全遵循该指南，而是使用了吗啡。

终于有人联系了我们姑息治疗团队。身为当值医生，我立刻赶到现场，并开始负责接下来的治疗。安内特说："其实肿瘤的各项指标还可以，但我实在受不了了。"大家意见一致，决定停止人工营养的摄入，因为所摄入的水分有很大部分进入了肺部，从而导致呼吸困难。我继续使用吗啡，直到她疼痛减轻，呼吸顺畅。之后的输液有效缓解了呕吐和她的恐惧状态。由此一来，她整个人的状态立刻好转。我对她的丈夫直言：他的夫人将不久于世。这位几小时后就会成为鳏夫的技术绘图师点了点头。他说自己很清楚这点，并且他的夫人最近也知道了自己的情况。但那位教授三番五次地强调肿瘤指标还是不错的。

他做好了准备，在家中陪伴夫人走过人生最后一程。孩子们早已在朋友家睡下。还没有人向他们解释母亲的状况。*安内特总是说："教授让我做化疗，一切都会好起来的。"然而，化疗所带来的只有无限的痛苦，以及孩子们无法和母亲告别的遗憾。直到现在，她才得到减缓病痛的药。在病症受到良好控制的情况下，她会在第二天早上在丈夫的陪伴下离世。她的两个儿子还在学校。后来，她的丈夫在电话里对我说："都快进到棺材里了，安内特却还在化疗。"

---

*儿童应该通过合适的方式了解真相，永远不要欺骗或者排斥他们。

在什么情况下化疗是有意义的？

当然，我们很难笼统地说用化疗医治癌症是否有意义。有的癌症在某些条件下是可以被治愈的，比如血癌、淋巴癌或者睾丸癌。还有的癌症可以在很长时间内得到控制，比如肠癌或者乳腺癌。但也有一些中晚期癌症，无论使用哪种化疗都收效甚微，比如胆囊癌、肾癌、肝癌或者胰腺癌。有一点是肯定的：为了让老天爷改变计划，在一个人生命最后几个月内开始的化疗，并不会延长他在这个世界逗留的时间。这种含有高浓度毒素的物质会带来很多极其恶劣的副作用。它会降低一个人的生活质量。但医疗机构会因此获得巨大利润：医生门诊的次数变多，治疗不会减少。接下来加护治疗，人工呼吸，甚至各种复苏手段越来越多。[1] 这一切措施，就如2014年一项美国的调查研究所显示的，往往会加速死亡。[2] 由于医生向病人的解释经常不够清楚透彻，近81%的病患认为，这样的治疗会给病人带来治愈的机会。[3]

正因如此，超过60%的癌症病患在生命的最后两个月里还在接受化疗。[4] 纽约的研究人员分析了他们研究对象的治疗记录。化疗最终有用吗？答案是惊人的：生命并未因此延长，但患者的痛苦却增加了。这项调查研究的负责人，霍利·普莱吉森（Holly Prigerson）表示："化疗对患者毫无意义，无论它如何影响了癌症病情。"[5] 那些病情相对较轻的人在接受化疗后，整体状态会急剧恶化。只有在病患身体能承受的情况下，化疗才有效果。并且他必须至少还能活好几个月，因为化疗的效果只有在几个月之后才显现。简言之：在生命最后一段时间里使用化疗是没有意义的。

几十年来一直有一个规定,而且没有哪个医务工作者会否认它,那就是:当病患身体状况欠佳时,不应该对他使用化疗。所有已经不能完全生活自理的,或者超过一半的清醒时间卧床不起,并无法行走的人,都被肿瘤科医生诊断为身体状况欠佳。[6]这意味着:倘若一位病患被肿瘤科医生诊断"只能坐在轮椅里行动",那么他就不再需要化疗了。他应该在家疗养,接受对症姑息治疗。

然而——回想一下之前安内特的经历——对于许多,甚至非常急功近利的肿瘤科医生来说,这项规定形同虚设。救护车送来的不仅是一位病患,最终还有奖金。这看来并非个例,而成了常规操作,甚至在联邦委员会制定的病患运送准则中都被提及。准则中还简短地提到:运送卧床病患进行肿瘤化疗的费用报销事宜已经落实。[7]由此一来,过度治疗的所有费用问题也就一并解决了。

但安内特的案例还带给我们另一层思考:医治她的那位肿瘤科教授曾向家庭医生提起"为了稳定病患心理状态而进行轻度化疗"。但这样"轻"的程度在我看来不但很不专业,甚至是违法行为。化疗效果的所有审核都是以全剂量为准。如果剂量不达标,就如安内特的情况,那么化疗效果就很难被检测到,甚至是无效的。所以这样的轻度化疗就是在病患不知情的情况下对其进行实验。效果很难有,但对病患的身体会有损害,因为化疗的很多后果和剂量多少没有关系。

没有医生可以使用极其可能没有效果但隐患很大的治疗——就算他认为,这一切都是为了让病患安心。确切地讲,这种行为属于人身伤害:刚上大一的医科学生都知道,在缺乏具有法律效力的同意的情况下进行无适应症的治疗，属于违法行为。如果满足这两个前提中的任何一个，那么人身伤害这项罪名就成立了。事实上，医疗专业人员应该早已经知道，对病人坦白情况比通过错误的承诺甚至谎言来安慰对方要效果好。医生，还有病患，总会知道真相——尤其在癌症医治中。但和病患进行真诚而谨慎的谈话需要太多时间，而时间成本是无法兑现的。通过化疗来稳定病患的心理状况只需要几分钟时间，还能带来大量盈利。

几乎每个癌症患者都有这样的经历：得知诊断结果后，生活的一切转移到医院，血检、X光检查、肿瘤指标成了日常。上一次化疗留下的副作用还未消失，就接着下一次化疗。这是正常人的生活吗？

在癌症晚期，姑息治疗比化疗更有意义

在她生命的最后一天，安内特才使用了吗啡——她已经承受了太长时间的病痛。当患者承受病痛时，他会相信任何能带来治愈或缓解症状的东西，紧紧抓住这最后一根稻草，坚持每一次治疗。就在最近，有一位七十岁的癌症晚期女病患，带着极度的肩膀疼痛向我哭诉。她其实已经"受够了化疗"，但肿瘤科医生想在下周开始新一轮化疗。对此我的建议是：依据病患的现状，进行疼痛治疗，然后观望，恢复体力。

我向她——暂且称她为伊丽莎白——保证接下来疼痛会得到缓解。她也知道，使症状减轻到可以忍受的程度并调整好情绪，这在与肿瘤作斗争中是多么重要。除了有效的药物治疗外，还需要希望——还有帮助她增强自信心的医生。在医学里，这种从并非无足轻重的心理学角度来缓解疼痛的方式也称为"安慰剂效应"*。它甚至使吗啡的止痛效果加倍——不知道利用这个效果的医生是不合格的。几天后，当我和伊丽莎白通电话并询问她的情况时，她说："我过得非常好。我取消了化疗——我不再需要它了。"之后几个月我没有见过伊丽莎白，她真的不需要医生了。当然，她已经答应我，如果症状再次加重，她会联系我。

伊丽莎白的例子还表明，当患者缺乏信息、也不知道任何其他的治疗，并且病痛发作时，他们会接受几乎所有的治疗，甚至最为冒失的过度治疗。但是，如果他们及时获得有关病情和治疗的真实信息，并且在有疑问的情况下争取第二医疗意见，他们会仔细考虑应该接受哪种治疗——以及拒绝哪种治疗。

如此心性成熟的患者极少在手术室或重症监护室里死亡。他们更愿意最大限度地缓解疼痛，在临终关怀疗养院或家中度过最后的时光[8]，这也是大多数人的心愿，所以会在临终时拒绝侵入性治疗。[9] 顺便提一下，90%的医生其实也希望如此……但遗憾的是他们仅为自己打算。这些医生用双重标准对待自己和病患，并不打算成全病患终止进一步治疗的愿望——也是在生前预嘱中通常会提到的愿望。尤其受到影响的是拥有级别更高的医疗保险的患者，即私人保险享有者。[10] 2014年的一项研究表明，这种不尊重患者意愿的行为在整形科医生、

---

* 非常小和非常大的药片都能达到很好的效果。红色药片通常比白色的更有帮助。注射器比药片效果更好，尤其是在医生注射的情况下。药片越贵，效果就越好。安慰剂效应（Placebo-Effekt）是有据可查的：http://www.scinexx.de/dossiert-detail-696-7.html。

放射科医生和外科医生中尤为明显。[11]那些拒绝接受手术的人当然也少不了被激烈的言辞讽刺。外科圈子流传的俗语是："若患者不同意做手术，那只是他被误导了。"

如今有可靠的研究结果表明，及早而有效地缓解病痛可以提高癌症患者的生活质量，减少抑郁，通常甚至可以延长寿命。[12]若论寿命延长的效果，姑息治疗取得的成就往往不输于，甚至优于一线化疗。当然，安内特甚至不得不遭受三线化疗。在此解释一下：对于一线化疗——科学上最为推荐的治疗——有统计数据表明它可以延长寿命，即使通常只能延长很短的时间。但到了二线化疗，这样的积极效果几乎消失。从三线化疗开始，治疗几乎成了一种药理实验。有时候这些药物之前已经对1000名患者使用过，没有任何效果，但仍然可以尝试第1001次。

德国医学会药物委员会主席，沃尔夫-迪特尔·路德维希教授（Wolf-Dieter Ludwig）解释说："如果第一种和第二种治疗方案在患者身上没有产生很好的效果，再次转用化疗是多余和有害的[13]……这样做通常是因为医生没有把握——以及避免和患者谈论治疗的局限性和生命的终结。"[14]

保罗的案例

这是我经常遇到的病例。以下所述的经历是我多年来日常生活的一部分：一家疗养院的当值护士因一次紧急的家访打电话给我。保罗，一位72岁的无线电爱好者，获得了一个用于化疗的输液装置，但他拒绝了。他得了胰腺癌，周边的器官和肝脏都已经被肿瘤控制，他的身体已日渐消瘦。这位病患显然已经走到了生命的尽头。倘若没有奇迹出现，他可能还有几个星期的时间，也或许是几个月，无论是否做化疗。

第二天，诊所登记了他的信息，为他安装输液装置*，这意味着：通过外科手术将一个带有管子的类似小罐子的注射座埋植于患者皮肤下，并和心脏附近的静脉相连。如果把特殊的针头插入注射座（所谓的闭合输液），则可以将化疗治疗剂直接注入心大静脉。

肿瘤科医生表情严肃地说："您必须做化疗，否则三到四个星期后您就会死。如果做化疗，您很可能会多活四年。"

这些时间概念全是捏造的，并且仅出于一个原因：让可怜的病人去做化疗。如果癌症医生是一个诚实的人，他就必须对保罗说："我现在给您开的化疗药剂属于医学治疗实验的一部分。到目前为止，这种药剂并没有挽救任何一个人的生命。我也不能确定它能否延长寿命或者减轻您的病状。而且迄今为止，数以千计患者的使用经验甚至都没能证明这一点。不过我们很清楚它的严重副作用。您会感到恶心，头发脱落，您可能会睡一整天。但如果您愿意，我们当然可以再试一次——或许这次它真的起作用。祝您好运！"

现在我再问您：您会同意吗？您会签字吗？

现实中的许多肿瘤科医生会对他们的患者说诸如此类的话："您的肿瘤指标已经稳定了，但最后一项指标还不够理想。我们必须稍微调整一下治疗方案，并以一种新的药剂为基础。我认为，这样可以阻止肿瘤生长或缩小它。无论如何，我认识因此受益的患者。要知道，这也是我们唯一的机会。"倘若这

---

* 在诊所安装输液装置的费用：1483.83 欧元，材料费另算。

样还不够，医生会做出最后的威胁："如果您现在不做化疗，您很快就会在痛苦中死去。"尽管如此，保罗仍旧拒绝手术和化疗。他带着肿瘤活了将近两个月，后来在两个女儿的悉心照料下，就在我第一次见他时他躺着的那张床上离世。但是，只有少数患者拒绝肿瘤学家的建议，也拒绝接受"治疗应该帮助患者"这种一厢情愿的想法。

化疗带来丰厚的收入

为什么像厄洛替尼这样的抗癌药物能成为畅销产品，这个问题用化疗带来的丰厚收入来解释最合适不过了。在胰腺癌治疗的实践研究中，这种药物确实被证明能够延长患者寿命：从没有使用厄洛替尼的 5.93 个月增加到在治疗计划中使用厄洛替尼的 6.34 个月。0.4 个月，即 12 天的生命。但没有研究能证明它对生活质量有积极影响。恰恰相反：参与治疗的患者更加频繁地抱怨腹泻，也更经常抱怨极为严重的其他不良反应。甚至在这些研究中五名患者的死亡也可追溯到治疗中所使用的药物的毒性。[15]就是这样的药，带来的是数百万欧元的利润。

由此我们应该再次回到药品成本费用这个问题：1990 年代，直肠癌的治疗费用相对低，包括住院费用在内，每人的平均花费约为 6000 欧元。而今天，仅药物开销就能达到 150000 欧元。仅一种药剂一年的费用高达 100000 欧元的情况并不少见，例如易普利姆玛。这种抗黑色素瘤的药物被批准，因为它将患者参与治疗后的平均寿命从 6.5 个月延长到 10 个月。[16]这样的"批准"可以理解为，医疗保险公司必须为制药行业想出的新花样买单。至于同样的药品在我们的邻国便宜得多，却没有人真正关心。比如培美曲塞，即一种抗肺癌的药物，在德国的价格是在希腊的两倍多。不过研究发现最离谱的是抗乳腺癌药，吉西他滨，它在某些国家的价格比在其他国家高四倍。[17]

独立医药报刊《医药信函》（Arzneimittelbrief）对最新获批的抗癌药物的各项研究进行了详尽分析[18]，得出了一个令人失望的结果：只有不到三分之一的药物获得批准的原因是有效延长了患者寿命，至于其他药物，获批的理由则不得不使用概念模糊的术语"疾病无恶化存活期"。这是指肿瘤继续生长之前的时间段，但显示出明显的生长趋势。被检测的药剂中，只有一小半具有新的作用效应。59%是所谓的"仿制药剂"，即已知药的变体。[19]它们具有类似的效果。虽然不是创新药物，但仍可能有利可图。当然，对现有畅销药稍作修改要比进行创新研究便宜得多。当一个独立的政府组织调查了这些"仿制药剂"相对于原创药的额外效益后，发现只有不到40%的新批准药会带来额外效益。而其他被批准的药物只有极少或根本没有额外的效益。[20]

值得注意的是，每年的制药成本——每种药的开销在59000美元和168000美元之间浮动——与药物的有效性没有任何关系[21]：制药行业完全依照市场的供需而生产。有时候也会大量生产。在美国，医疗开销是目前导致个人破产的最常见因素。[22]

《医药电报》（Arznei-Telegramm）记录，还有一项开销经历了爆炸式剧增——废物成本剧增。根据计量标准，安瓿中活性成分的含量必须高于实际使用量，而残余剂量会最终进入垃圾桶。这些残留物质在美国累计达18亿美元。[23]其中抗皮肤癌药易普利姆玛的费用位居榜首：每三个星期，每位患者平均丢弃价值达3100欧元的活性成分。[24]

前不久，有两种用于治疗甲状腺癌的新药获得批准。每位患者每年的治疗费用高达63510欧元，尽管患者通常只能多活几个月，且必须尽早开始长期治疗。还没有研究能证明多活这么短的时间对患者有什么益处。不过接受调查的医生并不傻。如果没有存活方面的优势，那就把"疾病无恶化存活期"当成参考标准。起初这听起来很合理，因为这正是患者想要的：尽可能长时间地抑制肿瘤进一步生长。然而不幸的是，这个存活期并不能说明患者会获得实际的益处，一方面，药物会导致肿瘤发生变化，即肿瘤最初生长得慢，但后来长得更快。另一方面，某些死亡，例如由药物引起的死亡，并不被算在参考范围内。我们扪心自问：就算一种药物能减缓肿瘤的生长，但一半的患者会因为它的毒性而死亡，这样的药为什么还被使用？

根据一项研究，最新批准的药物中，有一种药物在审批过程中有五分之一的患者完全中断了治疗。另外一种药物被审批时，被测试的患者中有80％因副作用而不得不暂停用药。在世界领先的医学杂志《柳叶刀》中可以找到所有详尽内容。[25]令情况更糟的是：在使用这两种药物其中一种的治疗期间，大约三分之一的病患死亡被怀疑与药物有关。[26]人们会想，不可能有医生会让他的病人每天服用毒药。可惜真相并非人们所想的那样。《德国医师报》上一篇综述文章的作者就推荐了这种治疗，尽管它仅适用于在"患者有明显的治疗愿望"的情况下。

为此还有备受尊敬的专家坦言，自己从制药公司那里获得了酬金或者回扣。这也被公布在《德国医师报》上——每位德国医生必读的刊物。[27]

彼得的案例

血癌患者彼得已经在一家肿瘤中心治疗多年。化疗已经进行了十九轮，药剂也经常换。其后果是，他手上和脚上的许多神经被破坏。由此产生的痛苦犹如——就是字面上的意思——"扒皮抽筋"。每当有一种新药上市，就被送去给这位73岁的私立保险的病人。治疗开始加速，最终彼得不得不每周去诊所三次，每次通常从早上五点开始。随后是抽血、输液、输血和一次又一次的化疗，直到下午晚些时候才结束，但有时也住院一个晚上。*

其实，彼得觉得自己在诊所得到了很好的照顾，但他明确表示想在家里度过最后的时光。他的家人主动向姑息治疗网络寻求帮助。我们的团队在附近进行姑息治疗后被推荐给彼得的家人。剧烈的疼痛、缺乏动力、食欲不振和恐慌发作，都使得彼得夫妇筋疲力尽。还能够令彼得振作的是他的妻子，以及孙子们带来的巨大喜悦，他们尽可能地顺从爷爷。

我们试图通过门诊治疗改善病状：更换吗啡药剂，开抑制神经痛的止疼药。当医院得知我们团队正在工作时，患者被立即召唤回医院，并受到严厉的斥责。从现在起，一切治疗都必须在肿瘤中心完成。

但这对夫妻坚决反对。之后不久，彼得在自己的床上去世了——他的体内仍然充满了化疗药剂，但症状得到了很好的控制。我们的团队直到最后都在场。彼得是握着妻子和三个儿子

＊两天的住院费用加医药费：3369.98欧元。

的手离世的。

几天后,我试图通过电话联系这家医院。遭到拒绝后,我忍不住以书面形式提醒我的同行以下几点:

1. 在生命最后几周进行的化疗,在国际上被认为是"过于侵袭的治疗"。

2. 应根据国际共识和肿瘤专家协会的建议,尽早与姑息治疗(团队)联络。

3. 把一名希望在家得到护理和孙辈陪伴,并已经接受过每周三次、每次从早上五点持续到下午一共十九轮化疗的病患,召回门诊——所有这些都使病情恶化(疲劳综合征、抑郁症),而且是不道德的。

4. 在症状未完全控制的情况下对病患进行十九轮不同的化疗,这点尚需讨论。

5. 尚未咨询过姑息治疗团队,就以"止痛治疗"的名义要求患者住院,而之前这么多年对患者的疼痛不闻不问,这看起来仿佛在告诫:"不要抢走我的私保病人。"

这封信是多余的。当时安内特也是在这家肿瘤中心接受治疗。那时候我还被允许参与治疗,安内特的教授应该不觉得自己要对像我这样一名无足轻重的合同医生负责。这次至少我得到了答复——而且是发人深省的答复:

病患的家属,尤其是他的儿子,一直到最后都没有意识到患者病情的严重性。……即使患者的客观状态欠佳,他仍旧一再地拒绝住院治疗。

这里正好可以说明，向患者解释"诊断和治疗的严重性"恰恰是医生的责任。如果患者没有意识到自己"病情的严重性"，作为医生怎么可能获得有法律效应的治疗同意书？无论怎样，在我看来，彼得很了解自己病情的严重性——他的儿子们亦是如此。而"患者的客观状态欠佳，他仍旧一再地拒绝住院治疗"这句话更是让我无语：在病患的临终阶段，这位医学教授的心里难道还惦记着住院义务，因为有了义务才能合情理地指责患者的拒绝？

很显然，根本没人理会我的批评和质疑。

> 您接管了患者最终在家的姑息治疗和护理，为此我们很感激。显然，在这么短的时间内，在并不完全了解患者病状信息的家属的影响下，您当然对我们的长期护理服务持有不同意见。

为了确保自己的利益，医院里这些带着科学家光环的医生们进行最后一次出击。他们的恐吓也并非无的放矢。最近，一位内部人士向我透露，这家医院拒绝让伦理委员会成员进入并参访几个重症监护室。在德国，伦理委员会是一家法定机构。[28]倘若医生和病患对治疗结束存在意见分歧，委员会就会介入调解。可见后者的出现在这家医院并不总是受欢迎。由此可以推测，委员会干扰了过度治疗这项好业务。

卡尔拉的案例

下面的悲痛陈述告诉我们，当患者拒绝接受医生所推荐的化疗时，会发生什么：

73 岁的卡尔拉一辈子都很在乎自己的形象。她从来都为自己的生活做主，几乎从不计较得失。她曾耐心地忍受了很多，也一定吃了很多苦。她照顾患有帕金森的母亲直到善终，后来又照顾患有肺癌的丈夫。

2005 年 12 月，她丈夫去世后不久，卡尔拉注意到自己的肠道经常不适。不过她并没有太在意，认为这就是悲痛引起的。她从来没有真正关心过自己的健康状况。她的女儿——一名职业护士——多次要求她彻底检查一下身体。但卡尔拉把女儿的话当耳边风。卡尔拉小的时候曾经因髋关节的问题经受过多次手术。从那以后，她都尽可能地避免看医生。但这次，当肛门区域长了一个网球大小、伴随着疼痛的脓包时，女儿说服了母亲。她们去了女儿——我们暂且叫她苏珊娜——工作了 21 年的医院。卡尔拉不得不在急诊部的等候室里呆了三个小时。由于疼痛，她甚至不能坐着，又因为臀部的旧疾，站着也很吃力。

同一天晚上，卡尔拉进了手术室。脓包被割开，疼痛消失。不幸的是，由于粪便一次又一次地污染了新鲜的伤口，必须安置人造肛门。接下来是可怕的确诊：侵袭性结肠癌。母亲和女儿考虑了所有选择，拟定了一份生前预嘱。手术后本应立即开始化疗和放疗。* 但卡尔拉拒绝了。她只想让自己从苦海中解脱。

第二天一早，主治医师冲进卡尔拉的病房，情绪激动地说："您一定要自己还活着的身体腐烂发臭吗？如果您还要求

---

* 一天的住院化疗费用：773.65 欧元，医药费另算。

您的女儿袖手旁观，那您真是脑子有问题了！"看到她仍旧不服软，这位医生补充说："中午之前您还有时间改变主意。如果您不想接受治疗，那今天就可以出院了。"

医院的护士们打电话给她们的同事苏珊娜，并多次道歉，让她紧急赶到病房，因为出了大事。卡尔拉坐在她的病房里痛哭起来，没有人能安慰她！负责卡尔拉的主治医生拒绝和苏珊娜对话——尽管他们是在同一家医院工作的同事。现在需要解决的是：卡尔拉必须离开这里。

于是苏珊娜当天就重新安排了家务事宜，订购了必要的护理用品，还准备了护理人造肛门的用品。之后她告诉丈夫："妈妈今天搬过来和我们一起住。"接下来发生的一切，苏珊娜在给我们姑息治疗团队的一封诚恳的信中描述道：

> 我让妈妈冷静下来，邀请并带她来到我们家——说真的，这是我们所做的最好的决定！我们花了很长时间来适应这一切，不仅是妈妈，还有我。十四天后，在给妈妈取资料时，我在医院楼梯间遇到了妈妈的主治医生。他问："你妈妈最近怎么样——身体发臭了吗？"虽然这一切并不容易，而且我确实做好准备去面对一个非常唠叨的妈妈，但那是我们度过的最美好的几周时光。我们一起做饭，一起笑，我被她的一些小把戏给骗了，晚上我们一起上床睡觉，如同在青年旅舍里的青少年一样聊天，一直聊到我们中的一个睡着了。
>
> 我们也讨论过恐惧和担忧，安排了葬礼，朋友们陆续来家里拜访。疼痛被我们控制得很好，她也没有任何不适。理发师还来给她做了头发，脚上也做了美甲，我们过

得很惬意。这是美好的几个星期。她一直保持着幽默感，例如有一次她说："我瘦了这么多，到时候得把我的餐具放在棺材里，这样那些抬棺材的人才有活干。"

这样的状态一直持续到 6 月 5 日，她睡了一整天，不想吃也不想喝。到了晚上，她突然开始呕吐——吐出的是粪便。

那是我们第一次一起痛哭。我把她抱在怀里，她问我，现在还能做什么？我老实告诉她："没什么了！"

由于呕吐不止，我给她吃了安眠药，和往常一样在她旁边睡下。我的天啊，她打起呼噜真是震天响！第二天早上，她睁开眼睛，觉得口渴，还说：我看见爸爸了。* 这是她说的最后一句话，之后的话都含糊不清。6 月 12 日，她就这样安详地睡着了。没有疼痛，没有压力，但愿也没有担心。这就是她从来都想要的离别，这就是生活。

很高兴周围有这么多理解我们的人。一开始，我的房东立即同意妈妈可以和我们在一起。还有丈夫拉尔夫，他立即清理卧室，并尽可能地帮我们克服困难。在我工作的时候，我的表妹每天都过来。还有姑息治疗团队，他们真的随叫随到，也让我能喘口气。

现在我就想，那些什么都不懂的人是如何对待病患及其家属的？我很清楚自己需要照料什么——可是那些外行呢？当然了，作为病患的女儿，一开始我和任何人一样，也是一头雾水。

---

* 临终者的报告里经常提到，他们看到了已经去世的亲人。有人说是"临终异象"。这些异象，就如濒死体验——临终时看到光或眼睛睁开——目前还无法从科学角度解释。

我经常从类似的病患家庭得知，他们觉得自己就好像是用来做实验的小白鼠，或者是得不断产奶的母牛。在治疗期间，这些患者得到了很好的照顾，并充满希望。一位患者曾对我说："我去做化疗的时候，感觉他们热情得恨不得为我铺上红地毯！"但是，一旦形势逆转，治愈不再有望，一切都变了。"没有人再和你真诚对话，医生都回避你，友好变成了一个陌生的词。"

对那些目标明确的治疗提出质疑，都被认为是大逆不道。要是不同意，就会被道德绑架："您怎么能如此对待您的丈夫……您必须为您的爱人着想。"不会有人帮助你停止治疗。这就是为什么这么多人感到被遗弃、被剥削，甚至经常感到被歧视的原因。"早知如此，何必当初"这句话几乎成了口头禅。

我的团队经常听闻类似的事件。如果病患不同意医生拟定的治疗措施，那么接下来，这位病患几乎自动地被办理出院手续，并在数小时内被赶出医院。没有医生的书面诊断书，也不提供药物——这是违法的，就更不用提其他的护理用品了。甚至连氧气供应也经常不足。记不清有多少次我们的团队在病患出院当天就必须进行紧急家访！我们也遇到过治疗时间长且已经花费很多的人。他们的抱怨很少有人理会。有的时候，患者甚至没有止痛药。

任何一位像卡尔拉一样不参与治疗、抵抗延迟死亡阵营的人都会受到羞辱、驱逐和威胁。对病患亲属的说辞也大同小异："您的母亲会挨饿，窒息，会死得很惨，她的肿瘤指标会爆表，她会发臭，癌症会侵蚀她，最终液体会漫过心脏，把她的身体淹没。"这一切都是卑劣的、简直变态的医疗，也可以被理解为,"通过做令人敏感的坏事,以威胁别人完成、忍耐或者服从某事"。这是刑法第 240 条的内容,所谈论的是胁迫罪行。顺便提一下,这项罪行最多可判三年有期徒刑。但是在我们国家,对临终病患的法律保护至少是严重不足的,甚至不存在。在本书的最后几章里,您还会了解更多。

3 外科手术：德国是手术世界冠军

早在古代美索不达米亚，智慧的汉谟拉比于公元前1800年就颁布了法律，其中规定了那些野心过大的外科医生应受的惩罚，即失去一只手或者一只眼睛。这是世界上最早的法典，但至今还未能找到有关这项刑法被实施的记录。随着1915年开始的预防性质的阑尾切除术的流行，以及1930年代开始的同样属预防性质的扁桃体摘除手术变得越发频繁，一位来自波士顿，名为埃内斯特·科德曼（Ernest Codman）的医生提出质疑，"倘若停止这些胡扯的手术"，他的同行们"是否还能养家糊口"。[1]

德国是手术世界冠军

如今这种荒诞的状况并没有大的改观。综合所有医学专业领域，在德国有39％的外科医生承认，经济压力会使他们执行没有医学必要的手术。[2] 这个数字之所以意义重大，是因为每次手术都伴随着风险，会导致患者死亡或者带来危及生命的严重后果。您一定了解，医生对病人所做的每一次手术其实都是一种人身伤害。只有在患者同意并且有医学理由的情况下，这样的人身伤害才不是犯罪。如果近40％的德国外科医生承认，自己做过没有医学必要的手术，那么这差不多40％的医生都应该是人身伤害罪行的嫌疑犯，并应该接受调查。米尔多夫医院负责医疗业务的院长，里希特博士曾圆滑地承认："我认为，我们德国曾经的健康医疗制度，如今已经降级为健康产业制度。"[3]

和其他工业化国家相比，德国的医疗条件是顶尖的。从髋关节手术治疗和心导管检查术的实施频率看，德国无愧为世界冠军。后一项手术在德国人口中的实施频率近乎四倍于工业化国家的平均值。纵观各类手术，德国的手术实施频率都远远高于邻国，尽管后者的住院率和德国差不多。在心血管领域，我们的手术之频繁无人匹敌。在癌症治疗方面，我们仍旧排名第二[4]。最近几年，癌症治疗数量以每年2％的速度增长，而在其他工业化国家只有约0.3％。

德国手术实施频率[5]	每1000或每100000名病患*	排名	超过平均值
心导管	624	1	252.5％
乳腺癌	232	1	114.8％
腹壁疝	223	1	102.7％
髋关节置换	295	1	91.6％
心脏病住院治疗	35.7	1	82.1％
心脏手术（搭桥）	116	2	146.8％
癌症住院治疗	24.5	2	81.5％
膝关节置换	213	2	74.6％
胆囊手术	236	2	53.2％

续表

德国手术实施频率[5]	每 1000 或每 100000 名病患*	排名	超过平均值
甲状腺手术	157	3	96.3%
前列腺癌手术	282	4	64.9%
子宫摘除	178	6	57.5%
白内障手术	178	7	50.8%
阑尾手术	151	7	19.8%
乳房切除	69	8	23.2%
剖宫产	314	9	20.3%

* 每 1000 名病患的住院率,每 100000 名病患的手术实施频率。每 1000 名病患的住院率仅涉及表格中"心脏病住院治疗"和"癌症住院治疗"这两项。

私保病患受到的影响极其严重:作为临终病患,他们尤其经常接受住院治疗。[6]第二个风险人群是老年人。我并非反对为老年人提供好的医疗护理(即使 90 岁的人做心脏搭桥也可以是有意义的),但通过过度治疗而施行系统地剥削,是绝不可取的。

君特的案例

手术给君特留下了太深刻的印象。这位 79 岁的猎人和狱警,身体状况一直不佳:三次心肌梗塞,多次尝试血管舒张,肾衰竭,长期接受透析治疗。他仍坚持去野外:坐在林中猎台上享受寂静,专心观察野生动物,时不时和朋友们相聚——这些都是他的生活乐趣所在。

四月底,君特的吞咽困难越发明显。于是他去找了自己的家庭医生。做了几项检查后，诊断十分明了：胃癌和食道癌。他立刻被转去医院进行治疗。由于君特的医疗保险属于私人保险，他被安排住进可"独享城市公园窗景"的单人病房。医疗方案也很快定下来。负责他的医学教授承诺："我用手术把它摘除，然后您就没事了。"但已经病入膏肓的君特后来所经历的，根本不是教授所承诺的。经历一次大型手术，他的胃、肝脏、食道和腹膜的很大部分被切除。此外，小肠的位置也发生了移位。

这次手术过后才两天就开始了下一场紧急手术，因为小肠上的缝合处裂开了。接下来是一系列的并发症：病菌导致严重感染，中心静脉导管带来肺部损伤，肝脏和肾脏衰竭，以及神志不清，呼吸困难。但君特还不断地被送上手术台。完成第三次手术后，他的右脚由于血液循环不畅而变成黑色，头上出现了褥疮，机器吸痰时也带来令人疼痛不已的肺出血。这位老人一次又一次地恳求妻子："让我回家吧。"如果君特开始闹情绪了，他的医生就命人把他固定在床上。

他的妻子芭芭拉这样回忆：

> 有一次和我们的女儿谈话时，他要女儿出去买杯咖啡。他想独自思考一些事。等女儿回来后，他说："我让自己陷进去了，现在我得出来。请你明天一大早就过来，然后我们朝家的方向开车。路上遇到第一座桥时你就停车，让我下来，然后你继续开车。"
>
> 他还说："为什么没人帮我？现在的这一切，从来都不是我想要的。我不能这样下去了！"然后他——我们结婚这么多年来，第一次——把我推开。

当他在重症监护病房时，有一个很坏的护工。这个人在帮病人吸痰时操作十分粗鲁。他对我的丈夫不使用敬语，还骂骂咧咧的："我说小朋友，你要再把手指上的橡胶夹拿掉，那我就把这夹子钉进你的指甲盖里！"我丈夫经常把手伸到管子那里，他经常神志不清，然后就把东西拔掉，还骂道他很清楚自己在做什么，他头脑清楚得很。他的抱怨越发频繁，说只要我一离开，那些人对他的治疗操作就很粗鲁。我还塞给他的医护人员几百欧元，就是希望这或许能改变些什么。

在重症监护室的三个月对他来说是没有尊严的、悲惨的。他是一名私人医保病人，但我很清楚，这并没有给他带来好处。每次当我提出把丈夫转入姑息治疗诊所的想法，都困难重重。重症监护室主任拒绝我的请求，尽管他知道，君特迟早要死的。但他们不让他死！

君特最终死得很悲惨，他的妻子坦率地说：

就这样眼睁睁看着丈夫被绑在那里，像个小孩子一样挣扎着，而我不得不回家，这感觉实在太可怕了。每个星期都有新的地方出血，一次又一次的导出脓液，还有支气管镜检查，我都数不清多少次了。吸痰也同样可怕，并且每天要做六七次。就在他去世前的一个星期，在清洗的时候，他有两次把呼吸管和其他管子扯坏了。他不想活了。但没有人理会这个已写进生前预嘱的愿望，尽管这份生前预嘱的文字来自联邦司法部门。

临死前八天，他的状况非常不好，不断出现出血状况，体内有各种病菌。后来他昏迷了。我再次找到那位教授，说我不想继续这一切了。我强调，君特也不想这样，他甚至在生前预嘱里明确写到这点。我得到的答案是，他们想让君特周末好好睡一觉，然后星期一再做决定。

之后确实如此。到了星期二，所有的仪器终于被关掉，透析也停止了。几天后，我的丈夫突然神志清醒。*到了星期五，他从床上坐起来，这是几个月来的第一次。这简直就是个奇迹。在此之前，他就连把头向左或者向右转都做不到。他想要半块小面包和一杯咖啡。然后医生们过来了，问他是否想继续做透析。他的回答干脆利落：不要！

但半小时后他的状态又明显不好了。我感觉，这就是他的最后一天。医生们经过会诊后，终于决定把君特送往姑息治疗诊所。我早在14天前就做了登记，因为他总是说："我要离开这里。"

我的丈夫刚到达姑息治疗诊所，还不到十分钟就去世了，没有任何的抢救措施。他是在完全清醒的状态下窒息而死的，因为事发突然，还没有来得及给他注射吗啡。

尽管已经过去两年，我丈夫死前最后那几天的画面仍旧令我不得安宁。当时我没能帮到他，没能让他摆脱那些没用的、毫无人道的治疗，让他如此痛苦，这让我至今无法释怀。我的总结就是：如果我们不去纠结自己最终会去哪里，那么我们生命的最后几年完全可以在平静安详的状

---

*临终前病情再次好转，即姑息医学中的"回光返照"。其原因很可能是身体自身缓解疼痛的激素。

态下度过。你会去哪里？尽管人人都清楚根本没有好转的可能了，你也会让自己浑身插管，不得不经受所有治疗吗？受难的不仅是病人，还有他们的家属。

君特在医院里所遭受的、长达两个半月的毫无人道的"照料"，花费了182475欧元，即每天2281欧元。他的私人医疗保险当然会毫无异议地付款。但这个医保不负责紧急姑息治疗服务的费用，尽管姑息治疗的费用简直微不足道，还不及医院治疗费用的百分之一。

君特的经历告诉我们：正是通过折磨和恶意利用那些倍受惊吓的病患，这个系统才获取了丰厚的利润。其实真应该让几家大医院在入口处挂上巨大的牌子，上面写着像香烟包装上一样醒目的标语："小心，过度治疗会带来过早而痛苦的死亡。"这样的警示在手术泛滥已成为世界之最的德国，显得尤为重要。

更多医生，更多手术

在外科领域有个古老的原则："要评判一位外科医生的好坏，不要看他做了什么手术，而要看他不做什么手术。"但对于一位勤奋挥刀的手术匠来说，各项数据越光鲜，声望越高，他的钱包就越厚。也许这就是为什么在美国，医生们也非常欢迎过度治疗业务的原因：三分之一的垂死之人在生命的最后一年里还会被送上手术台。到了生命最后一个月，这个数字降为五分之一。在生命最后一周内，仍然有8%的人承受手术。这项数据在美国的地区差异非常大。某些地区的手术频率是其他地区的三倍。在那些医院较为集中以及拥有高额绩效补助的地区，医生尤其勤奋。新近一项研究的作者们由此得出结论，这种状况并非源于患者的健康状况，而是取决于医生的个人判断。然而经过一番推敲，这些数据还说明，在医生收入较高的地区，临终前的无意义的手术就更为频繁。[7]

德国的情况也差不多。一个大型的医疗互助组织曾调查了70000多人的死亡，其结果表明：在德国，四分之一的老年人在临终前的最后几周里进行了手术。只要外科医生拿起手术刀，就意味着有大约23000欧元总治疗费用，而没有动手术的病患只能带来7200欧元的营业额，甚至还不及手术治疗费用的三分之一。[8]

一家大型医疗保险公司在一项研究中把200000名结肠癌患者的数据进行了对比。[9]其结果显示：有些地区的治疗强度比其他地区高出60％。这些地区的医生要求患者更频繁地去看病。患者们也更为经常地去看专科医生，开始更多的检查，更多的小型手术，以及更频繁地接受住院治疗——特别是强化治疗。由此看来，这些患者的情况应该至少会好转很多，因为更多的医疗应该意味着更好的健康状况。但事实远非如此：额外的治疗并没有带给人们更大的满足或者更好的健康状况。在接受更高强度治疗的病患群里，死亡率甚至更高。所以，过度治疗导致死亡！

4　心脏衰竭：医学光环带来昂贵的高科技医疗

心脏，被认为是我们身体中最神圣的部分，也成为复杂医疗器械的理想目标。恰恰为了这个充满情感的器官，使用任何全方位的或昂贵的治疗我们都不会觉得过分。

海因茨的案例

86岁的电工师傅海因茨早在二战期间就开始了他的职业生涯。1989年之前，他一直在曼氏机床制造公司工作。如果机器出现故障，他会被叫到现场。和当时许多厂里的工人一样，海因茨抽烟也很厉害——正如他所说，自己很享受吸烟。尽管依赖尼古丁，但他除了有风湿病外，身体还是老当益壮。2014年秋，呼吸困难令他开始感到痛苦。诊所的医生很快诊断出由血液循环障碍所引起的心力衰竭。肾脏和胃也受到了影响。此外，检查的结果还显示了早期的老年痴呆。没过多久，海因茨就被送上手术台，他的冠状动脉的狭窄处通过接胸壁动脉搭桥而得到疏通。这属于常规手术。但在术后很长一段时间，他的状况都没有改善。

直到一年后，海因茨才咨询我们的姑息治疗服务。在第一次家访时，我问他去了多少次医院。他说："我不知道，已经数不过来了，肯定有十五、二十次，每次都因为呼吸困难。有时发现肺里有积水，有时得做心导管检查，都是些痛苦的检查。"每一次去诊所看病，都会查出新的毛病，医生的诊断书中已经列出十六项疾病。直到有一次主治医生说："您需要一个除颤器。"海因茨坚决反对。"之后我就不能平静地死去。" * 但是诊所的心脏病科医生仍旧坚持：您的心脏跳动太慢了，安装除颤器是不可避免的。海因茨犹豫地同意了。和那些心脏导管一样，除颤器并没有给他带来帮助。和每一次的说辞一样：必须这么做。没有其它办法。

他很快就厌倦了医院的一切。医院让他觉得很无助，仿佛自己任人宰割。没有隐私，只有不舒服的气味和失眠。总能听到各种仪器的鸣叫，浑身都插着管子。海因茨病床旁的床头柜上放着医生的诊断书，其中记录了很多次抽血检验、血液气体分析、心电图检查、胃镜和结肠镜检查、横断面检查、超声检查。最后，他不得不每天吞服 24 个药丸。"每次我吃完药都觉得自己饱了。吃了这么多药谁还会觉得饿？我的妻子非常担心。"尽管海因茨每次都表明自己不愿接受任何检查，不愿意安装除颤器，也不想住院治疗，医生仍在诊断书结尾写道："四个星期后进行胃镜检查和神经系统检查，若精神状态恶化，则尽早检查。"

我向海因茨保证，我们的团队会照顾他。很多种药丸我们

＊这是对的。除颤器会在垂死的人身上引发令人痛苦的电击。不过在紧急情况下可以通过在上面放一块磁铁来关闭除颤器。

都让他停止服用，而且他终于拿到了缓解呼吸困难和肠胃不适的药。他的妻子和他可以随时通过紧急电话联系我们的团队。在他生命的最后两个月里，海因茨不必再去诊所，也不必做胃镜检查。

海因茨的心脏病并没有发作，他的心力衰竭可以通过药物治疗。这位病重的老人本可以直接接受药物治疗，不需要安装心导管、除颤器，无需进行心脏手术，也可以获得同样效果——不过，医院和医生肯定不会获得同样的盈利。高科技心脏医学的内幕很值得我们探究。

心脏医学的高科技

心脏手术的次数每年都创新高，心导管安置、血管气球扩张术、除颤器植入、心脏手术，还有最近的心脏瓣膜微创手术的数量都不断上升。在德国这个浪漫主义的国度，心脏比其他器官都更加受到重视。在心脏医学内流行一则不算言过其实的俗语："汉堡市的心导管插入 * 次数比整个意大利都要多。"[1] 最近，在德国爆发了一场关于如此高频率的心脏手术是否是一件好事的公开讨论。对于这个问题，像克里斯蒂安·哈姆教授（Christian Hamm）这样的德国首席心脏病专家，通过2015年的《德国心脏医学报告》（Deutscher Herzbericht）进行了简单粗暴的回应：[2] "根据有关手术质量的数据，我们无法推断在这个领域存在过度治疗。"

当然，心脏医学也做出了很大成就。在德国，它享有几乎

---

* 即一种扩张动脉的手术，使血流顺畅。

神圣不可侵犯的地位。在心脏骤停猝死这方面，心脏医学的成就尤为显著，并且使近年来心脏骤停造成的死亡率明显下降。但衡量一门医学专业的重要性，还需要参考专家们究竟有多少次成功地阻止了即将到来的死亡。

心脏死亡真的那么常见吗？医生到场，给死者填写死亡证明。在死亡证明上，他必须确定一个死因：是哪种疾病最终导致了死亡？这个问题通过外部检查往往很难回答。是栓塞、虚弱、肾脏或肝脏衰竭，还是肺衰竭？都很难说。对于我们医生来说，往往最容易从心脏医学出发，寻找线索：心力衰竭、左心室衰竭、心脏骤停、心搏停止、心律失常，或者更简单：心肌梗塞。整件事都能很好地用拉丁文医学术语包装，没有医务人员会更仔细地盘问。

但如果写上"痴呆症"、"帕金森氏症"或者"年老体弱"作为死因，尽管这十分常见，那这个医生就有麻烦了。最近有一位同事为一位之前一直身体健康的 98 岁去世的农妇诊断死因，他勇敢地写道："她因年老而去世。"这在很大程度上是非常诚恳的，但很快他的公共医疗职务就被取消："这并不是致命的疾病……"看来我这位挚爱真理的同事将来也会把寻找死因的重点放在心脏上。

结果是：尤其出于在确定死因时的不诚实行为，使得心脏骤停在死亡原因中排名第一。2014 年，根据联邦统计局的统计，有 338056 人死于心血管疾病，而第二名的癌症仅导致 223758 人死亡。[3] 那么整个社会当然要不遗余力地治疗心脏病。因此心脏专家当然也会不遗余力地强调，正是这些好医生，以及他们如此巧妙地使用高科技药物，从而导致死亡率下降。[4] 1992 年至 2012 年，急性心肌梗塞的死亡率下降了 40%，冠心病死亡率下降近 30%，心力衰竭死亡率下降近 20%。[5] 不过在这个报告的脚注中——在小号字体中——有这样的解释，2012 年这种积极的人口发展趋势开始扭转。换言之，死亡率的下降是由于人口结构数据的变化。

但如果有人从科学角度质疑这些数字，那么专家们对高科技医学的成就又有不同解读：死亡率降低的一半归功于生活方式的改变：我们更少抽烟、饮食更加健康，对高血压和脂质代谢紊乱的控制比二十年前更有效。死亡率下降的另外 20% 归功于心力衰竭药物治疗的成功，因为在 1990 年代末，心力衰竭的治疗策略从根本上得到改变。虽然过去的口号是人工刺激心脏，比如利用洋地黄的毒性，现在的治疗策略是通过能让血管舒张的物质使心脏得到缓解。

还有 10% 可归功于人们在心脏病发作时采取了更好的策略，全方位的紧急医疗护理，以及更迅捷的住院治疗。死亡率下降的因素中只有 2.5% 可以归功于心导管插入手术以及其他心脏手术。[6] 由此看来，高科技在降低心脏死亡率方面的作用很可能是微乎其微的。然而，就成本而言，超级现代化的仪器费用占据了心脏手术治疗总费用的 90% 左右。

所以有些细节很值得一看：心导管手术次数在德国逐年增加。2014 年最新统计了 819750 份住院病例和 95045 份医保病例，在 919 个心导管检查站一共进行了超过 900000 次手术。[7]

为什么要插入心导管？

这种手术到底是怎样操作的？外科医生将导管插入手臂或者腹股沟的动脉，并一直到达为心脏提供新鲜血液的冠状动脉。如果它们出现严重阻塞，就会发生我们所说的心肌梗塞。如果没有血液的供应，心肌就会死亡，心脏变弱，患者可能死于心律失常。通过使用心导管，在紧急情况下就能通过一个气囊对阻塞的血管进行扩张，然后通过安置网格，即所谓的支架，让血管保持通畅。这种治疗可以挽救生命，因此人们相信，如此复杂的手术操作也应该适用于不太严重的血管阻塞：一旦阻塞被解除，心肌梗塞的风险似乎就被消灭了。然而事实并非如此。来自耶拿的汉斯-赖纳·菲格拉（Hans-Reiner Figulla）教授解释："各种研究显示，若患者的冠状动脉有所谓的稳定阻塞，那么安置支架手术带来的益处并不会比药物治疗更大。因为心脏病发作通常不是来自严重的血管阻塞，而是来自所谓的不稳定的斑块，它们会突然破裂，从而关闭冠状动脉，引发心肌梗塞。"[8]

此外，心导管插入手术的频率在各区差异也很明显，而像处理微小金属网格这样谨慎的医学操作不应该有如此大的地区差异。对此，经济合作与发展组织（OECD）[9]和贝塔斯曼基金会[10]批评道："手术频率的差异已无法从医学角度解释。"

德国联邦医师协会也活跃起来，并科学系统地研究了媒体所批评的手术频率的地区差异。其结果是：之前查出的地区差异被证实存在：在上弗兰肯的三个地区，平均每年每1000名居民进行了13次心导管插入，而在其他地区，例如罗腾堡或者包岑，心导管插入仅有3次。从统计上讲，这与人口年龄或者心脏病的存在无关。另外该报告还指出，在有许多内科医生工作或者有许多空余病床的地区，心导管插入的频率就明显高。在这些频率高的地区还建有跨区域的医疗网络。简单地说就是：手术频率高恐怕并不能归咎于病患数量特别多，而是因为医生和诊所太多。然而,报告最终的结论却是:"无法解释"手术频率的地区差异。作者推测,医生对于症状指征的理解不同,加上患者的需求不同,从而导致了地区差异。[11]这个观点让我感到无语和愤怒,毕竟我自己也资助过联邦医师协会。

在经济学上这被称为供应方需求。然而在医学上,如果治疗操作不是以指征检查为基础,那么就属于严重的人身伤害行为。各种数据带来的信息已经非常明了。如果留意一下我们的南方邻国——奥地利和瑞士——就会很清楚:在差不多同样健康的人口中,这些国家的手术数量比德国少大约三分之一。菲格拉教授总结道:"我们显然供过于求。"

为了研究治疗的质量,每根心导管大约记录了30条数据——但这仅是有关操作的记录,而非手术是否有必要。不过从报道中至少可以看出以下几点[12]:

2014年,患有稳定的冠状动脉阻塞的病例组中记录了近20万次导管插入术。针对这种情况,欧洲临床诊治指南在2013年就建议,仅在特殊情况下或在风险评估之后,方可进行导管插入术。[13]大约三分之一的检查甚至没有得出任何疾病诊断。但这和《德国心脏医学报告》的说法完全不同:"2013年,左心脏导管插入的术前指征中有超过93%源自心血管疾病,因此不能确定为护理不当。2014年,指征数据没有更新。这项来自各联邦州评估的实用质量指标于2014年停用。由此一来,就缺少了关于符合欧洲临床诊治指南的冠心病患者心导管插入手术指征的进一步信息。"简单地说就是:2013年,欧洲专家协会建议那些患有顽固心脏病的患者,仅仅在特殊情况下进行心导管插入手术。但从2014年起,不再对术前指征进行评估。这太讽刺了:在一项如此重要的调查中,不再理会其操作的必要性——尽管诸如菲格拉教授等知名心脏专家多年来一直在警告该领域的过度治疗现象。同样的刊物在 2015 年又刊登了一篇文章针对这个问题:"没有症状的轻度心血管阻塞患者,应避免使用纯粹的'血管美容'手术,因为尚未证实冠状动脉手术治疗能给患者带来效益。"是的,您没理解错。从法律的角度来看,这就是句废话。"对患者无益"且具有潜在致命风险意味着:既然没有指征,那么手术就属于人身伤害的罪行。

关键问题是,在这种情况下为什么要对这些患者做冠状动脉造影或者心导管插入的诊断。为了钱吗?不管怎样,心导管插入术加上两天的住院费用一共是 3042 欧元。

可靠的数据不再被调查。它们只会惹麻烦。毕竟,手术的报酬过于丰厚。而普通的治疗,恕我直言,遭人嫌弃。

不过即使发现了疾病,进行有风险的手术也不一定有意义。94 岁的农场主威廉的案例就能说明这一点。十年来,痴呆症偷走了他的记忆。孙子赶紧把他带到一家疗养院,因为自己家里已经没有地方容纳这个不安分的人了。在疗养院他的病情出现恶化。除了尿失禁和卧病在床,还伴随剧烈的疼痛。2015 年底,当他再次抱怨时——这一次威廉指着胸部——养老院的护工打电话给急诊科医生。最大强度的治疗方案立即被安排。

患者没有生前预嘱。由于他无法安静下来,心电图的信息没有价值。其他各项检查也无法明确疼痛的原因。为了"完成诊断",医生们决定进行心导管检查。他们发现了四处血管阻塞,每处都安置了支架*。不过这次检查对老人来说并非没有

---

* 即冠状动脉中的管状金属网格,它使动脉保持通畅。

成果。由于不安分,他被五点式固定*,但右腿仍旧不停地动。结果在心脏导管插入的地方,即腿部动脉,出现了大量出血,并膨胀了很多,变成了蓝色和青色。随着疼痛的加剧,患者的烦躁不安当然也随之加剧。为了压制他的不安,医生对他使用了强效镇静剂。

心导管插入术后五天,这位病患因不安定而被转到老年精神病院,即老年精神疾病的专科医院。这里的医生们也只能用最强效的药物来缓解威廉的不安。最后,他被置于深度睡眠的状态,并被送回养老院的护理病房,在那里他被继续注射镇静剂。几个星期后,早班的护工发现这位老人躺在床上,已经没有了呼吸。是我负责他的死亡证明。倘若我是个完全诚实的人,我就应该——至少作为死因之一——把那个能惹祸上身的词("过度治疗")填进这讨厌的表格里。但我没那么大的勇气。

令人生疑的心脏手术

即使四条心血管都得到了治疗,也没人知道心肌梗塞是否曾经在血管中发生过。更重要的问题是:对于一位像威廉一样毫无生活质量地活着、带着无法治疗的疼痛、大脑严重萎缩的老人来说,检查能给他带来什么?事后才发现:他在整个过程中一直遭受着痛苦:疼痛——被捆绑——孤独——不安。这是意料之中的事,但要医生在威廉生命的最后时刻决定不再虐待他,可能太无私了。这将使各医院的账房减少 13000 欧元的

---

* 在手臂、腿和腹部周围进行捆绑。

进款。

如今在德国，为了完成诊断而把老人送上心导管手术台的情况已经屡见不鲜。从2008到2014年，对90岁以上老人进行的手术次数翻了三倍。在80至90岁之间的年龄组中，仍旧上升了25％。由此看来，"出院型死亡"数量增加了近三成就不足为奇了。[14]

现在德国每三家诊所中就有一家拥有价值数百万欧元的仪器，诊所当然希望将其发挥到极致。但据来自伍珀塔尔的心脏病专家哈特穆特·居尔克（Hartmut Gülker）教授估计，所实施的手术中，有意义的治疗甚至不到一半。[15]病人得不到任何好处，而且还有中风甚至死亡的危险。[16]

2014年，5407名患者在检查中死亡。其中2561名死者，即近半数的人并没有遭受急性心肌梗塞。这些手术操作仅仅是在怀疑的基础上进行的，[17]而这些怀疑并没有得到证实。让我们想象一下如下的可怕情况。医生走到正在等待的患者的妻子面前："我有两个消息要告诉您，一个好消息，一个坏消息。好消息是，您丈夫的心脏是健康的。坏消息是，他现在已经死了。"当然，医疗保险公司也支付了至少1000欧元的检查费用：医疗行为是有偿的，无论是否成功——无论是否有必要。前者是正确的，后者非也。应受谴责的行为根本不应该得到回报。德国病患保护基金会主席，欧根·拜施（Eugen Byrsch）对此进行了猛烈抨击："这些迹象表明存在成千上万的人身伤害案例。但那些在没有足够指征的情况下就进行手术的医生，并不觉得有什么不公正。"

或许不少人觉得，我们的检察官长期处于紧张状态，因为他们要追踪所有心血管医学罪行。但即使是"谷歌博士"，也只知道一例这样的悲惨死亡案件。这起刑事诉讼，在确定支付 3000 欧元后就被撤销了，尽管作为被告的心脏病专家犯了不负责任的错误。[18]因为心导管插入手术操作的过失导致死亡，被罚款 3000 欧元？不少心脏病专家在一个上午就能赚到这些钱。他们是医生中收入最高的群体。

然而，一位 46 岁女士的情况却不同。她在一个寒冷的冬天拖着呼吸道感染的病体来到诊所。她几乎无法呼吸，心跳过速。医生建议马上进行心导管检查。检查显示心脏很健康，但通过她的前臂植入导管时损坏了其他血管。在随后的几个月里，麻木感觉和疼痛迫使这位病人从一个医生换到另一个医生。在阿恩斯贝格地区法院达成了一项和解：15000 欧元的赔偿金。对于手臂的不适，这在德国是一个异常慷慨的补偿。对于诊所及其责任保险来说，可能没有什么会比定罪更糟糕。相比之下，交赔偿金简直是一种温暖的祝福。但今后还会发生什么？病人的辩护律师布尔哈德·尔科斯曼（Burkhard Oexmann）解释道：“像这样的案例代表着一种发展趋势，甚至连医生也越发不满。在德国的确存在过度治疗。特别是那些最终由主任医师负责的病人，有可能被推荐不必要的治疗。"[19]

越来越多的除颤器和心脏瓣膜置换手术

高价除颤器的植入手术也显示出相似的趋势。它们被植入病人的皮肤，并通过电缆连接到心脏。这对那些患有致命心律失常的，或者经历过血液循环停止并幸存的人来说是有意义的。如果这种情况再次发生，除颤器会进行电击，以挽救患者生命。由于该手术并非没有风险，因此只应该在那些确实有机会活得更长的病人身上进行。否则不值得为了除颤器再次成功起作用的极小机会而冒险做植入手术。所以在美国，为预期生命只剩下一年的病人使用除颤器，被定性为过度治疗。[20]

但是，就如我们在本章开始时介绍的案例，即使是已经86岁的重病患者海因茨，也得到了一个"除颤器"——这违背了他所表达的意愿。这种情况的发生在德国到底有多频繁，是一个被保护得很好的秘密。我们能知道的是每年受联邦联合委员会（GBA）委托而公开的官方质量检测报告中的一些数据。它们使读者不寒而栗。我们了解到，有1800次手术"不符合规定"。例如在心脏病发作后，患者应至少等待40天才能被植入除颤器。这是一个虔诚的愿望。更为糟糕的是：即使在临终前，即医生预计患者会在接下来24小时内死亡的情况下，在德国也有15人在2013年和2014年做了除颤器植入手术。[21]手术费用为20000欧元。[22]如果您现在想知道，为什么医疗保险公司在这种情况下不提出抗议——恕我无可奉告。或许他们害怕媒体的负面报道，谴责他们不情愿为所谓的拯救生命而支付20000欧元。这不会带来任何帮助——尽管植入了除颤器，病人仍会在24小时内死亡。

另外一种高利润的手术也不应该被"罪状登记簿"遗漏，那就是通过心导管完成的心脏瓣膜置换术，也被亲切地称为TAVI＊。在2014年之前的5年间，这项手术的次数翻了5倍。80至90岁的人群再次成为头号目标，其中每4位患者里就有一位的治疗不"符合规定"。《德国心脏医学报告》也用委

＊TAVI = Transcatheter Aortic Valve Implantation，即通过导管进行主动脉瓣置换。

婉语气指出了这点。至少，该报刊还包含了一个轻声的警告："以心导管为支持的心脏瓣膜置换术的次数在德国迅速增加，须以谨慎对待。该手术的操作过程和技术都尚未得到充分发展"……但回报机制却已成熟——每次手术 30000 欧元，操作时间只有 45 分钟。即使是德国国家足球队的球员也梦想着如此丰厚的"半场酬劳"。

还有更多令人悲痛的事实：在杜伊斯堡-埃森大学的一项研究中，接受调查的五位医生里有两位承认，出于经济状况，他们部门的手术次数过高，而排在首位的就是心脏科医生。[23] 这个结果和德国内科医学会的一项有 4200 名医生参与的调查结果类似。[24] 26％的人承认，在他们的职责范围内，每天对病人进行了一次到十次不必要的医疗服务；另外 45％的人认为，这种情况每周都会发生好几次。但在所有受访者中，只有 20％的人认为这是一个大问题：只有五分之一的医生认为"过度的医疗服务是一个问题"。

最近《焦点》(Focus) 杂志报道，在巴伐利亚，人们通过遵守"先看全科医生"的原则，每年避免了大约 4000 次心脏手术。这些问题是众所周知的。与著名心脏病专家宣扬的"理想世界"相反，专家委员会在 2015 年呼吁，要大幅度提高心脏手术的质量保证，尤其在术前指征方面。但您一定还记得：2014 年起，联邦联合委员会委托的年度报告中就指出不再收集术前指征这方面的数据。这真让我无语。

5 无助的植物人

本书第一章中，内勒·哈延斯的叔叔的悲惨命运是纯粹虚构的。但仅在德国就有约 14000 个真实存在的人，他们的情况就是这样悲惨：他们在植物人的状态下，无助地、无抵抗地从这个世界消失。

比尔吉特的案例

比尔吉特，一位 55 岁的艺术史学家，在 2013 年圣诞节前不久突然觉得胸部有剧烈疼痛。她感到很不舒服，于是决定去医院。不过她不想以现在这个样子出门：她从来不会素颜出现在公共场合。所以她先去了洗手间。几分钟后，她的丈夫特奥非常担心，于是打电话给她。比尔吉特没有接电话。特奥在镜面衣柜前发现了已经没有生命迹象的比尔吉特。她没有呼吸，面色发青。特奥开始采取急救措施。几分钟后，被呼叫的救援队开始接下来的急救。

比尔吉特的情况变得复杂。电极片无法粘牢在出汗的胸部，插入气管的时间明显过长。经过几次尝试后气管才总算成功插入。在操作过程中，两颗门牙被打掉。经过 12 次电击，心脏再次跳动。医生马上诊断出心肌梗塞，堵塞的血管在同一天内通过紧急手术进行扩张。然而心跳再一次停止了。各种各样的并发症随之而来：肾衰竭，严重的肺炎。但所有这些病症都可以通过现代重症监护医学得到治疗。* 所有的病症，除了不可逆转的脑损伤。

主治医生们并不抱幻想：比尔吉特醒来的机会几乎为零。尽管如此，三周后她继续通过一个气管切口进行人工呼吸，一周后通过手术插入胃管。比尔吉特再也无法与周围的世界接触，再也无法自己吞咽、控制排便或排尿。她出现了明显的疼痛性痉挛。不断出现发脓的褥疮，胳膊、手、手指、腿、脚和脚趾的关节处出现最严重的畸形。她的手指使劲地握拳，以至于手掌也反复出现潮湿导致的感染。脚趾损坏很严重，以致产生明显的凹陷。2014 年 2 月至 6 月，即比尔吉特的强化康复治疗期间，医生在诊断书中轻描淡写："由于缺氧造成的严重脑损伤，患者康复的概率非常有限。"不过结论还是诚恳的："在康复治疗期间无法检测到大脑功能的改善。"简单地说就是：四个月的强化治疗没有带来丝毫的起色。

现在，比尔吉特被带到了一家专门治疗昏迷患者的天主教疗养院。每两个小时她就得承受痛苦的翻身，先从左到右，然后反过来再翻一次。即使是针对肌肉痉挛的物理治疗，也很可能加重她的疼痛。几乎每小时都进行呼吸道抽吸，把人工氧气

---

* 人工呼吸的费用（取决于诊断的严重程度）：
24 小时以内（DRG F43A）：23426.70 欧元。
499 小时以内，即 21 天以内（DRG A09A）：106481.10 欧元。
1799 小时起（75 天，DRG A06A）：204243.60 欧元。

排进肺部。插在胃和膀胱里的管子不断引起细菌感染。

尽管治疗惊厥的药物进入脑脊液,还通过胃管注射大剂量的吗啡,当我在2015年秋第一次见到比尔吉特时,她的样子仍展现出真实的痛苦:她浑身是汗,额头皱巴巴的,心脏每分钟跳动142次,脸非常红,呼吸急促。至少我能隐隐感觉到,她似乎能感知很多。当我进入她的护理病房时,她明显开始抽筋,身体拼命向后伸展。她的牙齿——或者说剩下的牙齿——开始大声地摩擦。唾液顺着她的脸颊流下。由于胳膊和腿即使被轻轻一碰,都会引发痉挛,我只得做最低限度的检查。我看不到任何眼球运动、眨眼,或者任何表达。当护士进来要对气管进行抽吸时,比尔吉特的身体在反抗。在整个检查过程中,她一直处于惊恐状态。

护理报告也证实了我的观察:"病人可以通过面部表情和手势表现出不适。她全身疼痛,非常紧张,经常大汗淋漓,以分泌唾液的方式表达疼痛。"她的药物治疗包括心脏、肺部和胃部的药,人工营养,以及不断重复服用的抗生素。

由于比尔吉特没有留下生前预嘱,根据法律规定,患者意愿或者治疗目的必须通过与家人面谈来确定。这位极有爱心的丈夫向我解释说:"她是一位慈祥的母亲,也是一位可爱的妻子。就算今天,我还会再娶她。我们经常公开谈论生命和死亡。我特别记得有一次谈话,她说:'我无法想象一个重病患者的生活,因为我可能头脑不清醒,完全依赖本来就负担过重的护理人员。人不能这样活着!那就是棵植物!那我宁可去死!你必须向我发誓,不会让这样的事情发生!'她经常说:'如果我的生活只是吃饭和睡觉,我还不如躺在棺材里。'她对主动安乐死也有坚定的立场。她认为，如果从病情——根据人的判断——可以得出结论，有意识地、积极地参与生活看来已无望了，那么就有必要进行安乐死。"

比尔吉特唯一的儿子含着泪回忆起母亲的话，她在身体健康的时候有着明确的想法："不，我不想成为真正的老人，看看一些八十岁的老人，他们自己什么都不能做，像棵植物一样。这很好吗？不，我不想过那样的生活——我告诉你：当我变成那样的时候，就把我从楼梯上推下去。"比尔吉特对疗养院和人工延寿也有明确的看法。她不明白为什么人们经常如此"没有尊严地活着"。父子二人希望比尔吉特的意愿能够实现。

比尔吉特的案例应该提醒我们，每一次治疗的基本前提是什么。首先，每一项治疗操作都需要有指征：在医生被允许进行医疗操作之前，他必须彻底查清楚，该操作是否能帮助实现病人所期望的治疗目标。其次，医生需要得到知情病人的同意。如果这两个条件中哪怕只有一个没有满足，治疗就属于人身伤害的刑事案件。在这种情况下，医生不得进行医疗操作，或者必须停止治疗。这是医学伦理——尤其也是现行法律——所规定的。在比尔吉特的案例中，这种情况几乎没有任何怀疑的余地：输入人工营养既不能实现符合病人利益的治疗目标，也不符合她的意愿。

《德国民法典》第1901b条明确规定："主治医生应根据病人的整体状况和预后决定采取哪种医疗措施。"因此，人工营养是否普遍有帮助，仅回答这一个问题是远远不够的，而必须根据具体案例来分析人工营养是否对这个病人有帮助，是否能为他的治疗目标服务。

当然，人工营养延长了身体的寿命。这会带来很多好处。但这样一位喜欢吸烟，将生活质量的价值明确置于寿命长短之上，经历久治不愈的病情后只想解脱，并且一生都十分注重自己的外表的女人，肯定会拒绝非常痛苦的、无法改变的缓慢死亡过程。

其实，比尔吉特的每一次人工呼吸、每一次插管喂食都必须立即停止。但事实往往并非如此。家庭医生 G 认为，没有生前预嘱，就必须采取一切可能的措施来维持生命。况且在比尔吉特所住的疗养院里，至少有 40 名病人的情况比她的更糟。后来 G 医生终于不再跟我兜圈子了。毕竟，该机构在当地经营着另外两家疗养院，如果治疗受到限制，他们就会失去很多病人——他自己也会失去很多病人。即使在法庭上，他们也不会被强迫执行这种缩短生命的措施。

当我询问时，疗养院的管理人员解释说，护理人员认为比尔吉特的情况比其他许多病患的情况要好得多。她的病情持续恶化，尽管很缓慢，但确实很明显。然而，由于护理模式的原因，这个深受天主教影响的机构在采取限制治疗的具体措施限制方面会有相当大的麻烦。这家疗养院里根本没遇过这样的事情。而旁边的一个有类似信仰的姑息治疗机构也不准备接纳停止人工营养的病患。

现在，我有三个选择：向检察院申诉病人受到人身伤害，向监护法院上诉，或者立即转移病人。我决定采用第三种方案。比尔吉特被转到了一个遵守《德意志联邦共和国基本法》和最高法院裁决的护理机构，没有引起轰动。2015 年 11 月，比尔吉特来到了 200 公里外的维腾。人工营养和氧气供应被停止。她只接受了必要剂量的止痛药以及抗惊厥药物治疗。比尔吉特终于如愿以偿，在丈夫和儿子的见证下，从痛苦中得到了很好的解脱。在这之前，她已经忍受了近一年的难以想象的痛苦。

谨慎选择护理机构

在我看来，像比尔吉特这样的经历尽管不幸，但是是有背景原因的。在相当多的疗养院，尤其是那些附属于教会的疗养机构，至今仍然做不到限制治疗措施以让人们安详离世。这些机构坚持基督教义对生命的理解，即上帝赐予的生命不容侵犯。教会领导人尤其喜欢大肆宣扬这点，例如2009年在德国关于《生前预嘱法令》的讨论中，当时一个教会的游说团体做出了巨大努力，将生前预嘱的有效性限制在病情发展的最终阶段。用通俗的话说就是：生前预嘱只应适用于即将死亡的情况——而不适用于像缓慢发展的不治之症的情况。但病情发展的最终阶段正好是病患不再需要生前预嘱的时候，他只需要一个好的医生，最好是姑息治疗医生，就足够了。因为根据德国医学协会的临终关怀原则，每个医生都有义务减轻病患痛苦，而不是用药物拖延死亡。

但有好几个代表教会利益的机构对这一切并不关心。在他们看来，对道德的理解更多是设施管理部门的事，和基督教信仰关系不大。这会营造一种假象：在一家天主教的临终关怀机构里，被动安乐死是可能的，然而在一家天主教的疗养院中却不可能。只有傻瓜才会相信教会管理机构之间还有利益冲突：仅德国的明爱协会（Caritasverband）就掌管着全德国14％的疗养院，即大约1400个机构。[1]需要护理的人越多，营业额就越大……

像比尔吉特一样处于植物人状态的病患似乎特别有利可图：护理等级为三级，高难度治疗，最高额费用。

从植物人状态醒来？

植物人状态是医学上的一个大谜团，它早已成为一个越来越受到社会重视的挑战。病患的临床表现令外行人感到不安：他的眼球还在动，他似乎能感知到周围的一切，但不能说话，不能以任何方式与周围环境交流。"无反应觉醒综合征"一词是非常恰当的专业术语。这种昏迷病患的预期寿命是有限的——97.6%的病患在十年内死亡，但由于现代重症监护医学带来的可能性，越来越多的病患在遭受重创后仍然活着。[2]在过去，如果没有这些医疗手段，患者通常会在几天内死亡。

尽管如此，这些高度技术性的成就是为了拯救人类的生命，还是为了无意义地延长痛苦？关于这个问题肯定会有争议。大多数最高法院对安乐死问题的所有裁决，涉及的都是植物人。后者通常由于心脏骤停而导致大脑暂时缺氧。如果心脏只停了几分钟，还是很有可能救活病人而不造成永久性伤害。但是，心跳停止的持续时间越长，大脑损伤的速度就越快：心跳停止5分钟后，记忆功能将失效；6分钟后，脑梗塞病人将无法独立进食；7分钟后，他将永久卧床。从心跳停止的第10分钟开始，大脑就会受到严重损害，以至于患者一直处于昏迷状态而没有反应。至于大脑的其他损害，无论是事故导致、炎症还是脑出血，也可能引发昏迷。不过，这些情况下痊愈的机会要大一些。当然，一个有机会康复的病人并不属于养老院，而属于专业康复中心。因为被关在养老院的人都按照久经考验的原则"喂饱——干净——镇静"被对待。即便如此,保险公司的医疗服务部门往往会说:缺钱。所以最好还是把钱用来无意义地延长生命。从昏迷醒来的人中,只有大约五分之一的人获得相应的康复治疗。

现代的重症监护医疗技术、人工食管、24 小时护理和人工呼吸等治疗手段,可以长期维持生命。某些病人的确在最初的几周或几个月内就从昏迷中醒来——不幸的是,他们醒来时往往带着永久性的严重的身体和精神残疾。

从植物人状态醒来的概率随着时间推移而急剧下降。经过 12 个月的深度昏迷,醒来的机会几乎为零。在此之后,专家们把患者情况列为"无望"。[3] 在文献中偶尔会提到美好结局的案例,但这样的结局全世界只有 50 例。[4] 并且这些都是无法深究的,都是那些自己经营康复机构的专家反复宣传的奇迹。比如,曾经有个小孩经过海豚治疗后奇迹般地痊愈。[5] 一家网站提供了一个机构的链接,该机构提供为期两周的海豚治疗,包括旅游套餐。治疗方面的费用为 5390 欧元,外加航班、救护车运输、护理床和私人护士。毕竟一切费用都可以通过报税返还,于是该网站在宣传时还提到了相关的税收规定。这些有关昏迷病人的"奇迹报告"是非常有问题的。[6] 它们给人的印象是,每个病人都真的有机会获得这样的奇迹,即使在昏迷多年之后。但情况绝非如此。[7] 以色列前总理阿里埃勒·沙龙(Ariel Sharon)的病况传遍了全世界。2006 年 1 月 4 日,他因脑出血而陷入永久性植物人状态。他的生命在全方位的重症监护治疗下得以维持。在 2013 年初,脑科专家发现,当展示其家人的照片并播放儿子的声音时，沙龙的"大脑有反应"。*几天后，德国《图片报》（Bild-Zeitung）的标题是"沙龙奇迹"。所有以色列人都希望他能重新走上康复之路。[8] 阿里埃勒·沙龙经过八年的长期人工呼吸，以及和所有器官衰竭的斗争，最终失败，于2014年1月11日去世，享年85岁。在这期间，他一直没有醒来。

对于那些要么表现出微小的带有目的性的反应，要么患有"闭锁综合征"[†]的人来说，还有一些希望醒来。比如，这样的病人可以用眼神回应，可以自己吞咽，或通过挤压他们的手来回应。他们在完全清醒的情况下体验到自己的可怕处境，但他们被困住，无法呼救，无法让人注意到自己，也无法活动。少数有惊人改善的病人会被媒体报道，并成为所有昏迷病人继续治疗意义的实证。由此，长期护理机构的经营者就能通过带给亲属往往毫无根据的希望，来为自己牟利。

但"闭锁综合征"并不是植物人状态。被闭锁的病人的意识——至少在大多数情况下——是完整的。但致命的是，误诊的情况一再发生，被以为是植物人的病患甚至有40%的人可能是处于这种状态。[9] 现代大脑诊断当然可以检测到这种情况，但医疗保险公司一般不会支付这些相当复杂的检查费用。多么

---

* 其实在此之前一年，对沙龙使用的这种研究操作就被严厉批评过：加利福尼亚大学的克雷格·本内特（Craig Bennett）把一条大鲑鱼放在实验设备中，并向它展示了6分钟的愤怒、恐惧和快乐的人的图像。该设备显示，在鱼的大脑的某些区域出现积极的活动。可问题是：这条鲑鱼早就死了，所检测到的"大脑活动"就是一种未被仪器程序过滤掉的干扰噪音罢了。

† 闭锁综合征："被困"在一个无法动弹的身体里。我的一个女性病患在麻醉两天后就出现了这种情况。她的肌肉麻醉直到两天后才逐渐消失，因此那两天里她是清醒的，但不能呼吸或者让任何肌肉收缩。医生怀疑这位完全瘫痪的妇女患有脑梗塞，并对她进行了全面的诊断和强化治疗。虽然她遭受了许多痛苦的检查，但之后她回忆最糟糕的事是："没有人跟我说话"。

荒唐！他们宁愿承担多年强化治疗的费用，而不愿投资精确的诊断方法，以便亲属和医生更容易做出决定！

重症监护治疗一定要继续进行的理由经常是，病人仍然有可能意识到一些事情——至少病情并非完全令人绝望。这是什么魔鬼逻辑！设想一下，您必须在二十年里，每天都只能盯着病房的天花板，和外部环境没有任何接触。设想您度过的每一分钟都是单调无味的，而您是完全清醒的，陷入这样的境地您难道不觉得难受，您的生活还会有价值吗？[10] "如果人还能感知到一些东西"，那么法院对此时人的痛苦状态要重视得多。在德国，法院曾对一件类似案件判决了迄今为止最高额的疼痛赔偿金。[11]这是有关一名医生在对一个四岁女孩进行麻醉时操作失误的案件，女孩由此陷入了植物人状态。在法庭上，关于医院的保险公司必须支付的赔偿金额存在争议。最终，金额定得如此之高，是因为女孩可能感知到了自己的状况，所以可能在昏迷中也遭受了疼痛伤害。

不幸的是，人们几乎不知道，恰恰那些半睡半醒的病人，倘若他们还有感知，哪怕是微小的感知，都很可能常常在痛苦中煎熬[12]：

- 他们的肌肉会越发紧张（痉挛）。
- 痛苦的关节错位。
- 发炎（口腔黏膜，肺，膀胱）。
- 他们不能独立饮食，不能说话，也不能排泄。
- 没有人注意到他们的牙齿疼痛（而停止咀嚼的牙齿，状况很快就开始逐步恶化）。

- 他们有窒息的危险，必须不断进行人工抽吸。
- 他们听到别人在谈论自己，但无法表达（那些曾短暂处于这种状态，之后醒过来的病人认为，这才是最残酷的折磨）。
- 癫痫发作并不罕见，这可能很痛苦，但往往不被注意。
- 他们无法挠痒，也无法赶走烦人的苍蝇。

通过磁共振成像可以看到，在对疼痛刺激的反应中，即使是植物人，也显示出与健康人相同的大脑活动。[13] 痛苦的迹象，例如健康人对疼痛的反应是龇牙咧嘴，在植物人身上也能检测到。

任何曾经观察过植物人病房环境的人都清楚：这不是一个可以让人平安离世的地方。人们或许可以理解最近有个儿子用枕头闷死了他心爱的、已经多年冷漠地躺在那里的母亲。[14] 从刑法角度看，这当然是不对的。但按照 2015 年《亮点》（*Stern*）杂志的编辑在文章中的说法，这也是对心爱之人的最后一次效劳。

费用问题

无止境的昏迷带来悲剧，但也带来经济利益。当然，在一个坚持其价值观的文明社会中，金钱永远不应该决定人的生与死。但我不希望因为自己多年接受毫无希望的重症监护治疗，而导致我的孩子们不得不生活在贫困之中。住院治疗的费用是巨额的，每月的实际开销达 5500 欧元。而三级护理的报销额度为 1612 欧元，平均养老金为 700 欧元，由此每月产生 3188 欧元的缺口。以平均 7 年的护理期计算，这个缺口很快就会达到 25 万欧元以上。需要护理的人中，几乎一半的人都靠领取社会福利生活。这反过来又影响到病患的直系家属——子女必须上交财产。父亲被送进护理机构——家产就没了。

尽管如此，联邦医师协会仍旧认为，仅凭不可逆转的植物人状态，不足以成为放弃用以维持生命的治疗措施的理由。同时，在为脑死亡概念辩解时，协会成员却又正确地认为，不可逆转性是定义死亡的关键准则，由此应该关闭所有的医学仪器。*

把道德伦理做适度调整，它不但将有利可图的移植医学，而且使高盈利的重症监护医学都得到最大合理化。

无论如何，很多医学工作者和老百姓的观点截然不同：

- 受访的 8000 多名医生和护士中，三分之二的人甚至明确赞同为植物人施行安乐死。
- 护工——也是离病患最近的人——中有 70% 赞同。[15]
- 当问到倘若自己处于植物人状态时，80% 以上的医生回答：在如此情况下，请务必让我死亡。[16]

法院的判决也反映出类似的倾向。曾有个名为朱莱的女孩，在一次医疗事故后变成严重残疾，处于植物人状态。哈姆

---

* 同时，联邦医师协会在关于医生的临终关怀基本原则中动摇了自己的立场。过去它是这样说的："因此，当病人表达的意愿或假定的意愿已被考虑后，维持生命的治疗，包括——有时候是人工的——营养，从根本上说是必要的。"如今 2011 年修订版的表述更为谨慎："医生有责任根据医学指征规定治疗的性质和程度；仅仅是持续的感知障碍并不能成为放弃用以维持生命的治疗措施的理由。"在接下来的一段话里，医师协会向那些永远无法确定其意愿（自幼就处于植物人状态）的病患打开了对他们有利的大门："治疗目的基于病人的利益。"

地区高等法院批准了她的父母有权停止对其女儿进行人工喂养。两天后，小朱莱平静地睡去了。[17] 2015 年 6 月，斯特拉斯堡欧洲人权法院审理的文森特·兰贝特（Vincent Lambert）的案件也树立了一个榜样。[18] 兰贝特自 2008 年以来一直处于植物人状态。这位 36 岁的曾经的护工在一次摩托车事故后高位截瘫，昏迷不醒，只能用喂食管维持生命。尽管他虔诚信奉天主教的父母对文森特妻子的决定提出了诉讼，他仍被允许死亡。该判决具有法律效力，对整个欧洲都有约束力。在法庭上，法官们还提到一项法国的特殊法律，即把针对永久处于植物人状态的病人的治疗定性为"过度治疗"。[19] 然而在德国，至少在没有生前预嘱的情况下，被宣扬的不仅是植物人的生存权，还有他们的生存义务。

几乎所有的生前预嘱都要求，当病患处于植物人状况，就停止一切治疗。但如果病患没有事先声明自己的价值观和愿望，那就难说了。而在德国，超过 70％ 的人都没有生前预嘱——这是个几乎令人难以置信的庞大数字。[20] 由此可见，我们还有大量的宣传教育工作需要完成。而且在立生前预嘱时还会遇到很多陷阱：措辞必须经过反复推敲；精确性更是重中之重。如果我饿了或渴了，应该怎么办？倘若处于无法恢复的昏迷状态，我是否还应接受抗生素治疗，或者装上透析管？怎样才能防止那些无法让我离去的家人主观认为我在毫无意识的状态下有了新的感知，仅仅因为我没有抵抗地接受喂食，或者当我被一缕阳光抚摸时，似乎呈现出了微笑的表情？

我自己的生前预嘱是我和自己的维腾团队——在经过许多令人痛心的经历后——一起起草的。这个生前预嘱以联邦司法部推荐的版本为基础,增加了几项注释,并收录在本书的附录中。尤其重要的是,选择正确的委托人。在这一点上,除了深厚的信任关系,还有一点是极为关键的:这个被委以重任的人必须很勇敢,当病患的利益受到侵犯时,他有足够的勇气去反对医生代表,或者一个仅考虑自身利益的护理机构领导。

6 透析：有利可图的洗肾

作为一种拯救生命的方式，透析帮助了许多人。他们尽管肾脏衰竭，但寿命被延长了很长时间，而且基本上没有不适。不过，当透析用于年纪大的重病患者时，就会出现问题。这时候的生活质量急剧恶化，就算生命被延长了，所付出的代价是住院时间更长。[1]

瓦尔特劳特的案例

88岁的女患者瓦尔特劳特多年前被诊断出双肾功能衰竭。她耐心地忍受着自己的命运。尽管承受着相当大的身心负担，但仍坚持每周三次的透析。所谓的"蜜月期"，即身体明显排毒后而产生的短期兴奋期，很快就结束了。之后不久，她的恢复情况就逐渐恶化。每当她刚感觉好一点，下一次透析预约就接踵而来。几个月后，瓦尔特劳特对儿子和女儿说，她受够了。她现在快90岁了，已经享受过美好的生活，不想永远都承受透析的负担。但她会继续接受治疗。

没过多久，养老院的护理人员发现瓦尔特劳特没有生命迹象，于是马上呼叫急诊医生，接下来是住院治疗。经过多次检查，医生诊断出威胁生命的心律失常，一个昂贵的除颤器很快就被植入——这当然是非做不可的事。不过心律失常并没有得到改善。随后瓦尔特劳特的心房在一次微创手术中被部分关闭。经过长时间的住院治疗，她被送回养老院。

但是仅仅一个星期后，急诊医生又被呼叫。瓦尔特劳特发高烧了。于是这位88岁的老人又被送到了医院。这名私保病人当然有权享有强化医疗护理、人工呼吸治疗和接下来的全面检查。由于这名女病患过于虚弱，且没有摄取足够的食物，医院安排了人工营养输入，并加强了透析。人们根本不允许她死亡，因为在她身上仍有太多的钱可赚。

当她的女儿向院方极力施压，正如出院文件中所描述，"违背医生的迫切建议后"，瓦尔特劳特才在她89岁生日的前一天被送回家。由此家人们才能够与她一起庆祝最后一个美好的生日。试想一下，这位四个孩子的祖母该多么享受她的孩子和孙子的看望。在一次详细的谈论中，大家共同决定不再采取任何延长生命的酷刑——即便这违背了透析医生公开表明的意图，后者想继续进行治疗，并试图在瓦尔特劳特的病床前恐吓她的家人："你们真的想让你们的母亲痛苦地窒息吗？"如今瓦尔特劳特终于被允许离世了——医生批准了预备的吗啡。我刚准备好相关文件，女儿就告知透析诊所，取消了人工肾的预约。她明显松了一口气。

为什么这位老妇人在生命的最后几个月里要经受如此折磨？因为这样的洗肾（当然，这对于治疗前景好，且身体状况良好的病人是有意义的）通常会从根本上改变生活质量。接受透析的人喉咙干燥，舌头粘在口腔顶部。本就很单调的饭菜更加味道平淡，而且得尽量避免摄入盐。他们对饮用品的渴望越来越大。但是通常情况下，那些需要终身透析的人每天只被允许喝四分之三升的液体，包括汤。负责处理肾脏疾病的肾脏科医生会严格得不近人情。1995年去世的作家霍斯特·卡拉塞克（Horst Karasek）比任何人都更准确地描述了透析病人的心理状态。他很想把他的玻璃鱼缸喝干。他无法继续忍受这种饥渴。"我在冰箱里放了冰块，让它们在我的舌头上融化，或者在难以忍耐的时候咬一口柠檬。"

透析——到底是什么？

目前在德国约有7万人正在接受透析治疗。具体而言，这意味着：每周三次，没有任何休息期，每次都和透析机连接。做透析的病患通常需要乘坐出租车或救护车，路上得保持坐姿。首先，将较为粗大的针插入所谓的分流导管，这是通过手术在动脉和静脉之间建立的直接连接。这样的人工导管为多次穿刺提供了便利，因为针刺过程——不仅因为分流导管针的粗细问题——会越来越痛苦，每次针头都在同一位置刺入和拔出。

在接下来四到十个小时的血液透析过程中，必须使用强效血液稀释剂，否则试管和过滤器会立即堵塞。因此，许多病人会出现鼻出血和牙龈出血，相当多的病人因为失血过多而需要输血。透析本身对血液循环是非常有压力的。与人工肾连接的病人在事后会觉得很疲惫，尽管他只是在沙发上呆了几个小时，并按照指示严格保持手臂不动。而在机械清洗血液的过程中，几乎没有什么隐私可言。常常五个甚至十个同病相怜的人零距离地一起做透析。

一些病人告诉我们,他们经历的治疗就像流水线的工作。医生几乎没有时间和病人单独说话,甚至没有时间讨论当前的问题。例如,许多透析病人因严格的体重限制而生活受到影响。但最糟糕的是,也是他们中的大多数人抱怨的,由于血液中钠的含量减低,肌肉痉挛常常定期发作。此外还有其他并发症。分流导管植入的地方必须不断重复地进行手术。这是因为它在一定时间后会被堵塞。免疫系统的不良状况导致尿路感染,也导致分流导管处感染。偶尔病菌会进入伤口,由此肾脏病人只能通过口罩、头罩、防护服和手套来适应周围的环境。有些人甚至觉得自己简直像个麻风病人。

更严重的是:糖尿病患者在透析下极难控制血糖,其结果是低血糖和高血糖。他们经常需要服用 15 片或更多的药片,由于摄入的液体减少,这些药片无法被充分稀释,于是胃开始反抗。为了解决所有这些并发症,患者必须不断去医院进行为期数周的住院治疗。老年透析患者平均每年在医院或透析诊所度过的时间是 173 天。[2] 曾有项研究,把接受透析的老年患者与未接受透析的肾脏患者进行了比较:前者活得更久,但他们获得的大部分时间是在医院度过的。不做透析的病人每年只有 16 天是在诊所或医生那里度过,而且也更多地在家里死亡——没有经过重症监护治疗。

菲利克斯的案例

74 岁的养蜂人菲利克斯也未能逃脱透析带来的负担。由于严重的循环系统紊乱、心力衰竭和肾脏衰竭,他已经在疗养院里长期卧床不起了。每周三次的透析以及所带来的各种并发症，加上诊所里的紧急护理，这一切对他来说很可怕。他对生活的态度一再地消沉。尽管家人多次探望他，并尽一切可能让他振作起来，但都是徒劳的！2015年2月初，他决定停止透析。他现在就想解脱。

我和姑息治疗团队的成员仍然试图通过谈话治疗和服用抗抑郁的药来缓和他的情绪——但他不改变决定。透析医生被告知菲利克斯停止透析的决定，前者表示强烈反对。难道我们要杀死这个可怜的人吗？当然，当透析成为义务的时候，停止治疗通常会在一到两周内导致病患死亡。但在专业的姑息医疗护理下，病人会安详死去。远离可恨的机器，更多地由我们团队关照，更重要的是亲属的陪伴，这给他带来了欣慰——这位衰弱的养蜂人一直活到五月底。然后一次急性心律失常给他带来了无痛的瞬间死亡。肾功能衰竭并非结束他生命的直接原因。与瓦尔特劳特的情况类似的问题是：为什么这个已生无可恋的，病入膏肓的将死之人，在生命旅程结束前还要遭受透析的折磨？

答案恐怕简单得惊人：透析是第二昂贵的单项治疗，一年费用为5万欧元。在德国约有7万名透析患者，单是这项治疗就带来35亿欧元的营业额，此外还有药物治疗的费用。估计每个病患每年带来的利润就有1万欧元。当一家透析诊所被出售时，在价值评估中会提到，每个在这里洗肾的人都会带来25000至40000欧元的利润。[3]一名乡村医生只能从一名患者身上赚取不到一欧元诊疗费，前者甚至有时候还需要当地政府的补贴。[4]但一家有100名病人的透析诊所，价值达几百万欧元，其中还不包括设备的费用。

很明显，实际的医学指征并不总是被重视。重要的是病床位置被最大化地使用，血泵在运作。在我们这个国家，老年患者尤其受到压榨。他们有时间，几乎不会反抗。所以从他们身上赚钱特别容易。难怪这一群体的人数多年来在德国实现了最高的增长率，统计数据显示，在1996年至2006年间，开始进行透析的病患的平均年龄从63岁上升到70岁。[5]其中就连痴呆症患者的比例也在增加。一份出版物显示，病人的意愿是多么的不重要：一位农民早已不再享受生活的任何乐趣。在卧床时间增加、痴呆症状变严重的同时，他还开始了透析治疗。"透析干体重的增加"被认为是治疗的特别成功之处。这位病人在做透析时坐立不安，有时候45分钟内机器就发出25次警示。就这样经过了五年透析治疗，在经历一次严重的脑出血、昏迷数周后，这项治疗才在妻子的要求下被终止。该出版物没有讨论透析治疗的意义或者治疗目标，也不涉及病人愿望甚至医学指征。[6]

对原本健康的肾衰竭患者来说，透析是挽救生命的治疗。然而，这并不适用于所有的人，特别是年迈的重病患者。

一项英国研究对那些由于年龄和严重的先期疾病而自主决定透析的患者进行了跟踪调查。选择透析的病人和不做透析的其他情况类似的病人最终寿命一样。但是做透析的病人有各种并发症，更经常住院，也更经常在医院死亡。[7]

这说明对于年老的重病患者来说，放弃透析治疗并不意味着生命马上终结。至少在延长寿命方面，针对每个病人需求的不做透析的治疗效果，完全可以与透析治疗相匹敌。因此，对于身体功能严重受限的老年重病患者来说，可以考虑将强化替代治疗作为一种适当的解决方案。

特别是年长的养老院居民——也是我们国家增长最快的群体——开始透析治疗后，对护理的需求急剧增加：大多数病人成为重度护理对象。其实这并不奇怪，因为仅仅是在透析期间的长期平躺姿势，就会导致肌肉萎缩。老年患者在接下来的日子里，一直到下一次洗肾的时候，恢复得也不太理想。一项研究表明，没有一个需要护理的病人的身体功能状况能通过透析得到改善。[8]

然而更严重的是，生活质量也随着透析的开始而急剧下降：老年透析患者的生活质量比不进行透析治疗的临终肾病患者低三倍。尤其对老年人来说，重要的不是正常的实验室参数，而是在家的生活质量，并保持自主能力。

但替代透析的治疗无法带来丰厚收益。过去曾有透析医生被检察院起诉，因为前者为很多病患进行了没有必要的透析治疗。据检察院称，起诉的原因是这些医生"为了确保盈利而让透析治疗运作最大化"，即设法获取最大收入。在我写这本书的时候，来自多特蒙德的透析医生的案例正在被媒体报道。他们不为病患申报肾脏移植，或者向病患提供了虚假信息，使这些病患未被列入移植名单。这是因为，有了新肾脏的病患就不再需要进行有利可图的透析。来自波鸿的移植外科医生理查德·菲巴恩（Richard Viehbahn）教授表示，这就是"违法行为"。[9]现在，检察院正在对这两名医生进行调查。建立透析登记应该成为补救措施，否则这种唯利是图的人身伤害行为就不会停止。

7　痴呆症：向失忆的人收账

痴呆症患者——患有大脑衰退性疾病的人——如今在养老院的护理对象中占了很大比例，约为40％。而且这个比例呈上升趋势。护理人员经常要处理精神困惑、烦躁和疼痛的综合病患。然而，由于对这种临床病况没有治疗方法，最多只能用姑息治疗，所以减轻症状应该是所有治疗的首要目标。

研究显示，大约80％的养老院住户都受到疼痛的困扰。那些清醒的人还能得到有效的缓解疼痛的措施，但一个神志不清的人就不行了。一项广受瞩目的研究发现，遭受股骨颈骨折的老年痴呆患者所接受的止痛药剂量仅为精神健康患者的三分之一。[1]仍旧有医生认为，痴呆症患者对疼痛并不敏感。他们坚信："反正他什么都感觉不到。"然而，这是一个严重的错误：通过切片成像——技术上称为"功能性磁共振断层扫描"——可以将大脑中的疼痛刺激可视化。其结果非常明确：与健康人相比，痴呆症患者的大脑疼痛中心的活动时间明显更长、更强烈。这说明，痴呆症会增加对疼痛的感知——而不是像过去大家认为的那样会减少疼痛感。

许多痴呆症患者的行为表现有问题，如攻击性强，或者焦躁不安。不少专家认为，这些行为是疼痛的表现。但常见的操作仍旧是通过精神药物抑制症状。然而这些药物并不能减少疼痛，它们在现代疼痛治疗中早已失去了地位。行为问题应依据病因进行治疗，即使用止痛药。[2]事实则恰恰相反，病人服用镇静药物，或者更糟糕的是，他们被捆绑起来，比如通过束缚带或床围杆，被剥夺了最后的自由。

格尔达的案例

96岁的格尔达曾经是一名女裁缝，已经处于老年痴呆症的晚期。她还患有糖尿病和心脏衰竭。她已经卧床七年多了，通过胃管维持了五年的人工营养。当我们接管她的治疗时，这位老人正走向生命的终结。她明显遭受着剧烈的疼痛。在不同的住院期间，医生给她开了七种不同的药物，包括降压药、脂质代谢调节剂、肾脏保护药和预防中风的血液稀释剂。但她没有得到任何止痛药，尽管她的痛苦是显而易见的：她忍受着痛苦的关节僵硬，肌肉痉挛，臀部还有一个巨大的褥疮，且已经溃烂，气味难闻。每天护理人员都通过抽签决定，由谁来给格尔达换药。

而照顾她的专业护理人员对待病患的需求时，从来都表现得很冷漠。格尔达唯一的亲戚，一位年迈的侄女，曾向养老院的负责人指出，格尔达甚至在她的痴呆症发作之前就已经不太想活下去了。无助而艰难地度日如年，这样的命运对她来说是无法想象的。然而在养老院的要求下，专业护理人员几年前就已经同意进行人工营养。不然的话，他们不得不把老太太一次又一次地送去医院进行输液治疗，养老院做不到这点。

在第一次给格尔达做检查时,我刚一接触到她的关节,她就疼得大叫,几乎无法翻身。当护理人员过来时,她就紧紧地咬着嘴,以至于每次给她喂药都失败了。她屁股上的巨大褥疮其实需要立即进行一次大手术,否则这位老人的身体就会活活腐烂掉。但这样的手术还有合理的治疗目标吗?该如何看待接下来的,很可能违反病人意愿的人工营养?我们的团队很快达成共识:唯一明智且刻不容缓的措施就是不再用人工方式阻止老太太的死亡,即停止人工营养和液体供应,并为她的臀部提供吸附异味的绷带。此外,我们开始了大剂量的吗啡治疗,格尔达的疼痛很快得到缓和。我们停用了心脏病药片以及到目前为止医生开的其他处方药。

然而,在违背我的医嘱和病人意愿的情况下,养老院指示,继续对格尔达输入人工营养。监护法院介入此案后,经过与一位善解人意的法官长时间的电话交谈,直到两周后,我们总算能将胃管关闭,从而避免了进一步的人工营养强制输入,毕竟这只对疗养机构的账户有利。五天后,格尔达去世了,死因是她的褥疮。检察院展开了死亡调查,但该案被撤销。持续的严重人身伤害,未治疗的疼痛,没有目标的治疗,违背病人意愿的强行营养输入,这些都严重干涉了她的自决权:和以往一样,这一切罪行都无需承担法律后果。检察院只负责检查是否是护理方面的失误引发了臀部的褥疮,从而导致死亡。

强制镇静和营养输入

不幸的是,像格尔达这样的案例在德国不计其数。因为德国人对于痴呆症病患的身体疼痛,以及在德国获取有镇静效果的精神药物，或者对病患使用束缚带的法律前提，都所知甚少。一位幽默的法官在相关的法令中沮丧地写道："法官指出，C14号病房的患者案例中存在一个没有纠正的、最为根本的法律误解，即由谁来决定剥夺病患人身自由的措施。在这个案例中有个错误的想法，即医生能决定剥夺病患人身自由的措施，而非监护人或者其他的代理人。"

这就是如今很多养老护理机构的普遍做法，如果痴呆病人变得焦躁不安或具有攻击性，就要求主治医生用药物使其镇静。但这么做是很有问题的：

护理机构在法律上有义务实施适当的疼痛治疗。[3]这当然适用于，而且尤其适用于痴呆症患者。不过这种情况很少发生。而当我们为病人订购强效止痛药时——就如今天我在格尔达的疗养院所经历的那样——我们又被要求停止用药：记录吗啡的使用情况太烦琐了。不如我就开一种较弱的止疼药，更容易记录！这又一次表明，痴呆症患者往往没有得到充分的疼痛治疗。[4]

另外，倘若使用镇静药物完全是为了通过减少驱动力来稳定病人，则需要得到司法授权，这正是痴呆症患者通常面临的情况。当然，现在若要对病患使用束缚带，大都需要获得司法授权。然而在使用药物性质的约束措施时，就没人理会授权了。这严重违反了现行法律。即便当事人有可能经常因无知而犯，但为了阻止他人继续效仿，这种行为其实不应免受惩罚。从这点看，我们这个宪法国家已经一败涂地。

因此，那些无法表达自己的重病患者可能会继续被要求使用镇静剂，而非注射止痛药。止痛药——尤其是吗啡——被怀疑会缩短生命，这是错误的。但这样的谣言依然存在。此外，痛苦是人性的一部分，这样的观点似乎——出于我不理解的原因——是我们价值体系的一部分。或许这就是为什么我们的养老院和诊所对止痛药的使用往往很吝啬，而对能够延长生命、带来高利润的胃管则慷慨得多。

所有医生都应了解，胃管营养输入被证明无用，就不应该实施，因为每一次手术都会给病人身体带来压力。然而在荒唐信念的影响下，人们仍旧认为：必须这样做，是为了

1. 延长生命。
2. 改善生活质量或身体功能。
3. 预防肺炎。
4. 防止或减轻营养不良。
5. 预防褥疮。

但专业人士早已证明，所有这些观点都是错误的。大量扎实的国际研究以几乎压倒性的结果证明了这一点。[5]恰恰相反：插有胃管的病人反而更经常得肺炎。因食糜倒流引起的窒息是一种经常发生的、最终致命的并发症。更不用说由于一直躺在尿液中而引发的褥疮了。简而言之，无论是寿命长短，还是生活的舒适感，全都没有得到改善。许多痴呆症患者甚至不得不被捆绑，以免他们把管子从身体里扯出来。这种治疗方式不可能实现任何实际的治疗目标。此外，对痴呆症患者进行胃管营养输入在医学上是没有意义的[6]，这也是国内外公认的准则。最近在美国，亲属被建议不要为病患安置胃管。理由是："这是过度治疗。"而最近，老年医学的专家协会——德国老年医学学会（Deutsche Gesellschaft für Geriatrie）——也明确表示：

"晚期痴呆症患者不应通过经皮内窥镜胃造口术（胃管）进行营养输入。"胃管在"过度治疗"的种类中排名第二，排在它之前的是"太多无意义的药丸"。[7]

事实证明，免于人工营养的痴呆症患者不会出现身体负担加重的情况。他们唯一需要的是人性的关怀，比如姑息治疗护理。他们只要多一点关注，而不是由机器来接管喂食。"接胃管还是不接胃管？"——这个问题其实已经很久没有被问到了。我们更应该为这些病人最终获得相应的护理和疼痛治疗而努力。然而对于人手不足的护理机构来说，通过胃管护理重病患者是个极其经济的方法。由此看来，疗养机构的管理人员尤其强烈反对终止胃管使用，主张坚持插管，这就不奇怪了。一家狡猾的养老院甚至在其合同中写道："养老院及其工作人员具有保护和照顾生命的道德理念。因此，即使有相应的生前预嘱或相应的意愿，患者或其法律代表不得要求养老院及其工作人员不给予病患食物和液体。"幸运的是，德国高级法院已经宣布这种践踏病患自主权的条款无效。[8]但向病患家属施加的压力依然存在。像如下叙述的案例，仍是每天都在发生的可悲事件。

英格里德的案例

75岁的英格里德是一位有两个女儿、精神矍铄的母亲。1998年，她被诊断出患有阿尔茨海默病。这导致了——与精神恶化发展同时进行的——抑郁症、自杀念头，她甚至尝试过自杀。最终于2001年，由于大小便失控、卧床不起、伴有大声尖叫的烦躁阶段反复出现，英格里德越来越需要护理。由于她的丈夫多年前就已经去世，在家中护理是不可能的。英格里德被送往一家宗教性质的疗养院，她的两个女儿经常去看她。大女儿，我们暂且称她为加布里埃勒，提前获得父亲遗产的一部分，而另一个女儿，莫妮卡，则获得了养老金的一部分。这份养老金如此丰厚，除去支付英格里德的住院治疗费，仍有一些剩余。由于在财产监护问题上——关于母亲的养老金——的意见分歧，在莫妮卡的催促下，监护法院开始介入。随后法院干脆为老太太指定了一名专业监护人。

2010年底，疗养院的工作人员敦促家庭医生为英格里德插上胃管。随后家庭医生向地区法院书面请示："我必须报告，上述病人××现在的大脑功能已经恶化到必须使用胃管（穿过腹壁）的程度。在此，我请求批准此事。"之后事情按照程序进行：地区法院委托专业监护人征求患者的意愿。这不在家庭医生的职权范围内。两个女儿直到这时才被告知，她们都表示没有书面的患者意愿声明。加布里埃勒对突然决定插管感到茫然，并要求推迟，好让她对这个棘手的问题做充分了解，但莫妮卡却不加思索地同意了。于是护理人员毫不犹豫地批准了人工胃管安置手术。根据疗养院的记录，加布里埃勒可以很清楚地证明，她母亲的饮水量绝不属于低危水平。她一般每天饮用800到1500毫升的水，根本不存在必须插胃管的紧急情况。因此，她向监护法院申请紧急推迟插管手术。但该请求被拒绝："只有在监护人违反职责的情况下，法院才能考虑命令推迟措施。监护人已经尽可能地确定了被监护人可能的意愿。即使延迟插管，也不会进一步探知病患意愿。申请人并没有表示，自己对母亲的意愿有任何了解，因此没有采取紧急措施的必要。"

一个月后，我应邀就胃管管饲的医疗必要性提供专家意见。女儿加布里埃勒,即我的客户,以及在场的护理人员都证实了病患处于痴呆症的末期状态。英格里德在疗养院已经待了十一年,期间遭受了两次中风。自 2004 年以来,步态分析显示她的身体已经严重受损。自 2008 年以来,患者一直卧床不起。我发现病人过去一直很喜欢参加社会活动,而且她信奉基督教的世界观。在访问一家疗养院时,她曾经说过,"对于状况如此糟糕的病患",人们应该"不再去操纵他的自然发展过程"。她避开医生,也不去做癌症筛查。

在检查英格里德时,我发现她处于一种令人担忧的状态。她蜷缩着躺在一个交替式压力床垫*上。她的皮肤和黏膜的充血状况良好,没有溃疡,没有压痕。她的眼睛发红。口腔内有顽固痂皮†形成。若口腔护理到位,这些痂皮是可以消除的。牙齿已不完整,只剩下几颗。没有迹象表明口腔区域有感染。

她的双臂极度弯曲、抽搐,只能带着痛苦的表情轻微移动。手指也处于明显的弯曲状态,左手握着一条毛巾,掌心有伤口。腿部也显示出类似的畸形状态。患者大小便失禁,穿着防护裤‡。无法和她进行有目的的交流,她无法听从指令,反应焦躁,不断地喊出无法理解的不完整的话语。我无法确认,她是否还认得陪同她的女儿。

根据专门为痴呆症患者开发的测试程序——由此可以通过行为观察确定疼痛等级——疼痛等级从零至十,我确定英格里德的疼痛等级为七。即该患者有严重的疼痛,这可能是由关节

---

* 用以防止褥疮的特殊床垫。可见病人患上褥疮的危险极大,因为她已不能自己翻身。
† 病患长期不进食,在口中形成结痂。但若口腔卫生保持良好,就不应该形成痂皮。
‡ 成人尿裤的政治正确术语。

错位或肌肉痉挛引起。她没有得到止痛药，却在服用支持心脏的药物、防止动脉硬化的药物、1000毫升的管饲营养和抗生素。她不再需要别人喂她，一个电动滚筒泵会持续向胃部填充营养液。

从护理记录可看到，每三小时进行一次的翻身过程中，英格里德只是被动地移动。此外，每一班护理人员会擦拭她的嘴巴两到三次。

当要喝水时，这位病患完全正常地吞咽。无法检测到呛水的情况。她其实完全可以像以前一样继续由护理人员喂食。当然这关乎到养老院每天的护理人员配置。根据我的评估，患者显然没有人工营养输入的必要，于是女儿加布里埃勒向法院上交了这份评估。这本应为拔掉胃管铺平道路。但她的申请在一审中被驳回。当上诉在地区法院待决时，老太太去世了。管饲营养液倒流导致窒息——她就这样带着孤独、折磨和未能缓解的疼痛离开人世。家庭医生的鉴定几乎是个讽刺：这属于"自然死亡"。然而严格来说，英格里德死于胃管导致的典型并发症——其实刑事警察应该进行调查，但也仅仅是应该而已……在德国，濒临死亡的人不享有法律保护。他们必须活着，直到生命无法人为地被延长。

英格里德的两个女儿从此断交。

虽然还有一个人为她的权利而坚持不懈地努力，但英格里德依旧无法摆脱可怕的命运。若她有一份书面的生前预嘱，那么一切就会不一样。因为盲目相信"好医生"或者"好法官"，往往是无济于事的。

8 放疗：盈利的源泉

放射治疗是化疗和手术之外的另一项治疗癌症的选择。放射性射线主要用于消灭癌细胞。这种形式的治疗可以延长生命，经常可以减轻痛苦——经常，但并非总是如此。

贝亚特的案例

60 岁的贝亚特的两个女儿已经成年。2012 年，她被诊断患有乳腺癌。之后马上进行肿瘤手术，六次化疗，最后是放疗。这意味着贝亚特要反复住院。当她的第一个孙辈出生时，贝亚特无法亲临。尽管采取了所有的积极治疗措施，肿瘤仍继续生长。因此她又做了两次化疗。到了 2015 年初，贝亚特再次被安排了放射治疗。但是癌细胞继续增长和扩散。最后，由于副作用太多，化疗于当年四月停止。贝亚特身体几乎所有的部位都布满了癌细胞：淋巴管、肺、肝、骨骼、腹膜和胸膜、脾脏，还有大脑。到处都有癌细胞转移！有些地方甚至肉眼可见：一个肿瘤溃疡从左腋下到颈部的皮肤中破出。贝亚特只想做一件事：回家，和家人团聚！

但主治医生说服了她做脑手术。之后还必须对头部进行放疗，否则肿瘤将永远得不到控制。五月底的手术后，贝亚特的情况变得极其糟糕，她只能躺在床上。但接下来的放疗更是一种折磨，她必须躺在没有软垫的硬钢板上，并且一直保持不动。她乞求着："让我回家吧！"但放射科医生没有怜悯之心：不，必须完成整个系列的放疗，否则脑肿瘤会使她的头"爆开"。抗议似乎是徒劳的。贝亚特在放射诊所治疗期间，她的第二个孙辈接受了洗礼。她多么希望能亲临现场——这一切本不应如此。

接下来的星期五下午晚些时候，这位临终女病患终于得以出院回家。她极其需要全面护理，身体的一侧已瘫痪，只能卧床。她承受着疼痛，感到恶心，想呕吐。但医院既没有为她准备护理床，也没有一把坐便椅，更没有提供周末必要的药物。然后在周日，家人感到绝望，终于通过姑息治疗紧急电话联系了我们。我们能做的也不多了，但至少减轻了恶心和疼痛。贝亚特在她的女儿、女婿和两个孙辈的陪伴下平静地离开了人世。尽管已经出院四天，脑部手术留下的伤口仍旧没有愈合。

从这些不必要的治疗中获利的，只有医生和诊所。她生命最后几个月的化疗也同样无用——还有更为荒谬的反复放疗。就她虚弱的身体状况而言，这些治疗毫无意义，而且是完全可以避免的。其实效果恰恰相反：强化治疗缩短了她的生命。过度治疗已经夺走了贝亚特的最后一点生活质量。由于不负责任的、没有医学道德的系列放疗，她甚至不能亲临外孙的洗礼。众所周知，放疗往往由于炎症反应而在一开始会加重病况。只有在晚些时候——几个月之后，患者才能期望好转。但对贝亚特来说，已经没有后来。她没有机会了——她的医生们不可能不知道这一点。

什么时候以及如何使用放疗？

若要了解放射治疗的效果，就应该大致了解其基本原理：放射治疗自 1920 年代以来就在不断发展改进中。放疗时，放射性射线被指向肿瘤，并破坏肿瘤细胞的遗传物质。但不幸的是，这些射线也会损害邻近的正常组织的遗传物质。不过由于肿瘤细胞增殖迅速，它们对辐射的反应异常敏感。尽管正常组织也受到损害，但它们的自然修复机制也可能在这里发挥作用并促使细胞再生。为了只消灭那些威胁生命的癌细胞扩散，放疗中会用到两个技巧。

第一个技巧是，既然肿瘤可以通过横断面成像被精准地定位，那么现在用一个可移动的辐射器从各个方向接近它。由此一来，辐射射线能不断地击中"坏细胞"，而周围的组织只被短暂地擦伤。第二个技巧是，分化破坏肿瘤所需的辐射剂量。这是因为受损的肿瘤细胞很难恢复，不像健康组织那样。这种技巧被称为放疗剂量的分次照射。比如，与其一次给予高度危险的总剂量 20 戈瑞*——辐射计量单位——不如分成十次，每次 2 戈瑞。

然而，第二个技巧有一个严重的危害：病人必须去放射室十次。整个过程就需要数周时间。而且每次放疗都会产生相当大的副作用——"放疗疼痛"。因为尽管健康的细胞组织能够迅速恢复，但它们首先受到损害：黏膜、胃肠道和造血系统都

---

* gray，辐射吸收剂量的国际制单位；例如，50 戈瑞的全身辐射会当场致死。

会受到影响。

　　大约有一半的放射治疗的确用于癌细胞尚未扩散的病患的癌症治疗。在这种情况下，治疗目的是通过有针对性的高剂量放射摧毁尽可能多的肿瘤细胞。而对于另一半接受放疗的人来说，这个目标并不存在，因为他们的癌细胞已经转移。到了这个阶段，几乎所有的癌症都是不可治愈的。药物可以阻止肿瘤生长，甚至将其压制一段时间，但已经不能完全让病况停止。由此一来，治疗目标是缩小肿瘤的大小，以及降低恶性转移带给骨骼和大脑的压力。然而，这只有在病人能够坚持活到几个月后，即放疗的减压效果有可能显现的时候，才有意义。贝亚特不可能有这个机会，这是显而易见的。因此她的治疗如此离谱。

　　美国的两个专业协会一致提出了医生不应该做的五件事，其中包括：没有治愈目标的放疗；在缓解症状，即姑息治疗时，不要进行多次少剂量的放疗，而是进行一次性高剂量的放疗。[1]美国放射科医生在 2011 年提出的这一要求是非常合理的。[2]这减少了痛苦，并将患者的负担限制在一次治疗。但是在德国，几乎没有人听取来自海外的迫切建议。这是因为，医疗收费准则导致病人多次接受放射治疗。计费方法似乎很简单：预约越多，收费越多。* 但无论怎样我都无法理解，一次性放射治疗收费约 1075 欧元，而同样的剂量，以十分之一为单位的十次放疗却要收取十二倍以上的费用。至于病人是否能够活足够长的时间，是否能从放疗中受益，往往因可观的费用

---

* 住院病患放疗一次的费用：1075.25 欧元。10 次总剂量相同的放疗，包括 7 天住院费：12971.80 欧元。

而无人在意了。不幸的是，医疗保险公司对这种公然的滥收费行为睁一只眼闭一只眼：其实对他们来说，只要查看已故癌症患者的治疗账单日期，就能顺藤摸瓜，很容易找出这些不符合规定的治疗。而且我相信，如果医疗保险不再为这些荒唐的治疗买单，它们就会停止：病人的痛苦会减少，医疗保险公司会节省大量资金，大家也会因缴纳更低的医疗保险金而受益。

2016 年，德国科普电视节目《奥迪索》（*Odysso*）做了一期节目，名叫《经济上合理，科学上无意义》，专门讨论了放射治疗的问题。节目报道了一位患有癌症的四个孩子的祖母，她感到自己被迫接受放疗："没有什么大的讨论，搞得真的好像我别无选择一样。从一开始我就被告知，要做放疗，要做放疗。"到了康复中心她才了解到，一系列放疗之后，只能得到很小的益处。她解释说："讲真吗？如果早知道会如此，我很可能就不会接受放疗了。这纯粹是一种折磨，我的孩子已经长大成人了。我真的不想在这最后几年里还要这么受罪。"

编辑们解释："通常情况下，被推荐的治疗是对诊所有利可图的。然而这些治疗对病患的意义，以及病患原本的意愿是什么，这些问题根本不会讨论。"事实正是如此。[3]

弗兰茨的案例

来自鲁尔区的 51 岁的精神科女医生弗兰茨的命运也证明了这一点。她生活在林中一座可爱的房子里。2015 年底，她被诊断为支气管癌，且癌细胞已经扩散到肺膜。肺部和腹腔内都有积水。尽管进行了手术和化疗，肿瘤仍在继续发展。＊弗兰茨经常表示自己疼痛难忍，呼吸困难。但负责她的医生并不考虑姑息治疗，因为那就等于承认自己失败了。在医院里，她甚至被告知，最主要的肿瘤已经通过化疗而变小。

然而这与出现的越来越多的病状并不相符。在2016年4月的医生诊断书中，对癌细胞转移的描述几乎用了整整一页文字：颈椎第7节，胸椎1—7和10—12节，以及所有的腰椎骨，骨盆，骶骨，大腿骨，还有一些肋骨，加上肝脏，肾上腺，肾脏和肺膜都有癌细胞转移。

于是一系列的放射治疗开始进行。医生在诊断书中表示病人对放疗的耐受性良好。病状会明显减轻。这份医生诊断书由几段文字拼凑而成，其中没有任何直接和病人有关的内容。此外，医生还开了十七种不同的药。然后弗兰茨——据说总体情况有所好转——出院回家了。

我们的组长贝亚特护士在出院当天去了弗兰茨在树林里的家。这位绝症患者的护理工作显然使她的丈夫和表弟完全不知所措。除了一张护理床之外，医院没有准备任何其他的东西。我们无法确认医生诊断书中所述的病状好转趋势。我们面对的明显是个奄奄一息的临终女病患。从我们通过向所有病患询问所确定的从0到10的身体不适等级，很容易看到弗兰茨的状态：疼痛（9）、恶心（5）、呕吐（6）、气短（8）、便秘（3）、虚弱（10）、焦虑（4）、睡眠障碍（8）以及抑郁（7）。即使最轻微的负荷也会引起严重的呼吸急促。她卧床不起，只要一想到已经计划好的进一步放疗，她就感到压力巨大。平躺在坚硬

＊每次住院化疗的费用：2120.99欧元（2天），外加药物费用。

的放疗台钢板上对她来说是一种折磨,前往医院的那么远的车程同样折磨着她。

那么弗兰茨为什么不在维腾的诊所进行放疗?从她家到这家诊所只有两公里。最近的医院本应是行动不便的病患的最佳选择。此外,维腾拥有整个北莱茵-威斯特法伦州最现代化的放射医疗设施之一。不过鲁尔区有很多竞争者。我可以推测,临终病患被送往离家如此之远的医院治疗,究其原因,最好的情况是出于良好的私人关系,最坏的情况就是所谓的回扣付款——或者简单地说:贿赂。这确实是弗兰茨被送往偏远医院的唯一解释。无论如何,最让她高兴的莫过于我承诺,暂时停止放疗,以稳定目前的身体状况,尽管考虑到各方面的病状,其实停止放疗几乎是不可能的。通过先进的医疗手段让她同时保持清醒和无痛状态,这样的目标还不太现实。

由于弗兰茨的多项病状,我们很快明白,仅仅观察她的身体状况是不够的。在姑息治疗医学中,"完全疼痛"(Total Pain)是一种相当常见的现象,即疼痛不仅是身体痛苦的表现,也是情感、精神和社会痛苦的表现。这种痛苦不会因为放疗或服用止痛药而消失,只能通过在很大程度上改善整个环境,通过诚恳的态度和介绍现实的治疗前景来实现。最重要的是,积极地倾听。如果有人让病人相信她的肿瘤变小了,却进行进一步的放射治疗,那么所有的信任都会不复存在,所谓的进展都成了虚构。

当弗兰茨注意到我们姑息治疗小组的护理人员倾听她的诉说,让她在没有时间压力的情况下讲述自己的故事时,意想不到的事情发生了:她突然间就哭了起来。原来她被自己年轻时的一段可怕经历折磨着。有一次在北海遇到高浪,一位好朋友在游泳时被卷进海里。这个男孩叫喊求救了几分钟。直到几个小时后，人们才在海滩上发现他的尸体。泡沫从他的嘴里涌出。其中一名救生员说，他被水残忍地窒息而死。现在弗兰茨的肺里也有水，她最担心的是，自己很快就会像那个死去的朋友一样躺在那里窒息而死。在陪伴临终病患时，我们一再遇到，对病患来说，几乎没有什么比没有表达的恐惧更糟糕。如果这些恐惧被说出来了，我们就可以对症下药。而随着恐惧感的减少，许多其他的病状通常也会得到改善：疼痛、呼吸急促、恶心等都不仅仅是身体方面的问题。

我们表示会尽一切努力减轻她在家中的不适，这让弗兰茨感到放心。我们还向她保证，从现在开始，只要她愿意，她随时都可以放心睡觉。我们为她开了特定的药，即所谓的姑息性麻醉。在如此糟糕的情况下，使用麻醉确保了她的人权，当然也可以防止窒息。我们就所有的可能性谈了许久。这次谈话最终也让我受益良多。在离开之前，我问这位精神科专家，这次谈话应该由我向她收费还是由她向我收费。我们都真诚地笑了。

我不得不承认，我们并没有做到完全控制弗兰茨的疼痛。癌症已经发展到晚期，剩下的时间太少，无法调整治疗。但由于姑息性麻醉的作用，我们得以履行我们的承诺，她不会窒息。不到十四天后，弗兰茨在我们最初见面的家中客厅里去世。她没有因为取消放疗而少活一分一秒。恰恰相反，放疗只会夺走她最后的安宁。

时至今日，仍然还存在完全不理会病患意愿的治疗：弗兰茨体内的肿瘤恶性转移如此之多，以致世界上没有任何一种放疗可以帮助她。贝亚特也只是由衷地想回家——回到她的女儿们和新出生的孙辈身边。而这一切的教训是什么？医疗保险的大量资金并没带来益处。贝亚特和弗兰茨——以及所有其他病入膏肓的临终病患——本可以从相互交流的、有同情心的医学治疗中受益更多，而非无感情的、计费优化的高科技护理。至于如何摆脱后者，本书将在"姑息治疗"一章中详述。

9　人工营养：利润丰厚，但往往没有意义

据说，吃和喝使身体和灵魂结合成一体。即便恋爱的感觉，也往往通过胃口激发。如果为某人准备了饭菜，而他却觉得不合口，这经常被认为是一种情感伤害。只要我们吃得开心，就会对生命有所依恋。简而言之，我们的自我价值感尤其取决于我们的味觉。这就是癌症对我们消耗如此之大的原因。它给我们带来食欲不振、快速的饱腹感和体重急剧下降。身体所吸收的营养物质无法被利用。

人工营养的意义和无用

通过胃管或静脉输入的人工营养其实帮助很小。顶多当正常的食物途径受到影响时，例如肠梗阻或者舌癌，人工营养才有可能带来益处。如果是其他器官受到影响，人工营养就很难延长肿瘤患者的生命。就算有几项研究记录了人工营养能极小限度地延长生命，但这也是以住院和许多并发症为代价。而且这种极小限度的生命延长并没有带来任何生活质量，病人都只能在医院里生活。这就好比一个正门被锁住的家具厂。

如果工厂内用于加工木材的机器不再运作，那么通过侧门把木材运进工厂是没有用的。这里无论如何都不会制作出新的家具。

垂死之人不再像以前那样喜欢吃东西：人（还有动物）在生命的最后阶段，进食会越来越少，直到完全放弃，这应该是一条自然法则。身体自身缓解痛苦的机制在很大程度上会阻止临终病患因身体状况而受苦。临终关怀运动的创始人西塞莉·桑德斯曾说："人们不是因为不吃东西而死亡，而是因为他们正在走向死亡而不吃东西。"每个有经验的护理人员都知道这一点，而且每个医生也应该知道这一点。早在1997年，休斯敦/得克萨斯州的贝勒医学院就把给晚期恶性肿瘤病患提供人工营养列为"不道德"行为。[1]

但从另一方面看，人工营养对相关企业是有意义的。每位病患每周的营养输入费用近乎1500欧元，是第三昂贵的门诊治疗。而且很明显，这个行业对其分销渠道很慷慨。一位精明的营养顾问曾向我透露，两到三名病患的人工营养所获的佣金，就可以资助一名护士的工作。他还表示，若由他来负责护理病患，我们还会获得各种"好处"*。但我们的团队并不为之所动。就算出现极其罕见的、需要人工营养输入的指征，我们也会完全尊重患者的状况和意愿。而且我们会告知病人，还能做哪些事情可以改善营养状况——毕竟还有很多其他途径可以帮助他们。†

---

* 直到最近这才被定为一种刑事犯罪：第299a条：卫生部门的腐败行为。
† 可参见维腾姑息治疗网络，有关营养的信息：http://palliativnetz-witten.de/websitebaker/media/ernaehrung%202014%20infoblatt%20 pnw%20a4V1.pdf。

海涅的案例

然而，像老采矿工长海涅这样的经历在德国医院里屡见不鲜：这位 93 岁的老人体重大减，食欲不振，精神状态日渐消沉。一个夏天的星期三，他的女儿们发现他躺在客厅的沙发上，状态很不好。他看上去毫无力气，感到头晕目眩，几乎无法呼吸。救护车将海涅送往附近的一家医院。胸腔 X 光片无异于给他判了死刑：肺胸膜癌。他和孩子们一起坦诚地讨论了这一诊断。他平静地接受了这一切，只有一个愿望：在临终关怀医院度过他最后的几天或者几周。他知道附近有一家这样的机构，还带一个美丽的花园。那里的护士声誉很好。是的，很久以来在波鸿有一家很好的临终关怀机构：圣希尔德加德临终关怀医院。

但医生们并不想这么快就让这个即将入土的病患离开。他遭受了痛苦的肺部、肠道和胃部内窥镜检查的虐待。横断面成像检查、一次又一次地抽血、每天都要输液，甚至连骨穿孔活组织切除检查的折磨也没有放过他：一根非常粗的针刺穿胸骨以获得骨髓进行检查。医院还想劝说这位可怜的老人接受化疗。然而，海涅毫不含糊地拒绝了。作为一名采矿工长，他知道如何以对自己有利的方式解决冲突。但他的主治医生教授继续施压：他告诉海涅的女儿们，不久之后，她们的父亲将不能正常进食。所以至少要通过一个小手术安置一个端口，这样他才不会被饿死。转院的时间又被推迟了一周，直到海涅在非常糟糕的状态下终于抵达临终关怀医院。他服用的药包括四种心脏药、一种胃药和三种降压药。此外还有用于人工营养输入的所谓的三腔袋（脂肪、糖和蛋白质）、维生素和微量元素。*其中没有任何止痛药，尽管他一再抱怨疼痛难忍。他一到临终关怀医院就服用止痛药，之后的几天里，他的状态马上好转。他能小口喝茶，吃酸奶。他还向护士和我讲述了当年采矿的情况，有时一讲就是几个小时，真是一本活生生的鲁尔区历史书。第二个周末，他在夜里去世——他只是睡着了。他到了临终关怀医院后就不再需要营养输入端口，手术留下的缝线原本应该在他去世的那天拆除——如今他把它带进了坟墓。

癌症患者的人工营养输入：极其可疑

尽管如此，在德国仍有一项备受推崇的临床诊治指南，即建议对癌症患者输入人工营养。[2]其作者自己也承认，这项建议没有任何科学依据。"目前，尚可通过口腔进食的患者如何预防营养不良，目前这方面的数据还不足以作出可靠声明。"但它明确指出，"当成年患者严重营养不良时，可进行肠外营养输入"。然而，用来证明这一说法的研究只涉及"食道被损坏"的病人，也就是那些因为食道被肿瘤严重阻断而无法再摄入任何食物的人。在这种情况下，人工营养当然有意义。

但绝大多数癌症患者的食道无任何损坏，但他们都已经治愈无望。目前在欧洲通用的临床指南中有一项——甚至给出了最高的建议等级"A"[†]——明确提出：对于没有吞咽障碍的癌症患者，人工营养不仅没有益处，甚至可能造成伤害。[3]

---

* 每周通过静脉输入人工营养的费用：1467 欧元。
† A，最高级别的建议，意味着这项建议有一流的监督研究的支持，是无可置疑的。

但是在德国，针对这类病患的人工营养建议指南内容却恰恰相反。如果完整地读过德国版的临床诊治指南，就知道其荒谬建议的原因所在。在小字中作者坦率地注解："本指南由德国营养医学协会（Deutsche Gesellschaft für Ernährungsmedizin e. V.）和位于德国下施莱斯海姆的帕科斯特有限公司（Baxter Deutschland GmbH）、梅尔松根的 B. 布朗代办处（B. Braun Melsungen AG）以及巴特洪堡的费森尤斯卡比有限公司（Fresenius Kabi Deutschland GmbH）等企业向慕尼黑大学医院提供资助而编写。"4

看来德国营养行业的名人都给予了强有力的支持。那么提出这样的建议还有什么奇怪的？

利益冲突，还是"吃人嘴软，拿人手短"

医学协会对这一概念的定义是："为首要利益服务的专业判断或者操作，受到次要利益的不适当影响，从而产生风险的情况，被称为利益冲突。"＊

例如，当一个医生写了一篇关于某种药物的正面文章，同时又从该药物的制造商那里获得了丰厚的酬劳，那么就存在利益冲突。或者一位专家公开推荐某制造商的药物，并从该制造商那里获取酬金。这样的情况自然也可以被认为是一种贿赂。

《德国医师报》刊登过一项关于许多不同治疗指南的研

＊其实我本人也有这样的利益冲突。我喜欢做讲座，所得费用往往来自这些活动的赞助商，即医药企业。尽管我相信自己没有被金钱左右，但每个人都会这么认为。而且研究证明，人在无意识中也会受到影响。因此，我已经把这些活动减少到最低程度，并把钱捐献给维腾的姑息治疗协会（Palliativnetz Witten e. V.）。

究,其中显示了利益冲突的严重性:2010年至2013年期间,有2190名德国医学专家撰写了治疗指南。只有少数人——大约10%——表示没有利益冲突。每50项临床指南中,只有一项内容不受利益冲突影响。然而在数以千计的利益冲突案例中,仅有111个案例被监督机构检评。最终仅有一位作者放弃了自己的治疗推荐投票权。这位医生是出于个人原因而弃权。[5]

神经科医生之间曾爆发过一场激烈的利益冲突争端。究其原因是诊断"中风"的临床指南受到公开批评,尤其一项通过药物预防中风的推荐很显然和医药企业的利益相关联。[6]在这种情况下——与美国专业协会所建议的不同[7]——德国的专家协会中刚好过半的成员推荐了这个新的高价药。在临床诊疗指南制定小组的23名投票成员中,有10人表示曾与新药的制造商签订过咨询合同。另外6人通过获取讲座酬金与制造商有联系。在对治疗推荐的抽样调查中,只有4位"被利益束缚"的成员放弃了投票权。

汉斯-克里斯托夫·迪纳(Hans-Christoph Diener)教授是公认的神经科专家,也是备受批评的指南的主编。他强烈反对关于临床指南作者受制药业影响的诋毁。他强调有利益冲突的投票小组成员应该弃权。但他也没有明确表示,被批评的指南作者未曾受制药企业影响。[8]他对利益冲突的陈述——包括很多亲身体会——后来在德国电视台SAT.1的报道中也被证明是不准确的。[9]被诟病的临床指南依然有效[10],而且它再次使制药业欢欣鼓舞:引荐这种价格翻了近乎9倍的新药丸,使180万德国人受到影响。[11]如果遵循所有新的指南,将会有超过 20 亿欧元流入大型制药公司的金库。*但不管怎样，还是有医生勇敢地组织起来，抵制这些弊病，如 MEZIS†，它的口号就是让医生与制药企业的关系透明化，并与之抗衡。目前这个组织有 982 名医生参与，但在 385149 名德国医生中，仅占到 0.26%。

这似乎还不够可怕：在德国神经科协会的网页上，那些将丑闻公之于众的医生还受到责备："倘若这些同僚们能把精力投入到编写和纠正未来的指导方针中去，那就再好不过了"，迪纳教授写道。

这不是一个孤立的案例。幸运的是，现在有同事在广泛宣传这个问题。在"leitlinienwatch.de"网页上人们可以看到，目前 104 个选定的临床诊治指南中，只有 9 个被评估为"独立"的。[12]其余绝大多数指南——超过 91%——都或多或少受到制药企业的幕后操纵。

例如，三名企业代表参加了肺纤维化临床诊治指南编撰小组。慢性肺部疾病的临床指南得到了一个赞助协会的支持，后者名下还有 19 家制药公司或设备制造商。多发性硬化症临床指南的所有作者都表示自己有利益冲突。到目前为止，已经被检查过的临床指南中有 46% 甚至被打上了"红牌"，可见一场改革是多么紧迫。只有不到十分之一的临床指南被鉴定为独立制作。[13]临床指南原本应该约束医生的治疗——难以想象的是，如此有影响力的机构是如何失去控制权的中立性的。

---

* Pradaxa/Xarelto 的每日治疗费用：3.27 欧元。Marcumar 的每日治疗费用：0.37 欧元。那么 180 万病人一年 365 天下来的费用……
† MEZIS 为德语"Mein Essen zahl ich selber"的缩写，意为"我自己支付餐费"。

10　病痛：治疗越少越好

　　如果被问到希望在什么情况下离世，大多数人会希望在没有可怕病痛的情况下离开人世。但即便还没到这一步，人们对剧烈疼痛的恐惧也是很大的，所以不少人就盲目地听从医学专家的建议。

洛特的病例

　　93岁的洛特因患有骨质退化症和股骨颈骨折而行走不便，只能依靠手推车来走动。她独自生活，日常起居变得越来越困难。她感到孤独。只有家庭医生听她倾诉，所以洛特喜欢定期去看医生。在打针的同时，她就和医生聊聊天。这已经是一个长久以来的习惯，尽管这位医生并未改善她的活动能力，她的背痛也依旧。这些并不重要，病状并没有真正困扰到这位年迈的教师。在和护理保险的鉴定人进行谈话时，洛特根本没有提到她的骶骨疼痛问题。在这个年龄，她还能弯腰，并在一定程度上站立和弯曲，这已经让她相当满意。

尽管如此,她的家庭医生,一位专注于整体疼痛治疗的全科医生,诊断她为"脊柱运动障碍,肩臂综合征并带有阻滞性肌肉紧张,整个脊柱的肌肉不平衡。此外还有骶骨疼痛,颈椎、胸椎和腰椎综合征以及颈椎症候群"。他一次又一次地推荐老太太接受治疗:"没有其他办法,否则你很快就会坐在轮椅上,什么也做不了!"洛特顺从地接受了总共35次治疗预约,每次医生都在她的背部和关节处进行20多次穿刺,并在不同的地方进行电流刺激。她觉得这位医生人很好。他似乎很关心她的病痛,尽管每次打针都很痛,而且最终没有效果。

根据医生的请求,洛特每次都当场用欧盟通用支票卡向医生支付治疗费用,每半小时的治疗费用约为500欧元。每张账单都附有详细的解释,其中可以看到,这位医生每次治疗时都为老太太注射了局部麻醉剂,且剂量如此之高,以致一个成年男子也可能因此而中毒致命。而洛特体重只有42公斤。至少从她的账单上看,如此之多的诊断似乎意味着极端的治疗:

日期	代号*	内容	数量	计量单位	费用（欧元）
2015年5月30日	1	咨询,包括电话咨询	1	2.3	10.73
	491	大组织范围浸润麻醉	12	3.5	296.19
	490	小组织范围浸润麻醉	5	3.5	62.23
	256	硬膜外腔注射	2	2.3	49.60
	551	电流刺激治疗	1	1.8	5.04
	8	全身检查	1	2.3	34.85
	493	神经周传导麻醉	4	2.3	32.72

续 表

日期	代号*	内容	数量	计量单位	费用（欧元）
2015年6月7日	491	大组织范围浸润麻醉	12	3.5	296.19
	490	小组织范围浸润麻醉	5	3.5	62.23
	256	硬膜外腔注射	2	2.3	49.6
	551	电流刺激治疗	2	1.8	10.08
	255	关节内/神经周围注射	1	2.3	12.74
	7	器官检查，皮肤/胸腔/腹部	1	2.3	21.45
	800	神经科检查	1	2.3	26.14
2015年6月13日	491	大组织范围浸润麻醉	12	3.5	296.19
	490	小组织范围浸润麻醉	5	3.5	62.23
	256	硬膜外腔注射	2	2.3	49.60
	551	电流刺激治疗	2	1.8	10.08
	255	关节内/神经周围注射	1	2.3	12.74
	7	器官检查，皮肤/胸腔/腹部	1	2.3	21.45
	1	咨询，包括电话咨询	1	2.3	10.73

诊断：脊柱功能障碍，两侧肩臂综合征，长期性关节炎，骨质疏松症。肩颈部肌肉萎缩并有阻滞现象。两侧臀部肌肉萎缩，脊柱区域的肌肉不平衡。腰痛，颈椎综合征，颈椎病，股骨颈骨折后遗症。

*《医生收费准则》中的收费代号

这只是洛特支付的许多账单之一。费用清单上总是附有一张补充表，上面列出了20多个穿刺位置，这些位置总是相同的。还有一张表格列举了治疗的特殊问题。这些是预先打印的表格。显然，之前其他病人在向医疗保险公司报销时也遇到过困难。

这位医生同僚竟然敢对脊髓区的注射进行收费。这对老太太来说完全没有用处。更重要的是：这位医生没有受过这种注射操作所需的专业培训，而且他还声称，在这个高度敏感区域，只能使用还未被批准的药。这样的操作有可能会带来危险的副作用：脑膜炎、脊柱出血、截瘫。这些注射也没有临床诊治记录——除了发票上相应的欧元数额，而且这个数额还被乘以最高增加系数（3.5倍）。是的，没错——对于私保病人，医生可以将其费用乘以3.5——倘若该病患的情况"特别困难"。收费表解释："医生在合理评判后，可自行决定增加费用的系数。"我总结一下，这些注射没有必要，依据错误款项而收费，执行者没有专业培训而违规执行，在违法的情况下未曾按规定做记录，而且最终收取的费用数额达到最上限。

尽管如此，私人医疗保险最初还是支付了治疗费用。直到第二年，保险公司才开始进行审查。其结果是：不可报销。现在，洛特不得不为了拿回自己的钱而和医生争执。其实洛特的情况是可以避免的。

德国人的通病：背痛

几乎每个人在生活中都遭受过至少一次背痛。在丧失工作能力或提前退休的原因列表中，背痛名列前茅。然而，绝大多数的背痛——约90%——其实是无害的。它主要与压力和肌肉紧张造成的不适有关。如果一个人必须经常站立，他的背部肌肉就会承受很大压力，而反过来压力又会导致肌肉紧张。如果我们整天躺着，举着手臂，手臂疼痛就会成为我们这个国家的通病。

当然，有些背痛是"危险"的，但幸运的是它们非常罕见。识别危险病情的发展，然后做针对性的治疗，是相对容易的。在大多数情况下，与医生进行理智的交谈，进行彻底的身体检查就足够了。例如出现瘫痪加重，或者突然无法排尿时，紧急手术可能是必要的。[1]其他需要咨询脊柱外科医生的情况非常罕见。在这种情况下，手术治疗和不做手术的治疗往往效果一样。[2]即便是腰椎间盘突出，在绝大多数情况下也是无害的。超过60%的老年人都有过这种情况——而且甚至自己都不知道。[3]他们是健康的，但很不幸，他们不得不插上管子，并被告知："您的腰椎间盘突出很糟糕，需要进行手术。"如果这名"坏医生"随后展示一些令人不安的图片，病人几乎会赞同医生的所有建议。这就是医学上的"反安慰剂效应"，即因仅仅知道一个"糟糕的发现"而引发剧烈的疼痛。因此，如果您做磁共振检查，那么就很可能面对医生发现的看起来很严重的病状，之后遭受长期的背部疼痛。[4]

多年来，由各专业协会的著名医学专家组成的委员会一直在探讨我们的背部问题。他们进行了各种研究，还对国际论文做评估。他们不断发表新的建议和临床诊治指南，其内容非常清晰明了。在大多数情况下，比如没有严重神经紊乱迹象的背痛，以下建议是有帮助的[5]：

- 让病人相信，这些症状是无害的。
- 鼓励病人继续进行日常活动。
- 需要时服用止痛药。
- 长期坚持背部锻炼，在温水中游泳，背痛舒缓治疗，放松治疗，行为治疗。

所有这些建议都很好，不过没有医生能以此为生，因为除了建议和推荐的处方外，就没有什么可做的了。

当疼痛在六到八周后都没有改善时，就应该排除严重的身体疾病可能——此时应注意心理和社会压力因素。如果有必要，现在应该进行 X 光检查，以排除严重癌症之类的疾病。[6] 只有在大多数病程较长的情况下，才有必要进行特殊的疼痛治疗，并同时进行疼痛心理治疗。病状的原因通常是压力太大。因此，最好的治疗方法是所谓的多种模式治疗，包括物理治疗、团体练习、背痛舒缓治疗、心理治疗、放松治疗和药物治疗。针灸或许也有效。

多年来，国内外的各种临床诊治指南都要求务必避免以下情况，以防止变成慢性病*：

- 卧床或休息
- 将病情戏剧化（"如果到了要拍 X 光片的程度，您很快就会坐上轮椅。"）
- 背部注射，输液
- 手术，脊椎加固
- X 光或横断面检查
- 穿紧身衣或绷带
- 住院治疗
- 被动治疗措施（按摩、泥浆浴、电疗……）

不难看出，第一项内容不是很有利可图，但第二项内容则会带来丰厚利润。一位具有良好治疗理念的疼痛科医生，应该在为患者咨询时提供治疗建议。然而根据收费标准，他可以获得每小时 70.44 欧元的最高收费。作为回报，他必须积极倾

---

* 即从暂时性症状过渡到永久性症状。

听，为病人提供建议，意识到病患的关切和忧虑，共同找到解决方案。但如果他给病人进行各种背部注射，他每小时——回想一下洛特的计费表——有望获得 800 欧元或更多的报酬。在 2011 年的德国疼痛医疗研讨会上，我们的一个工作组介绍了我们的调查结果，当时感兴趣的听众只有 8 位。[7]

医院里越来越多的背痛患者

医疗保险公司很清楚这种常见的、不太道德的变相欺诈，但可惜他们找错了方向。例如，医疗保险公司 Barmer[8] 对背痛患者的错误护理是如此抱怨的：如今背痛的人中有三分之一去医院，并接受住院治疗。从 2006 年到 2014 年，住院的人数从 28.2 万上升到 41.5 万。其中 30.5％的人接受了手术，另外 29.9％的人接受了疼痛注射治疗。还有一个结果令人不安：注射治疗增加了 40％，腰椎间盘手术增加了 12.2％，脊柱加固术增加了 84％。但同时仍有 34.4％的人没有接受任何治疗。Barmer 的专家表示，这是一个明显的反常现象。他们指出，病人对治疗的满意度处于历史最低水平。

这里就出现了一个问题：病人在医院里的治疗开销那么大，到底得到了什么，以及为什么像 Barmer 这样的医疗保险公司要为此支付如此高额的费用。从疼痛医学的角度来看，可以说——除了少数例外——只有那 34.4％的人的治疗是符合临床指南的，他们没有参与收费的治疗。但这可能会被当成"零服务"——所以最好还是提供无意义的、但在形式上合理的服务，尽管这一切都不是为了病人的利益。

况且，这种过度和错误的治疗所影响的绝不仅仅是受背痛困扰的患者。

诺拉的病例

诺拉是一位 60 岁的另类疗法女医师。多年来她一直受到手臂、牙齿和鼻窦的各种疼痛的困扰。不仅如此,她还患有肠易激综合征,即一种典型的心身疾病。无数次的检查都无法找到身体不适的原因,待修复的牙齿可能是个例外。

随着生活的各种问题不断加重,病痛开始出现,而且从未消失。从多年前的堕胎事件后,诺拉就没能走出阴影。感情关系发展得也很不顺。她诊所的候诊室里,顾客越来越少。很快,她不得不领取"哈茨四号"失业金。由于担心钱的问题,她一度失眠。这一切都对身体造成了长期伤害。我们医生都非常熟悉这些病状。心理冲突而引起的痛苦,也会造成躯体上的病痛。它完全可以通过心身医学进行治疗,而且是可治愈的——只要病人和医生能认清情况,并采取相应治疗。

然而,如果像诺拉那样把自己交给各种医生或治疗师时,情况就不同了。这些人认为他们可以通过"能量测试"的方式明确诊断出病灶,然后加上其他同样冒险的检查,由此得出大胆的诊断:重金属或者污染物的有毒污染(他们不想说得那么精确),结缔组织内发现矿物垃圾＊,排泄器官负担过重。"神经传递组织疲惫"也经常被列为罪魁祸首。而我发现的亮点是"创伤性祖先血统"的诊断——作者的想象力不足以解释诺拉所承受的苦难,所以她不得不接受各种花式治疗。最后,得到

＊多次提及的"矿物垃圾"至今都还未被发现。

改善的只是为她提供治疗的医生的账户余额：激光治疗、神经治疗、骨科治疗、普鲁卡因碱输液、花精治疗、药蘑菇疗法、根据拉马克里什南的顺势疗法、同位素疗法、炼金术疗法、BIT（生物物理信息疗法）、高频治疗、磁场治疗、臭氧治疗、心理能量治疗（PSET），当然还有灵气疗法。

但所有这些都不能从根本上改善病人的疼痛状况。该怎么办？主治医生并不因为自己束手无策而感到尴尬，他告诉诺拉，只需要定期重复治疗。这种情况持续多年之后，我接到了任务，对这项病例进行评估。

无论怎样——这是从上述悲剧中获得的最好的结果：尽管经历了各种庸医的治疗，诺拉的病情没有真正恶化，但也没有改善，这就是为什么诺拉和医疗保险公司就继续治疗的问题引起争议。最为关键的信息是：这样的高价治疗缺乏科学认可，或者在临床诊疗指南中未提及。有的时候，不准予报销的医疗保险公司并不总是"坏蛋"——恰恰相反。

安德烈亚的病例

安德烈亚的经历有所不同。这位 36 岁的女教师感到工作压力很大，并抱怨——或许正因如此——反复发作的颈部疼痛。更糟糕的是，还有焦虑、惊恐、抑郁，以及身体各部位莫名其妙的不适感困扰着她，令她感到头晕目眩。她觉得自己仿佛被裹在棉花里。

安德烈亚首先去看了骨科医生。医生用注射和针灸对她进行治疗，但几天后仍无改善，于是医生让她去做磁共振检查。检查发现了几处轻微的腰椎间盘突出，但它们没有接触到神经组织，所以不可能是引发疼痛的原因。我们之前提到过：很多健康人也有腰椎间盘突出。尽管如此，安德烈亚还是进行了第一次手术，通过钛合金植入，加固颈椎第五节和第六节。但在可预见的范围内，这种手术措施根本不会改善病人的状况。心理方面的问题不能用手术刀来解决。

为此安德烈亚咨询了各种神经科医生。他们主要的诊断是心理原因，并建议安德烈亚采用行为疗法。但由于恐慌症的发作，这种实际上合理的治疗被中止了。相反，安德烈亚找到一个医生进行一种微治疗，即在 CT 控制下向颈椎注射麻药。这几乎没有任何效果。之后她又进行了四次磁共振检查，既没有带来新的结果，也没有缓解症状。由于症状的不明确，安德烈亚最终被诊断为患有所谓的躯体疼痛障碍——她的痛苦源于心理压力，而不是身体方面的疾病。

通过上网查询，安德烈亚找到了一位疼痛专家的个人网页，并立即去找他治疗。这位医生建议一种极度治疗：采用所谓的硬膜外镜检查，立即进行微创锁孔激光手术，结合每天的维生素输液，进行全面的技术性检查和实验室化验。该程序重复进行。安德烈亚出院时被告知，接下来很可能还会有这样的手术。如下所示，这种手术本质上和脊柱麻醉类似，但价格不菲：

代号	内容	数量	计量单位	费用（欧元）
8	全身检查	1	2.3	34.85
490	小组织范围浸润麻醉	1	2.3	8.18
252	注射，皮下注射/肌肉注射	2	2.3	10.72
274	输液，六小时以上	1	2.3	42.90
261	在肠外导管中输入药物	3	2.3	12.07

续 表

代号	内容	数量	计量单位	费用（欧元）
650	单通道心电图，心律诊断	1	1.8	15.95
452	静脉麻醉，多次给药	1	2.3	25.47
480	麻醉期间降血压控制	1	2.3	29.76
827	脑电图检查	1	2.3	81.10
602	血氧检测	1	1.8	15.95
268	多个身体区域的浸润治疗	1	2.3	17.43
298	微生物涂片采集	1	2.3	5.36
481	活性热疗 硬膜外镜检查、硬膜外造影、激光手术、神经减压术、硬膜外灌洗、通过硬膜外导管进行硬膜外镇痛治疗	1	2.3	63.68
5280	脊髓造影	1	1.8	78.68
5295	透视	1	1.8	25.18
5298	数码放射	1	1	1093
685	十二指肠镜/空肠镜，类似于脊椎内窥镜检查	1	3.5	275.41
706	光/激光凝固	1	3.5	122.39
2570	刺激电极植入脊髓	1	3.5	918.01
3120	腹腔灌洗，与硬膜外灌洗术特征类似	1	3.5	61.21
474	硬脊膜外麻醉，五小时以上	1	3.5	183.60
435	重症监护监测，重症监护治疗	1	2.3	120.66
	总计			2173.30

就连提供的操作记录，即一种"手术报告"，都是预先印制的，上面基本上是账单代号。而且缺少了一份手术报告必不可少的手术指征说明——也就是对为什么要进行手术这个问题的解答。甚至对病人完全无用的检查程序也被堂而皇之地纳入

缴费项目，如脑电图检查（EEG）、没有降压药物明细的降压控制治疗、浸润治疗、涂片采集、活性热疗、脊髓造影、硬膜外腔内窥镜检查、硬膜外腔内激光治疗、灌洗以及之后约 1 至 2 小时的重症监护。在该诊所的其他病例中，还会同时进行麻醉。我不断从这家诊所收到来自不同私人保险公司的几乎相同的账单。大约 20 分钟的手术，就需要支付 2000 多欧元的账单。

结果怎么样？通过脊柱麻醉，病人确实在一定时间内感觉疼痛得到缓解，也就是导管麻醉持续的时间。麻醉过后，一切往往和之前一样糟糕。安德烈亚也很快回到了诊所，并冒险再次进行手术。

有争议的疼痛导管

多年来，医学界一直存在有关疼痛导管的批判性报道。这种手术基本上就是加伯尔·莱茨教授（Gabor Racz）版本的疼痛导管的进一步发展。德国最高医疗专家委员会——HTA 委员会——在一份 88 页的报告中对这种类似于脊柱麻醉的手术进行了评估。其结果是：没有任何关于该手术可靠性的研究。此外手术中还使用了未经批准的药物，其带来的风险无法估量。而且莱茨的微创导管技术目前还没有可靠的有效证明。[9] 这份报告甚至被作为"编辑公告"刊登在《德国医师报》上，且至今还没有被反驳。在这期间也出现过个别的有关疼痛引管的积极报告，但都只在《注射倡导者》（*Spritzenbefürworter*）的协会杂志上发表。著名的疼痛专家，如我的导师米夏埃尔·岑茨（Michael Zenz），在德国疼痛医学专业杂志《疼痛医学》

(*Der Schmerz*）上写道："这就是可疑疗法带来的严重并发症——因为他们不知道自己在做什么。"专家们正确地指出，以为通过各种手法或者在硬膜外腔注射就可以长期治疗背痛，这是一种误解。米夏埃尔·岑茨和他的同事证明："即使导管技术引进二十多年，仍然没有证据证明其有效性。这应该足以说明，这种不能由医疗保险支付的治疗方法很可能只为开账单的人服务，而不是为病人服务。"[10] "这种治疗方法被证明是无效的"，来自金茨堡的神经外科医生汉斯-彼得·里希特（Hans-Peter Richter）也通过《明镜》如此解释。几年前在哥廷根大学附属医院，由于"意义不大"和"风险过高"，一项关于莱茨导管的试点研究被提前终止。

尽管有这么多警告，能喷射激光射线的细导管仍然不断被刺进患者的脊椎管内。由于每个人的脊椎管都不同，导管尖端到达什么位置，是否到达受损区域，最终得碰运气。就算从理论出发，导管也不可能到达椎间盘，因为从后面（背侧）只能看到脊椎，而要确定椎间盘的位置，只能从前面（腹侧）观察。[11]

最后，医疗保险公司不得不支付一项二十五年来一直让病人面临相当大风险（例如，截瘫）的"手术技术"，却从未被证明有治疗效果。相反，目前已经有很多术后身体损害被证实。根据德国神经外科中心的内部调查，有远远超过 60 个案例出现了严重的并发症——病患们遭遇了截瘫、危及生命的脊髓炎和脑膜炎，或者出血。在一个案例中，急诊外科医生甚至在脊椎管内发现了断掉的导管末端。[12]

几十年来，医疗界的官员和政客们[13]一直在各种演讲中强调，必须支持并推广"对话医疗"。这也是公立医疗保险在一份意见书中提出的要求,其标题颇有开创性:《确保和改善门诊护理和医疗待遇的公平公正》。[14]但几十年来政界的努力是否奏效呢?和以往一样,我们不能光看表面,还要看细节:酬金的分配由医生决定——这也就是医疗自我管理口号的实质。而在各委员会中,专科医生们总是占多数,因此他们才是掌权人。只要看一下酬金的获益者和失意者就知道这有什么影响:

32个不同领域的专科医生财富排行榜中,肿瘤科医生稳居第一,其收入遥遥领先于其他专科医生。其次是放射科医生,他们中的许多人都有放疗许可。心脏科医生与肠胃科医生共享铜牌。不过透析医生没有出现在名单上。总之,医生才是酬金之王,是死亡延期联盟的骨干。而且众所周知,这个联盟是利润率最丰厚的地方。一个人一生中50%的医疗费用都用在生命的最后一年。

那么排行榜的其他排名就不奇怪了:最末的三位都可以在对话医疗这一领域中找到:医学心理治疗师排在收入列表的最后,精神医学和精神病学家以微弱优势排在倒数第二和第三。肿瘤科医生的平均收入差不多是医学心理治疗师的五倍。[15]

数学专业的人若看到这样的论断,肯定喜欢加上一句:"Quod erat demonstrandum"——"还有待证明"。

11 紧急医疗：不允许死亡

谁都知道，每个人都会离世。这点我们作为医生尤其深有体会。那么当死亡已不可避免时，为什么仁慈地成全一个人离世会这么难？

海涅的案例

海涅94岁，是一位需要照顾的退休老人。由于臀部和背部活动不便，他已经卧床很久了。尽管如此，他仍然在享受生活，参加疗养院的娱乐活动，特别是宾果游戏晚会。他甚至还是疗养院的咨询委员会成员。有一天，他因上腹部有个类似腰带状的疼痛区域而被送去家庭医生那里。做完超声波检查后，医生告诉他："确实有异常。我们必须搞清楚是什么，所以得去医院。"这个怀疑很快得到证实：胰腺癌。附近的器官也受到了影响。海涅被送往设施一流的癌症病房。* 走廊上的咖啡机免费为病人和访客提供各种特色咖啡，他的床边甚至还有一

---

* 六天住院费：2904.48 欧元，外加化疗费。

台冰箱。"我感觉自己是在一家豪华酒店,要是没有那么多检查就好了!"海涅身上几乎没有一处开口是没有插上管子的。

医生和护士们都非常尽职尽责。不过,当海涅拒绝服从病房医生的"紧急建议"——马上开始化疗——之后,一切都变了。很快,另一位医生过来,恳请病人同意接受化疗,否则肿瘤会侵蚀他。但海涅的态度仍然坚定:"反正我总有一天会死于某种疾病。"在接下来的谈话里,这位年迈的病患被告知,如果他拒绝治疗,就得立即出院。他应该收拾自己的东西,癌症病房里没有他的位置。同一天,海涅被送回了疗养院。

海涅和我初次相识,就在他被送回疗养院时。那是个星期五下午晚些时候。他出院时没有医生诊断书,没有用药计划,也没有治疗疼痛的必需药物。* 我无法通过电话联系到诊所的医生。他已经在过周末了。但我还是开始了工作。在姑息治疗开始之时,只要可以做到,我都会和患者进行一次深入的谈话,以了解他的病状,共同制定一套治疗方案。在海涅的案例中,首要任务是缓解疼痛、恶心以及由此产生的失眠。我制订了相应的用药计划,并使用从邻近病人那里借来的止痛药水。这么做当然并不完全合法。如果借来的是一种麻醉药品,那么根据麻醉法我甚至可以被判处监禁。但是在星期五下午,药店已经关门,而且这种需求量非常少的药品通常没有库存,患者将不得不等到星期一中午才能得到止痛药。

我们还谈到了治疗目标——对海涅来说,主要目标很明确:"再也不要去医院。"我每个星期都听到他这样说好几次。

---

* 医院有义务在患者出院当天提供之后几天的药物,以及有关接下来的治疗报告。

我在他的护理文件中记录了一切,包括他侄女的护理代理权。因为在德国,文件记录是非常重要的。仔细记录患者的护理、监测、跌倒倾向、药物治疗、睡姿和体重状况的表格至少有二十张。每项指示都必须由医生本人签字。我每周都要花费几个小时的工作时间,为大多数病人做如下的记录:不要呼叫急救,通知姑息治疗网络。不控制体重,不强迫进食或服用药片,自愿选择食物,不输液,不规定饮水量,不控制血糖和血压,卧姿根据需要调整,按计划进行细致的口腔护理和症状控制。

那些认真维护这些往往毫无意义的文件的疗养院,会得到医疗服务的最高评分。德国的官僚机构对自己管辖区内老百姓的真实情况并不太感兴趣。有时候您会发现四五名护士在值班室里处理大量文件记录工作,而有需求的老百姓却在徒劳地呼叫他们。

不久后海涅接受了无望的诊断结果。他唯一不想忍受的就是病痛。除此之外,我们是不会干涉上帝工作的。因而对于我们的姑息治疗团队来说,海涅的护理工作完成得非常好。我们成功缓解了他的病痛。为此他一再表扬我们。当他变得更虚弱并出现呼吸急促时,姑息治疗的护士每天都来看望他,给予他积极支持。我们可以看到,他的身体在逐渐变轻。他告诉他的侄女:"我想匿名下葬,千万不要墓碑——我现在这么轻,那会把我压垮的。"在一个星期六的深夜,海涅再次出现严重的呼吸困难,夜班护士对他进行了必要的药物治疗。吗啡对呼吸急促有神奇的效果。午夜过后不久,疗养院的夜班人员发现他已停止呼吸——海涅已经安然入睡。

尽管疗养院和我们有一个明确的协议,即我们的团队随时准备负责病患,但尽职的值班护士立即打电话给紧急医疗服务机构。而海涅的案例再次展示了人们对死亡的禁忌态度。在过去,夜班护士会给医生打电话,可能会说:"海涅·某某,94岁,刚刚去世。请医生来核实死亡情况。"如今护理人员被告知,只有医生可以确认病人的死亡。护理人员只能确定病人"没有生命体征,重要身体功能丧失"。夜班护士维克多利亚在电话中报告,她发现患者海涅的身体丧失了重要功能。在询问了个人信息和地点后,紧急医疗服务调度员按照惯例做出了反应。"我将立即派出援助。"紧急医疗服务立即出动。任务提示:心血管骤停。这是最高警报级别!根据警报和启动消防急救的规定配置,一辆装有三名医护人员的救护车、一个移动的重症监护室,以及带有医生和护理人员的急救小组的救护车通过无线电信息呼叫器被启动。

当这一共四名医护人员加上急诊医生几分钟后赶到时,维克多利亚护士正在往死者的床单上撒花瓣,在床头柜上摆放蜡烛、《圣经》和十字架。她被推到一边,手掌大小的心电图贴被贴在海涅身上,一名急救人员大喊"Asystole"*,并开始进行胸部按压。随之而来的是很响亮的断裂声。这位骨瘦如柴的老人的肋骨和胸骨因受压而断裂。急诊医生将呼吸管插入气管,对着已经松动的假牙破口大骂。呼吸机和身体连接起来,每分钟给死者的肺部充气十二次,为身体提供氧气。经过四次穿刺后,静脉终于被打通,之后每隔三分钟,各种支持循环的药物就会被注射到静脉中。四十五分钟后,尽管注射了十二瓶

---

* Asystole＝心脏骤停。如果一个急救团队成员这样呼叫,大家就都知道:应该立即开始抢救。

肾上腺素和十次电击,情况仍无改善。这时急救医生终于说:"算了,叫警察吧。"他开了死亡证明,并告诉夜班护士,如果她至少进行了胸部按压,这个人还可以被救活。

他会在表格中"死亡方式不明确"一栏打勾。* 只要在这一栏,或者在"非自然死亡"一栏打勾,刑事警察就必须进行调查,也许最终能找到导致死亡的罪魁祸首。之后急诊医生会解释说他不可能知道夜班护士用了什么药,也不知道药方是否正确,剂量是否合适。换言之:他怀疑是夜班护士因疏忽或者故意杀害了重病患者。或者我是罪魁祸首——通过开错药。死者被完全脱光衣服,并由警察检查,拍摄照片,检查身体上的每个开口,然后扣押尸体。一名殡仪警官带走了海涅的遗体。维克多利亚护士当晚就受到了穿制服的警察的询问。后来,当便衣警察到来时,她不得不再次描述一切。她的笔记被没收。

当刑事调查部门早上给我打电话时,我马上向这位友好的官员解释,海涅的死是意料之中的。作为一个处于肿瘤末期的患者,他正在接受姑息治疗护理。和以往一样,我已经下达了出现呼吸急促后相应的治疗指示。因此,夜班护士会完全按照我的医嘱行事,我们不可能就这样让一个人在痛苦中窒息。这位护士的表现堪称典范。官员回答说他已经想到了这一切,会在档案中做适当的说明。他认为检察院不会下令进行尸检。后来他又打电话告诉我,检察院已经归还了尸体,因为没有必要

---

* 遗憾的是,很多医生都不知道死亡方式和死亡原因的区别,警察也因此经常不必要地被呼叫。死亡方式被理解为"自然的"、"非自然的"或者"无法解释的"这几种。如果属于最后两种,医生会怀疑死亡原因是意外事故、暴力侵犯或医疗错误,也就是疾病以外的原因。那么他必须打电话给警察。然而,死因是指导致死亡的疾病。因此,如果一个癌症患者死亡,我很可能不能确定他是死于癌症还是死于肺栓塞。我会在提供死亡原因信息时提到这一点。尽管如此,我还是可以声明,这属于自然死亡,不需要报警。

做进一步的调查。至少现在我可以向夜班护士解除警报了。她因为恐惧和惊吓而无法入睡。在电话线的另一端，我听到悬在她心里的石头总算落下。我表扬了她在治疗中的表现，并与她和她的上级商定，今后最好直接给姑息治疗网络打电话。时至今日，这样的事件还未在这家疗养院重演。

法律背景

享受平安离世的权利其实应该写入我们的宪法。但事实上，只有在勃兰登堡州和图林根州的宪法中能找到这样的规定。在图林根州宪法中，第 I/1 条堪称现代宪法国家思维方式的典范："人的尊严，包括临终者的尊严是不可侵犯的，所有国家政权都有责任尊重和维护它。"我的一位故友，汉堡律师彼得·霍尔塔佩尔斯（Peter Holtappels）博士，曾不知疲倦地为临终者的权利奔走。在一次演讲中，他补充道："虽然德国其他各州的宪法中没有相应的规定，但保护临终者尊严的义务作为联邦法律也适用于这些联邦州。往往被忽视的是，所有与之背道而驰的法律都是无效的。"[1]

可惜在日常实践中，我一再遇到和保护临终者尊严的法律背道而驰的情况。在我看来，这种不让人平安离世的做法应该受到谴责。

露特的案例

91 岁的女病患露特的案例尤其令我感到痛心。不知从何时开始，这位曾经的肉店老板注意到自己越来越健忘。她丢了钥匙，在自己的公寓里感到陌生，在城市里迷路。当露特的情况继续恶化，以致两个女儿尽管做出了最大的努力都无法应对时，她们在疗养院找到了一个位置。起初，这位老太太似乎积极面对自己新的生活环境。她织毛衣，在乐队里唱着熟悉的老歌。但很快，她的状态急转直下。在过去的三年里，露特的生活被限制在床上。每两小时她会被翻一次身，这样可以防止她身上长褥疮。尿液由膀胱导尿管排出，防护裤吸收粪便。她几乎不能说话，被焦虑和不安所困扰，偶尔她也会使用暴力。

她就这样麻木地躺在床上，只有护理人员过来的时候她才呻吟几声。吃东西的时候她也会被噎住，为此多次被送进医院。总的来说，露特吃喝都很少。后来她得了肺炎。疗养院给女儿们施加的压力越来越大，要求给她们的老母亲插上喂食管，不然她总是被噎。护工给她喂食也需要几个小时。有时候，露特的食物被放在床头柜上，稍后被清理掉，尽管她根本没碰过。根据生前预嘱，女儿们坚决抵制插管，并和我们的姑息治疗团队取得联系。我们认为，露特的烦躁不安源于身体上的疼痛，然而她已经很久无法表达自己的疼痛了。我们为她开了止痛贴。看，这位病患马上平静不少。

不过日常饮食对这位老太太来说变得越来越困难。人工喂食经常无法执行。考虑到姑息医学的指导原则："人们不会因为不进食而死亡，而是因为要死亡而不进食"，我建议她的女儿们，接受母亲越来越频繁的拒绝进食。通过发挥想象力，使用可口的茶，即便以前被强烈拒绝的口腔护理，现在也几乎可以顺利完成。临终关怀服务的志愿者们为她朗读书本，或在她的床边唱歌。和病房护士一起，我得以和病患探讨接下来的陪伴，尽可能地缓解病状，开必需的药物，并制定我们的紧急方案。这其中包括治疗急性病症的必需药物清单——如呼吸困难或疼痛,也包括在紧急情况下应该呼叫姑息治疗机构。我们还为紧急情况准备了病患生前预嘱所包含的相应指示,并由全权委托人,即露特的女儿,以合法有效的方式签字:"不住院,不打急救电话,只采取减轻病痛的措施,等等。"

几天后,露特出现了啰音。这种呼吸声也被粗略地称为"死亡之声",它会令所有周围的人感到压抑。这种声音的产生是由于垂死之人无法吞咽唾液和呼吸道的分泌物,从而喉咙里的液体会发出响亮的嘎嘎声。患者此时通常处于深度昏迷状态,不再有任何吞咽的反应;甚至他的脑干也不为呼吸道的阻塞所困扰,因此不会发出"吞咽"或者"咳嗽"的指令。啰音给濒临死亡的人带来痛苦的可能性极小。然而非常罕见的是,还有另一种啰音呼吸的变体,即当患者在生命最后阶段因太虚弱而无法吞咽。在这种情况下,他感到呼吸受阻,不断试图咳嗽,在吞咽和咳嗽不足的情况下挣扎,导致缺氧,有典型的受压表现:出汗,泪水涌出,做出不稳定的手臂动作,或者开始大声呻吟。这时他需要紧急帮助,通过用药来减轻痛苦,因此我们通常把处方药准备好,并交予负责的护理人员。

但病患临终产生的巨大噪音毕竟影响到周围,我们处理的方式是使用抑制唾液的药物。可惜这种滴剂每个人最多只需要一盒,而且仅在生命的最后一刻才会用到。因此,这种良药不会为制药企业带来任何可观的利润。这也是为什么德国制药业在几年前就毅然停止生产这种有用的制剂。不过幸运的是,眼睛疾病也需要类似的滴剂,于是我们能在需要的时候使用这种眼药水。当然有时候我们需要费不少口舌来说服患者或亲属,将治疗眼睛的药物用于口服。其实医疗保险不必为此支付药物费用，毕竟口服眼药水属于滥用。幸好这种滴剂的价格很便宜，还没有引起支付者的注意。

可惜负责露特的病房值班护士对这一切并不知情。她以为这些呼吸噪音是心脏衰竭后的肺水肿所引起，并试图通过电动泵把液体吸出来。这样类似于吃呛的过程是十分痛苦的。很遗憾，之后发生的一切是经常出现的情况：她拨打了112急救电话，传达的任务关键词是"呼吸困难"。救护车在四分钟内到达。心电图、氧气和输液设备迅速准备就绪，十二导联心电图被放置好，并呼叫了急救医生。

我的手机响了。通话的医护人员描述了露特的情况。我解释说，患者是一个处于临终阶段的老年痴呆症患者，没有必要施行紧急医疗措施，而应该让老太太处于稳定的侧卧状态。我保证，我们的姑息治疗小组会有人过来。对方回应并不友好。倘若我不能立即到场，他就会打电话给救援直升机，因为市政府委派的急诊医生正在另一家疗养院进行急救。动用救援直升机是极其昂贵的，通常按飞行分钟来收费，一次几千欧元的费用并不罕见。

于是我立即驱车赶往疗养院。如此事态发展违背了所谓"Ars Morendi"——安详死亡的艺术。在嘈杂的喘息声中，老太太躺在护理床上，周围摆满了重症监护设备：正在鸣叫的监视器、吸痰设备、一个显眼的红色担架、急救箱、除颤器、呼吸机和输液瓶。一个氧气面罩紧紧地绑在她脸上，底部已经有液体在聚集。我请求的第一件事是停止抽吸，解除心电图电缆、氧气罩和输液。我善意地解释说，尽管已经显而易见，这里需要的不是急救直升机，而是人性的态度。我喂了露特一些吗啡和眼药水，并通知她的女儿们。她们在床边坐下，老母亲很快就平静地离开了。倘若这位可怜的女人被空运到医院，会发生什么？她会在那里接受毫无意义但利润丰厚的强化治疗，并再次被强行安排人工营养插管——然后在医院里孤独地死去。她的自主权、居住选择权、尊严都被剥夺。

临终病患并不需要急救医生

现在有很多急诊科医生和急救人员开始理解我们的治疗方案，尤其是病人的意愿和需求。如果紧急医疗服务被呼叫，他们通常会当场与姑息治疗机构取得电话联系，急救医生会给病人注射吗啡或其他药物以减轻痛苦，并将进一步的治疗工作交给我们团队——本应如此。但仍旧有无数像露特或海涅这样的悲惨案例发生。我们的病人在离世的路上被送往诊所。然后他们在急诊室、电梯里，或者医院的走廊里死去，抑或经过几天的高科技医疗后死去，他们被各种插管和鸣叫的监视器包围，独自一人，而且没有得到适当的止痛药。

前联邦卫生部长海涅·盖斯勒（Heiner Geißler）在这个问题上直言不讳：

> 因此，我们这个时代的病人，在超级医疗技术和过度治疗的繁忙喧嚣中，在无菌的、与外部有菌世界屏蔽隔离的病房里，在医生与死亡斗争数日后死去。他们与亲戚、朋友、熟人和神职人员等人的一切联系被切断，死亡成为一种精神折磨。重症监护医学成了孤独者的地狱，让灵魂坠入虚无，成了科学试验站和刑讯室，它让病人无法认识到，或者也许无法接受自己死亡的意义、生命的完结或者终止。[2]

越来越多的急救任务

近年来,紧急医疗任务的执行范围不断扩大,但绝非总是基于患者利益:过去如果一个人的饮水量不够,家庭医生就过来为他输液,这或许只是作为一种权宜之计。* 如今这种情况就成了"紧急性意识障碍"。过去如果病人被噎住了,其他人会拍拍他的背,并更加小心地给他食物。如今急诊医生会过来,因为被噎住的人有"吸入性肺炎的嫌疑"。过去如果一个人从椅子上"滑下来",现在会被称为"摔倒"。过去如果一个人感到头晕,他就会躺到床上。而如今他会被怀疑有晕厥†——这种诊断往往会带来极严重的后果。在医院里安装心脏起搏器或联合除颤器的情况并不少见。普通感冒变成了"气短",高血压变成了"高血压危机",嗜睡变成失去意识,临终者变成"没有生命体征的人"。在所有这些情况下,有一个文字怪物在捣鬼,即所谓的《救援服务的警报和部署条例》,它还规定救护车和紧急医疗车辆在出勤时一定要打开蓝色警报灯并鸣笛。3

例如,最近一个邻近城镇控制中心的主管就通过电话紧急指导我们一位病人的妻子,如何进行胸部按压。她丈夫处于肾癌晚期,而她自己完全不知所措。目前临床诊治指南称此为"电话救援":"紧紧按压胸口,每分钟100次,紧急救援已经

---

* 收费代号 01410 的家访服务费用:15.40 欧元,加上 2 公里的交通费用:1.40 欧元。
† "晕厥"的简单解释听起来似乎缓和些:短暂的意识紊乱。

在路上了。"* 当年轻的急诊医生和四名救护人员赶到时,他们把死者从床上拉到客厅,后者的头被粗鲁地磕在地板上。之后大家进行了三十多分钟的除颤、药物治疗和插管的抢救。当他们的努力显然未能奏效时,才终于打电话给我:"如果您不马上过来,我就报警。我无法确认这是自然死亡。"

于是我立刻出发,在病患住所门前遇到了正在抽烟的急救医生。他们的司机已经回到救护车上,准备离开。死者躺在客厅地板上的血泊中,呼吸管还插在喉咙里,一张沾满血迹的床单覆盖着尸体。两个儿子和妻子默默地坐在客厅的桌子旁哭泣。尽管这个场面,随处可见对病患的不尊重,但同时也带给我不少启发。

当然,如果抢救措施明显是徒劳的,或者与患者之前表达的意愿不符,那么任何医生都可以对垂死之人——包括已经离世的人——不实行抢救。如果自然死亡已经到来,即使是接受姑息治疗的憔悴的癌症患者也应免于抢救。在所有这些情况下,我们在做决策时应当健康理智地思考。

当然,急诊医生只在有迹象表明患者属于非自然死亡——事故或其他外部原因——的情况下,才需要报警。如果是一位癌症患者的预期死亡,报警就完全没有必要。在他的床边,有一份医生诊断记录,还有一个红色文件夹记录了相应的姑息治疗。急诊女医生似乎认为报警是必要的,她自己在验尸官证明的死因保密部分写道:"晚期肾癌转移的姑息治疗病患,上消化道大量出血,已知胃部癌细胞浸润,随后脉搏停止。开始采

---

* 这一操作符合 2015 年版的国际救援指南:非专业人士应在专业指导下,对无呼吸和无意识的病人进行胸部按压。

取抢救措施,在与病患妻子协商后于下午1点30分停止抢救。"然而,这位女医生不打算证明患者的"自然死亡"。这是很奇怪的。

当然,救援队没有义务把尸体放回床上。但是,他们难道没有人性的怜悯之心,用行动表达对悲痛的妻子和儿子们的同情?

覆盖全德国的急救系统在国内外都享有很好的声誉。几乎每个德国人都确信,在警报响起后最迟八分钟,受过专业训练的急救医生就会赶到,并提供高质量的急救服务。此外还有通过救援直升机建立的同样覆盖全国的第二急救医疗系统。由于有像比约恩-施泰格基金会(Björn-Steiger-Stiftung)等组织的支持,媒体工作得以成功开展。任何在晚间电视上观看电影的人肯定都有这样的印象:街道和天空中都有无畏的团队,他们向儿童和事故受害者实施救援,甚至是情况复杂的家中分娩,他们也经常在场,尽管通常在最后一秒才现身。

可惜现实情况截然不同。能拯救生命的意外事故急救早已成为例外。城市财务人员和私人组织已经认识到紧急医疗和救援服务任务所提供的利润潜力:每次出勤往往会带来超过1000欧元的收入,这实在太诱人了。[4]因而救护车将病患紧急送往医院的必要性经常成为次要。现在急救医生把紧急医疗服务＊也称为"穿越城市疗养院之旅"。

这一点也可以通过在联邦公路研究所出版物中找到的数据来证实:从1984年到2004年,运送老年患者的救护车数量增

＊救护车运送费用:191欧元(并非"紧急病人")。
救护车紧急出勤费用:616欧元。
急诊医生和救护车紧急出勤费用:1330欧元(根据恩内珀-鲁尔县的现行规定)。

加了 8 倍。患者的平均年龄已从 43 岁上升到 58 岁，且趋势仍在上升。这里需要明确的是：这与我们社会的老龄化毫无关系。如今老年人的数量肯定不是 20 年前的 8 倍。但仅在 2004 至 2013 年间，紧急医疗服务出勤的数量增加了 60％，达到近 1300 万。[5] 同时在法定医疗保险基金支出的统计中，"车费"这一项开支实际上已经与所有治疗和家庭护理费用加起来一样庞大。然而在总费用的表述中并没有姑息治疗。它所占的费用不到二十分之一，因而无法在图表中显示。[6]

永恒的金钱诱惑

　　核心问题还是出在财务方面。正是通过财务我们看到，所要解决的弊端不再是一条"紧急救援产业链"，而是"账单链"。究其原因，是一个几乎在鼓励滥用的计费系统。倘若急诊医生没有立即将病人送往医院，这便是一次无法计费的"错误出诊"。由此一来，急诊医生（每次任务的酬金在 20 至 50 欧元之间）和救护车服务提供者（每次任务约 1000 欧元）都不会得到任何回报。因此病人经常听到这样的话："安全起见，我们会把他们带走，我们可以在医院做更好的诊断"，也就不奇怪了。而这样荒唐的错误程序还在继续。如果医院的医生在进行了一些小型检查后将病人送回了家，尽管这通常是明智的，那么医院只能收取大约 50 欧元的一次性紧急医疗费用。但如果病人开始住院，医院则会根据患者之前的病状和所做的手术标准来计费。由于已经存在的病史，尤其是在老年人中，医院的收入可以迅速增加 100 倍。没有亲属的病人往往只能无助地被摆布。在这样的情况下，对诊断和治疗进行批判性的质疑会防止很多荒唐事件发生。

简而言之，老年人是有利可图的。所以在2014年，急诊室里80岁以上的病患约占30％，这就属于情理之中了。被医院急救的病患中有三分之一超过80岁。请不要误解：每个人都有同样的权利获得合适的医疗护理。但是，许多老人并不想受到最大限度的治疗，也不想把自己关在医院里，不想让冰冷的仪器治疗自己的不治之症，也不想离开他们熟悉的环境。在美国，若无法证明有明确的治疗目标，上述这些做法都会被归类为过度治疗。这种昂贵而普遍的荒唐操作带给老年人的风险尤其高：精神错乱甚至谵妄[7]、感染、新药或者治疗操作产生的副作用、睡眠障碍，以及进一步丧失行动能力和各项器官功能。[8]原本在家里能运用自如的能力，住院后很快就会忘却，只有出院后才能艰难地重新学起来。对于痴呆症患者来说，尤其如此。他们几乎不抗拒住院治疗。然而一旦到了那里，由于无法理解医院的日常，他们的行为就被当成病态反应：漫无目的地到处走动、身体或者言语攻击和尖叫，有时也会出现妄想、冷漠或者失控。[9]然而这恰恰证明了患者有相当大的治疗需求，此时不会有任何医疗服务机构怀疑住院治疗的必要性。

可疑的急救任务

德国红十字会的一项大规模研究揭示了急救电话数量上升背后的原因。"真正"属于急诊状况的比例从2005年的37.6％下降到2014年的22％。急诊医生也经常为没有急性病的患者出诊，这意味着：已经在现场的紧急医疗护理人员也会额外呼叫急诊医生。如今，急诊医生甚至为了"取暖"而出诊，或者去"治疗背疼"或"设置静脉管"。[10]急救医疗所提供的服务已经发生了根本性的变化：在1984年，大约五分之一的急救患者必须立即进行人工呼吸抢救，而在2014年，这样的情况只有二百分之一。在40％的案例中，其实只要普通的救护车或者一位热心的出租车司机可能就足够应对，因为只需要把患者送往医院即可。然而被派出的是一支技术很强的应急小组：两辆配有最新设备的急救车，四名急救护理人员，一名医生。因为这样的配备使医疗保险公司支付的账单要贵得多。

还有其他事实能证明，紧急出诊的增加往往与医疗无关。德国到处都缺急诊医生，卡塞尔也是如此。这个位于黑森州北部的大都市的急诊医生专用车数量没有增加，出诊数量一直保持在每年约10000次。但急救车的情况则完全不同：当投入使用的数量增加了20％后，接下来2015年第一季度的急救车出勤率就跟着比一年前高出20％。[11]巧合吗？卡塞尔专业消防队的负责人诺伯特·施米茨（Norbert Schmitz）直截了当地评论："没有人能真正说出原因是什么。"我想加上一句："没有人真正愿意承认这其中的猫腻！"

除了荒谬的费用外，我们再看一看紧急驾驶的特殊风险：除了噪音干扰外，急救车的快速行驶会增加救援队、病人、行人和其他道路使用者的事故风险。《道路交通法》第35条中对使用蓝色警示灯和警报鸣笛的规定如下："倘若为了拯救生命，或者避免严重身体损害，那么在这种极其紧迫的情况下，急救车辆不受本条例的规定限制。"换言之，只能在特殊情况下使用。2014年，如统计数据所显示，在70％的轻微案件中，急救车辆开着蓝色警示灯和警报鸣笛飞奔到事发现场。这是不符合规定的。专业杂志《急诊医生》（*Der Notarzt*）刊登的一篇文章报道了最近几年发生的九起涉及救护车的致命事故。大概有三分之一的急救车都发生过车祸。在致命事故中不仅患者死了，其他交通参与者也死了，比如一个与急救车相撞的十岁男孩。[12]文章还详细讨论了一位82岁女性患者的死亡。由于老太太失去了知觉，急诊医生被呼叫。在运送到医院的过程中，急救车由于在泥泞和暴风雨的天气里明显过快行驶而脱离公路。病人从担架上滑落，因为她没有被皮带充分固定好。这篇文章深入讨论了医务人员将病人固定的义务，并详尽描述了这位退休老人由于事故而遭受的致命伤。然而，读者并没有认识到，为什么急救车要开着蓝色警示灯，在极其匆忙的情况下行驶，并在泥泞和暴风雨中以104公里的时速超过了几辆货车。文章仅提到："无法从形态学角度解释，为何因患者意识减弱而呼叫急救出诊。"[13]通俗地讲就是：无法解释导致严重后果的开启蓝色警示灯的超速驾驶。

12　姑息治疗：提高生活质量，减少开销

尽早进行姑息治疗——当诊断出危及生命的疾病时就开始全面缓解病痛——有很多好处：生活质量[1]、情绪[2]、对疾病的理解、预防措施，甚至生存率[3]都会有所改善。姑息治疗使病患在生命的最后几个月里减少化疗[4]，减少急救医生出诊以及住院的次数[5]。多年来癌症病患一直被推荐在早期就开始姑息治疗。[6]这已被证明可以降低成本，不过也会减少延长生命联盟的利润。德国的癌症中心认证规则中没有包括推荐姑息治疗这一项——这是巧合吗？2013年，我提出引进姑息治疗的建议被一位专业领域的主席通过电子邮件拒绝，其中他强调"自愿"：难道自愿放弃肥差事吗？时至今日，姑息治疗仍被错误地理解为"生命最后几天的医疗"。阿尔弗雷德和古斯塔夫的案例表明，还有更好的解决方式。

阿尔弗雷德的案例

2014年12月18日，在我的诊所里坐着阿尔弗雷德的两个儿子。他们89岁的父亲身体状况非常不好。腹部和关节疼痛

使他失去了任何行动的可能,心脏和肾脏的衰竭正在全面治疗,但他只能依靠扶手坐到椅子上。现在他已经停止进食。两个儿子的母亲海拉也生病了,她的老年痴呆症加重,在疗养院已经生活了一段时间。居家的日常生活对她来说已不可能。小儿子君特勉强保持镇定,他总结说:"爸爸只想要一样东西:打一针,让他脱离苦海!"

就在同一天,我驱车前往阿尔弗雷德的华丽别墅。房子的主人正躺在客厅的沙发上。尽管他的声音听起来很悲伤,但精神状态很好。他讲述了关于病状、药物治疗和他最后一次住院的全部情况。恰恰是这些经历对他造成了伤害:没有隐私,每天清晨总被新来的护士或者医生叫醒。每个人都来去匆匆。"您尽量让自己在重症监护室里好起来,医生会这样说。总会有一台监视器在响。如果不是它把人吵醒了,那就是一位护士在摆弄那些导管——这实在太可怕了。"

当我问到关于他的职业的问题时,这位老人立刻有了很多想法,他的脸上绽放出了笑容。"当年海拉和我一起经营过我父亲的公司。她负责销售,我负责运营。我们在世界各地出售我们的机器。"挂在墙上的照片展示了曾经的辉煌。许多名人都对这些机器赞赏有加,彼得·亚历山大[*]和约翰内斯·海斯特[†]就曾在这里进进出出。当阿尔弗雷德的目光触及妻子站在小边桌旁的照片时,他的情绪突然起了变化:"她是我的生命,明年我们本应该庆祝 65 周年结婚纪念。但我现在太虚弱了,不能去疗养院看她。"在场的儿媳妇向我解释了这一幕:"父亲

---

[*] Peter Alexander(1926—2011),奥地利著名歌唱家、音乐家、演员。——译者
[†] Johannes Heesters(1903—2011),出生于荷兰,活跃于德语世界的男高音歌唱家、演员。——译者

曾经每天都走路去看望母亲，他们在疗养院里一起度过白天。现在他无法走这段路了。我们曾试图将母亲带到这里几个小时，但地点环境的变化会影响她，让她感到非常困惑，在这里她会不知所措。"

我们团队首先想到的是，设法让他们夫妇两人能够再次见面，这样他们的生活乐趣不会完全消失。我们用吗啡缓解了阿尔弗雷德的关节疼痛，并安排他去做医疗复健。克里斯蒂安是我们姑息治疗网络认可的护理人员，他曾经担任过紧急救援工作人员。对他来说，运送病人是没有问题的。在最初的几天里，我们至少让患者减少了一点疼痛，增加了他的活动能力。阿尔弗雷德甚至又能开始吃饭了。差不多一个星期后，我们把他带到了他的妻子面前。她高兴得说不出话来，他们已经将近一个月没有见面了。在他们共同生活的65年中，他们还从未分开这么久。

第二天，阿尔弗雷德被恶心和疼痛折磨着。他没能去探望海拉。而且他还需要为平安夜积蓄力量。最后他的计划实现了：疗养院的管理人员把小教堂的前排留给了阿尔弗雷德的家属。全家人都来了。海拉一直紧握着阿尔弗雷德的手。尽管她有痴呆症，但还是跟着唱起了古老的圣诞颂歌——她的长期记忆正在发挥作用。大家感觉都很好，很真诚。在给我们护理人员的卡片中，这家人表达了他们的感受：

> 亲爱的克里斯蒂安：
> 你就如圣诞天使一样走进了我们家。依然有像你这样的人存在，真是太好了。
>
> 非常，非常感谢！我们祝愿你和你的家人有一个快乐

的，回味无穷的圣诞节。

没过多久，阿尔弗雷德的肠道开始出现问题。诊断中的"中度肠梗阻"是指肠道无法进行正常运输时的危急情况。通常癌症是其背后的原因——但为什么还要做诊断，反正也没什么好治疗的了？患者的意愿非常清楚：与其在医院里忍受无意义的折磨，不如在家里死去。就这样过了几个星期。状态好的时候，他就去找海拉，状态不好的时候，他就伤心地呆在家里。大多数情况下我们能够控制疼痛、恶心和肠胃绞痛。但阿尔弗雷德越来越虚弱。他对生活的冷漠，对饮食的无兴趣，以及他持续的疲惫感，都预示着他的生命即将结束。

很快，他就卧床不起了。在儿子们看来，这样的状态很有失身份。但我们解释说，如此没有痛苦迹象的、越发频繁的睡眠状态并不意味着他们父亲的不适。我们从经历过昏迷阶段的病患报告中得知，这种状态是愉快的梦境和来自现实环境的零星体验的交替。昏迷者必须被谨慎对待。因为当他们醒来时，他们经常讲述痛苦的重症监护治疗，比如吸痰导致的疼痛。还有当所有人都在谈论他，却没人和他说话时，患者感受的精神压力。

少一些治疗是更好的选择！

我们也可以有其他的选择！我们团队为临终病患的亲属提供了几项"舒适建议"，也是我们的一位神经专家朋友提议的。[7]即生命最后的几周、几天和几个小时里的养生：

- 经常探访病患，住在他的房间里，有必要时和他同床入睡
- 带给病患熟悉的气味，最喜欢的香气（香水），最喜欢的食物
- 小心地帮助病患翻身，以便他变换姿势
- 活动关节
- 把被褥裹在患者身体周边（"巢穴式"），让他有安全感
- 把脚跟垫起来，进行足部和腹部按摩
- 双手放在肩部、头部、颈部
- 让患者手拿心爱的东西
- 在床上放置可抚摸的动物
- 向病患讲述、朗读、唱歌，用小音量播放他喜欢的音乐
- 让房间门开着，以便病患听到日常噪音
- 昏暗的光，熟悉的照片
- 到阳台上或者花园里变换空气（"新鲜空气"）

在这种情况下，少即是多。不过也要注意：口腔护理很重要，因为口干会导致口渴——而这无法通过没意义的输液来缓解，而是通过保持口腔湿润。因此，可以将病患最喜爱的饮料涂在他的嘴唇和舌头上，护理嘴唇，用注射器将液体一滴一滴地注入口中。

托吡卡胺滴剂有助于缓解啰音——这是由无法吞咽唾液和分泌物引起的——因为该药物遏制了唾液的分泌。

只有当临终者表现出有压力时，才证明他在忍受病痛。如果出汗，眼睛开始流泪，出现呻吟，或者手臂做出慌张的动作，就往鼻腔滴几滴缓解压力的药水——除此之外，他不再需

要什么：不需要住院，不需要急诊医生，不需要人工营养。

阿尔弗雷德家人的护理工作可谓楷模，他们遵循了所有建议。即使六岁的孙子保罗，也经常坐在临终的祖父身边，抚摸他。到了一月底——没有输液，没有监测器发出哔哔声——他的呼吸间距更长。家人聚集在一起，阿尔弗雷德又做了几次深呼吸，睁开眼睛，最后一次慢慢地呼气，然后安静下来。老人已经找到了他的最终归属。

在他身上，我们实现了治疗目标：我们希望人们能够真正地活着——直到死亡。这往往是成功的！

缓解病痛，而非主动安乐死

阿尔弗雷德的案例正好可以教导一下那些思想过于自由的安乐死的倡导者。阿尔弗雷德曾想通过打针让自己解脱，即主动安乐死。他的病痛如此之大，以至于他觉得生活仅仅是一种负担。我们负责的每四个病人中就有一个时常处于这种状态。倘若症状改善，生活的乐趣往往又会回来。倘若这种简单的"死亡注射"得到准许，那后果不堪设想。阿尔弗雷德就再也无法和家人经历一个美好的圣诞节和一段充实的生活。在这种情况下，我们的医疗使命必须是：缓解病痛。

世界上几乎所有地方都禁止"无请求安乐死"，这是件好事。只有在比利时、荷兰、卢森堡才允许越来越多的人安乐死。这几个国家无法控制新增病患群体的不断增长。同时他们甚至不大注意病患自己是否真正希望安乐死。被称为"Euthanasia without request"[8]的行为，即"无请求安乐死"——无请求？恰恰这点是有疑问的，而且一再被讽刺："就连狗都会得到救赎的一针"。但这是"兽医伦理学",因为没有狗会要求安乐死。而姑息治疗医生知道,即使在濒临死亡的情况下,当其他人都认为"没有人能够承受那么多痛苦"时,病患也很少真正希望自己的生命被提前结束。因此,这种出于怜悯的杀戮在全世界被视为刑事犯罪是正确的。

只有在极其罕见的情况下,才会出现我们无法控制的痛苦状态。然而即使在这种情况下,也不应该让病人把冷酷而可怕的自杀当成唯一的出路。若有医生出于内心纠结,向病患介绍了几乎没有痛苦的自杀方法,他们也不应该被定罪,就如现在的新刑法条款所规定:根据刑法第 217 条,如果一名患者服用医生开的药自杀,那么这名医生会成为调查的焦点。但由于最后一步必须由病人自己做出,所以和主动安乐死相比,医生的角色并没有那么关键,这也是备受尊敬的科学家肯定的。[9]更多相关信息参见本书附录二。只要知道有这种最后出路的存在,对病患就会有所帮助。

古斯塔夫的案例

例如,古斯塔夫的情况就是如此。2009 年 11 月,这位 73 岁的多特蒙德工业大学的工程师的下腹部出现严重疼痛。尽管平易近人的家庭医生想尽了办法,但病状没有改善。最后,他让古斯塔夫去做结肠镜检查。检查结果并不是好消息:癌症,具体就是:"乙状结肠黏液腺癌"。在一次大手术中,有一半的结肠、受影响的淋巴结和部分腹膜被切除。此外古斯塔夫体内被植入了一个药物端口,以便他在手术后可以立即开始化疗。

化疗一直反复进行到 2010 年年中。由于血检指标不好,医生不得不一再减少剂量。在治疗期间，古斯塔夫的状态越来越糟。到了八月份，他停止了治疗。由于化疗的副作用，他手上和脚上的神经已经被永久损坏，并导致灼痛综合征。

化疗停止后，他的情况明显好转。仅仅几个星期后，持续的疲惫感就消失了，无法改善的只有不可修复的神经损伤造成的疼痛，脚上的神经痛甚至变得更糟。尽管如此，他还是能够偶尔在他的研究所继续工作。他的年轻继任者和助手们对这位国际知名教授非常敬重。他申请了许多专利，对他所从事领域的基础知识做了重要研究。虽然2002年就退休了，但他仍然在大学里有一个职位。只要健康状况允许，他就会在早上为年轻的科学工作者上课，帮助推动研究项目的进行。下午，他照看孙子，还喜欢带他们参观城市的博物馆。

直到2010年年中，古斯塔夫总体感觉良好。他定期到家庭医生那里体检，结果还是可以接受的。然而到了八月，他的肿瘤分子标志物开始上升。再一次的结肠镜检查并没有带来任何令人震惊的结果。电脑断层扫描也表明没有新的问题。但进一步的检查发现在两肺和腹部都有疑似癌细胞转移。肿瘤专家会诊后强烈推荐一种新的抗体药物试验。但古斯塔夫要求给他时间考虑一下。他对医学问题所知甚少，但作为一名科研工作者，他知道如何阅读和研究报告。他在互联网上研究了迄今为止关于推荐药物的数据，由此他了解到药物治疗的结果、益处和危害。

那时候古斯塔夫感觉很好，没有疼痛，于是他做出了一个勇敢的决定："我不打算治疗了！"狡猾的肿瘤医生试图说服他，强烈建议他接受治疗，还反复把古斯塔夫的妻子英格里德邀请过来一起谈话。然而，这位工程师礼貌地拒绝了治疗提议。肿瘤医生在诊断书中表示他有些不明白："病人决定采取继续观察的治疗策略。"更令人惊讶的是，古斯塔夫的健康状态基本没有变化，最后连化疗引起的手脚神经慢性疼痛甚至也有所改善。

就这样，古斯塔夫与妻子经过谨慎考虑而决定不治疗之后，他们过了两年高质量的生活，期间很少需要家庭医生。他始终对专科门诊避而远之。2014年10月，他突然感到剧烈的胸痛，于是被救护车送往医院，因为大家怀疑是心脏病发作。但X光片显示，两肺都有明显的癌细胞转移，所以心肌梗塞很快就被排除了。古斯塔夫拒绝了心脏导管以及医生再次迫切建议的化疗。不过，这位78岁的老人与我们的姑息治疗网络取得联系。医院的医生拿着X光片威胁他，令他实在感到不安。

我们第一次见面时，他正坐在他的耳状靠背椅里，那是他父亲心爱的传家宝。他那惶恐不安的妻子也加入了谈话。他没有抱怨，没有疼痛，也没有恶心、呕吐或便秘的症状，只是偶尔会有一点呼吸急促，还有睡眠障碍。尤其在夜里，种种思绪令他彻夜难眠。不过，他不想要任何新的药物治疗，而只要咨询，以便了解自己在这种情况下的所有操作可能。他的妻子英格里德则要求提供一个电话号码以备不时之需，比如当病情恶化时。我们当然要面对现实，毕竟他体内有一个恶性肿瘤。由于肺部被癌细胞侵占，他害怕窒息导致的痛苦死亡，他从来都不想遭受这样的痛苦。所以他宁愿先做好预防准备。通过谈话，我们的关系变得更近，他告诉了我很多他的价值观和想法。

他直言不讳：倘若有一天他无法自己去厕所，他就会觉得很没有尊严。无论如何他都不想几个月穿着尿布。他宁愿自主决定生死。他的妻子听到这些话时已泪流满面。但她表示：我们会一起面对。我听了许久，让两位在谈话时有较长时间的休息停顿。当我觉得所有的疑虑都已经说开后，我感谢二老的坦诚直言。

之后我开始解释自己的看法。姑息治疗意味着：维持，甚至提高生活质量，并尽可能延长生命的美好时光。而当恶化的阶段终究还是到来时，我们不会影响上帝的意愿。如此一来，临终阶段也不会很久。只有那些想用尽一切现代重症监护医学提供的所有治疗可能的人，才会担心漫长而痛苦的死亡阶段。我当然理解古斯塔夫不做化疗的决定。他和妻子英格里德听后，几乎突然间就放松了。我建议他们缓解病状，做运动，合理饮食，还强调要摄入脂肪、蛋白质和蔬菜，低糖饮食——这些能供养身体，而不是肿瘤。而且众所周知，任何形式的运动都可以减少抑郁和疲劳，促进健康睡眠，延长生命——也包括癌症患者的生命。

此外，我还开了一个处方药安非他命，用来缓解疲劳和抑郁。由于其刺激性作用，这种药在迪斯科舞厅中被滥用是众所周知的。我当然不是在给病患开"摇头丸"，但这种药物可以通过片剂服用，以治疗烦躁综合征。它的价格不贵，至今没有遭到任何医疗保险的反对，但它实际上并没有被批准用于治疗姑息性病人。顺便提一下，约有60%的姑息治疗药物推荐中都提到这个问题。[10]这些药片能帮助病患迅速走出情绪低谷，也是姑息治疗医生圈子里的一条内部信息。

最后我与古斯塔夫谈到他对窒息的恐惧。夸夸其谈和否认事实是姑息治疗中最大的忌讳，所以我并不否认，倘若没有适当的治疗，肺部癌细胞转移可能导致可怕的后果。但几乎没有任何一种症状能够比呼吸急促能得到更有效的缓解。吗啡的剂量是根据病情而精确调整的,它使大脑相信,自己的呼吸已经充足。同时,病患必须接受,由于吸气变少,二氧化碳在血液中的指标不断上升,病人对较少的呼吸也不会感到不适。在极端情况下,用最大剂量的吗啡可以促使呼吸停止。

然后我向二位讲述了一件我还是个年轻麻醉师时所经历的事情。一位女高中生在一次手臂手术前,我本应给她注射麻醉剂。由于她痛得厉害,况且反正她都需要强效的吗啡制剂来进行手术麻醉,所以我在手术室的前厅给她插入了一条静脉通道并将制剂注入静脉。然后我们走了20米到手术室,疼痛完全缓解,她认真地听着我的报告。当她躺在手术台上时,我发现她的脸色已经变得铁青。在我打完针后,她只是停止了呼吸,但她是清醒的,还在听我们的谈话。我迅速给她戴上氧气面罩让她呼吸,后来总算缓过来,没发生意外。但从那时起我知道:用吗啡可以减少呼吸欲望,直到停止呼吸。* "你死于呼吸停止,但却毫无察觉。"教授和他的妻子听后觉得很欣慰。现在他们都知道:有了良好的姑息治疗,没有人必须忍受窒息。我为他们开了处方、留下联系电话,并且表示过几天会再次联系他们,然后我就起身告辞了。

不久后,我们通过电话交谈。英格里德联系到我,并高兴地说,过了这么久,古斯塔夫终于又能骑着他的电动自行车去研究所,他们两个都很高兴。她的儿子和孙子告知这个周末会过来探望二老。当我后来直接联系到患者本人时,他简洁地总

---

* 因此如果涉及毒品,能致命的过量海洛因(一种吗啡衍生物)被称为"黄金一剂"。

结了他的情况："我很满意，可以继续这样的状态。"然后我们的电话交谈就不再围绕古斯塔夫的健康，而是谈论他在研究所指导的所有项目。我很喜欢听他说话。我们做了约定，他答应如果有任何投诉，会再联系我。当我挂断电话时，感到深深的欣慰。恐怕没有其他职业能如此美好，如此令人感到充实。

就这样过去了几乎一年，直到古斯塔夫再次联系我。同一天，即 2015 年 8 月底，我去见他。在此期间出现了癌细胞骨转移，这导致了相当剧烈的疼痛。他的家庭医生——一位非常善解人意的同事——已经开了大剂量的吗啡贴片，并在诊所安排了一系列的放射治疗。但恰恰放疗让古斯塔夫感到难以承受，因为要不断去医院，总是在不舒适的桌子上长时间躺着。放射性辐照不断引起不适。最重要的是，效果并不理想。特别是第一次治疗后，疼痛越来越严重。其实，许多病人都报告了这一点。

我不得不承认，不仅骨转移造成了隐患，而且神经也受到了损害。一种恶性的神经疼痛综合征就是这样产生的，它表现为灼热和电击般的疼痛。不过这种疼即使没有吗啡也能在很大程度缓解。接下来几周里，古斯塔夫通过吗啡和卡宴辣椒贴片有效缓解了疼痛。用于稳定骨骼的抗体疗法应该有更多的作用，其缓解疼痛的效果已经被证实。不幸的是，该疗法会严重损坏病人的牙齿。因此，古斯塔夫必须事先去看牙医。牙医给古斯塔夫开了绿灯后，我给他注射了相对较新的药物，其效果非常好。转移灶明显缩小，对神经和骨骼的压力也减轻了。

疼痛虽然消失了，但这导致了一个罕见而熟悉的并发症：只要一个人处于疼痛之中，通常他会对所使用的吗啡有良好的耐受性。不过一旦疼痛消失，继续使用吗啡就会引起恶劣的副作用：恶心、嗜睡、呼吸减慢，最糟糕的情况是呼吸停止。这正是古斯塔夫所经历的。英格里德急忙把我叫到床边："我丈夫对注射剂不耐受。之后他的情况一直很糟糕。"

但糟糕的不是注射剂，而是医生在这种情况下低估了使用吗啡的后果，而没有减少吗啡的剂量。在我看来，自我批评的能力应该在我们行业具有极为重要的意义。我们很担心，现在每天都去看望古斯塔夫，不断把吗啡的剂量调低，并给他服用防止恶心的药物。但由于他的胃里没有任何东西，输液就变得不可或缺了。一个星期后，我终于可以在档案中注明："恶心情况好转，只吐了一次。患者非常满意。"大家都大大松了一口气。

古斯塔夫再三强调，尽管拒绝接受化疗，但到现在为止他已经与结肠癌共同生活了近五年。所以从统计学上看，他属于患癌后生存了五年的骄傲群体。但是没有统计数字会把这种成功的存在记录下来，因为古斯塔夫拒绝化疗。那么他无法参与那些制药商赞助的统计研究。那些拿钱的测试调查员不会理会那些不接受治疗的病患。毕竟，这些人可能会最终破坏预期的研究结果。

摆脱病人的角色

无论如何，古斯塔夫和他的妻子都以一种模范的方式成功地让自己摆脱了病人的角色。他们不想仅仅充当牺牲者和受害者。每次我们来拜访时，他们就如招待好友一样，准备了咖啡或茶点等待我们。他们的婚姻和职业生活都在继续。古斯塔夫到了晚年才找到运动爱好，并和儿子们一起度过了一段紧凑的时光，饮食也很健康。每当病状出现时，他都会立即进行治疗。他是一个模范病人，只是他没有把自己当成病人。通过铁一般的训练原则，他加强了自己的免疫系统，从而将肿瘤抑制在小范围内。有一些化疗肯定在某些地方会很有效。但对于很多种无法治愈的肿瘤来说，古斯塔夫的策略带来的效果至少不比化疗差，而且肯定令人更加愉快，绝对可以充当额外的治疗选择。

然而有的时候，肿瘤带给肺部的严重影响变得越来越明显。他开始呼吸困难，其病状类似于哮喘。我们不得不一再地用药物治疗，以扩大支气管。尽管病情都能得到控制，但许多时候古斯塔夫仍感到绝望："这一切还值得吗？我不应该就此停止吗？"在儿子们和英格里德的支持下，他总能找回希望。不过我们当然也谈到了提前结束生命。他很清楚，我不会为他提供安乐死针剂。这可能就是为什么他从未向我索求过。但对古斯塔夫来说，重要的是他知道，倘若所有的尝试都失败了，我无法再减轻他的病痛，那么我会给他一种解脱的药物。我们经常讨论医生协助的自杀。他认为，联邦议院关于这个问题的辩论应该由深陷这种情况的病患来主持。那么人们的想法就会不同了。在这点上他说服了我。

有一天，古斯塔夫的呼吸急促变得很严重，以至我不得不给他注射抗支气管痉挛的药物。然后在11月初，他的双腿行动非常不稳，导致他在水槽前滑倒，头皮有严重撕裂伤。但英格里德的反应是清醒和谨慎的。尽管出血看起来有威胁，但她没有联系急救医生，而是给姑息治疗网络打电话。处理头皮裂伤是每个医生基本训练的一部分，就算医学初学者也可以在覆盖着头发的头部进行缝合练习。于是我给他注射了足够的局部麻醉剂，并处理了伤口。即使这肯定不是百分之百完美的缝合操作，古斯塔夫还是恢复得很好。我记得，由于我笨拙的缝合操作，大家都由衷地笑起来。到了11月，他完成了另一个图书项目。还有那些正在进展中的事情，古斯塔夫也都已经完成了。

  到了月底，由于古斯塔夫呼吸困难的情况开始恶化，我们不得不频繁进行紧急就诊。症状缓解的成功率越来越低。即使上厕所也变成一种折磨，眼看他得长期卧病在床了。在一个星期二，姑息治疗护士安娜和我正在进行一次家访时，他说："我的体力正在耗尽。"他送给刚开始上大学的安娜一支特殊的钢笔，送给我一把对他来说很珍贵的刀，是用中世纪的特殊锻造工艺制作而成的。我们都知道，一切即将结束。持续的呼吸短促、胃病和难以忍受的虚弱，这些对古斯塔夫来说，已经不值得他继续流连于这世间。几天后，即12月初，他再次出现极严重的呼吸困难。平时所用的治疗都不起作用，这时他要求我让他入睡，因为他呼吸太困难。长时间来，血氧仪一直显示着会令任何急救大夫立即进行人工呼吸的危险数值。在病痛被缓解的情况下，在儿子们的陪伴下，在他一生挚爱伴侣的亲吻下，古斯塔夫平静地睡去了。他最后的喃喃细语是对她说的。

  安娜和我留在他的床边继续守护。当他睡着时，他的血氧含量已经下降到无法测量的水平。但他的呼吸是平静的，他的脉搏微弱但有节奏。到了晚上，脉搏变得缓慢，呼吸不规律，长时间停顿。英格里德再次把他抱在怀里，在他的额头上留下了最后一吻。

  妻子和儿子们都开始痛哭。不过之后气氛就完全变了：大家开始感到一种巨大的解脱，同时也感恩，之前对窒息之残酷的恐惧是没有根据的。古斯塔夫走得很平静，就像我承诺他的那样。我们都在房间里坐了很久，互相讲述了这个非常特别的人一生中的许多趣事。

我们与英格里德及其孩子们的联系没有中断。甚至在他们把古斯塔夫抬进坟墓后，还一再向我强调，古斯塔夫能够在家里生活这么久，大家是多么高兴，这样他们就可以随时去他的房间，每次都做一次告别。显然，在熟悉的环境中进行的姑息治疗，其效果在古斯塔夫离世后还在继续。

我为姑息治疗的辩护

我这是在为自己做广告吗？即便如此，我这样做是问心无愧的——我有政界、两个主要教会和德国公民意愿的支持。本书导言中已经提到的贝塔斯曼基金会的调查结果证实了我的个人经历。这项调查研究包括超过 90 万名死者的数据分析。其结果不言自明：每两个德国人就有一个死在医院里。然而，当被问到自己希望在何处离世时，所有受访者中只有 3％ 的人表示愿意在医院里度过生命的最后阶段。如何解释如此巨大的差异呢？该研究的作者对此事进行了调查，并发现了一些有趣的细节。

在有能力提供更多病床、有更多独居者和更多领取社会救济的人居住的地区，人们死于医院的情况就更为频繁。在专业护理人员配置比例较高的地区，无论是住在疗养院还是住在家里，人们在医院去世的频率明显很高。看来专业的护理反而导致人们无法在自己期待的地方离世。

而且随着姑息治疗单位的扩展，病患在医院死亡的比例也随之增加。仅仅在姑息治疗门诊医生出诊率高于平均水平的地方，违背病人意愿的住院死亡才会显著减少。并且这个比例不会因家庭医生或临终关怀病床密度之高而受到影响。一个富有启发的表格详细列出了导致病患在医院死亡的各种风险因素：

	（违背意愿）在医院死亡的风险：
住院治疗频繁的地区	风险急剧上升
独居者	风险急剧上升
领取社会救济的人	风险上升
疗养院	风险上升
门诊护理	风险上升
姑息治疗单位	风险上升
姑息治疗门诊	风险急剧下降
家庭医生密度	风险不明显
临终关怀医院	风险不明显

在过去的十年里，住院护理场所（临终关怀和姑息治疗单位）的数量翻了一番，每百万居民有60张床位，大体接近欧洲姑息治疗协会所指出的需求标准。[11]然而迄今为止，门诊方面的护理仅达到理想状态的30%。[12]在德国，仍然有许多护理"盲点"。这导致家庭护理的严重不足。虽然估计有90%的临终者都需要姑息治疗，但家庭医生只为13%的人提供了姑息治疗咨询。最终只有3.5%的死者获得了专门的姑息门诊治疗，而且通常太晚了，平均在离世前三个星期才开始。在所有调查病例中，有12%的患者甚至在离世前三天才开始接受姑息治疗。

该报告冷静地总结道：病人的优先权或者其他相关因素都是次要的。更直白地说：临终者的意愿对于那些负责的人来说是无所谓的。

其实所有参与其中的人早就知道，在家中进行的全面护理，尤其和姑息治疗网络结合，会明显减轻临终护理负担，并且也符合临终者的最后意愿：尽量减少住院治疗，减少使用高科技医疗，减少呼叫急诊医生，减少不必要的复苏，减少人工呼吸，减少抑郁，减少临终前几个星期内的化疗！而有更多时间和朋友和家人在一起，尽量留在熟悉的环境中，更多地缓解病痛，病患的寿命往往还会增加。[13]因此，姑息治疗是自从经济学被引入医学以来唯一的医学进步，它可以延长生命，提高生活质量，同时减少医疗开支。

人们会认为，整个世界，特别是资金紧张的医疗保险公司，应该支持姑息治疗门诊服务。可事实远非如此！2006年，当立法机构着手在《社会法典》第五卷中加入专门的姑息门诊治疗的法律权利时，法定医疗保险机构立即驳回了这一要求[14]："没有必要建立这一新条例。"

更为严重的是我在2007年收到的一封报销申请的回信，其中涵盖了许多医疗保险公司的心态："姑息治疗不是一种有确切治疗效果的治疗方式。法定医疗保险只需支付识别疾病、治愈疾病、防止疾病加重或者缓解疾病症状所需的治疗费用。"因此，他们宁可把钱投到——即使以牺牲患者利益为代价——能令许多人赚得盆满钵满的、可耻的过度治疗中。

13　钱的问题

当涉及健康问题时，尤其涉及临终病患时，我们是否应该谈钱？把维持生命与肮脏的利润联系起来，难道不该受到谴责吗？当我们从经济利益的角度讨论医疗可能性时，对医疗保险公司和政策的谴责情绪肯定会骤变。鉴于我们国家的经济实力，经常会出现愤怒和感慨："出于费用的原因而不为病患医治是很无耻的。"然后个别医疗保险公司被媒体曝光，因为它们拒绝为其投保人报销最新的、有时甚至还没有被批准的癌症疗法。由于公众的压力，许多保险公司最终还是做出妥协。

与此同时，在社会法庭上的一场战斗还未结束。在审判中，有人提到了联邦宪法法院2005年12月6日的一项判决，即所谓的尼古拉日判决。当时，一名身患绝症的青少年希望医疗保险为他报销生物共振疗法等费用，因为他的遗传性肌肉疾病没有传统的医疗选择。保险公司拒绝了，因为这种治疗的有效性还未得到证实，况且至今也没有任何科学研究能够证明其益处。不过主治医生推荐了这种方法，并在1994年底之前向这位青少年的父母开出了10000马克的账单。

这名重病男孩的父母向法庭提出了一个代表性案例。他们无法接受，保险公司不愿意为他们的儿子支付可能挽救生命的治疗费用。最终德国最高法院法官同意了男孩父母的观点。他们判决的原文是："一个有法定医疗保险的，患有危及生命的或经常会致命的疾病的病患，在没有获得普遍认可的、符合医疗标准的治疗的情况下，却不被允许选择由医生推荐的治疗方法，倘若这项治疗为患者带来的治愈希望并非遥不可及，或者对疾病治疗过程有明显的积极影响，那么否决这项治疗就违背了《基本法》第2（1）条的社会福利国家原则和《基本法》第2（2）条第1规定的基本权利。"[1]

医疗资源分配的公平公正

然而在这种情况下，医疗保险公司的决定并非完全错误。因为一项重要的医学伦理原则就是公平。[2]具体而言，医疗保险抱怨他们的财务状况，并非总是无中生有。多年来，医疗保险费用一直在上涨，受保人的负担也随之不断增加。政客们正试图对此进行调整。然而各地的医疗服务正在降低到一个勉强可以忍受的水平，正如《社会法典》第五卷所规定的："医疗服务必须是充分的、适当的和经济的；它们不能超过必要的范围。至于那些不必要的医疗，受保人不得要求索取，医疗单位不得提供，医疗保险可以不批准报销。"[3]

例如，需要护理的老人躺在最简易的泡沫床垫上。这种床垫是如此之薄，以至于我们的病人说身体可以感觉到床垫下面的板条框架。接下来我们算一笔账，这种对病患的大不敬就显而易见了：只要有七名黑色素瘤患者减少使用当前的抗癌药物治疗，就可以省下足够的钱，让所有需要照顾的老人都躺在舒适的双层床垫上。

用一种未经充分研究的药物来治疗七个人，据统计最多只能延长两到四个月的生命，而且通常要以痛苦的副作用为代价，但却让德国所有需要护理的老人在不舒适的床垫上煎熬——往往一躺就是好几年，难道这公平吗？每想到这里我就感到心痛，因此用更为简单明了的方式算一下这其中的不公平。

根据联邦统计局的最新数据，在德国有 148800 人在家中接受第三等级的护理。[4] 简单起见，我们假设仅在这个群体每人都需要一张护理床。保险公司提供的简易床垫的费用应该在 10 欧元左右。若仅使用一种治疗黑色素瘤的药物，每年的治疗费用就达 210512 欧元。[5] 每一次注射的费用为 26314 欧元，而且经常会伴随腹泻、呕吐、恶心、皮疹、瘙痒、食欲下降、疲劳和发烧。此外，所记录的严重的副作用还有血液中毒、休克和脑膜炎。每十位被这种癌症折磨的患者中，就有八位是没有治愈前景的，甚至也不会显著延长生命。黑色素瘤患者享有如此的优先治疗，这难道真的公平吗？

然而德国医疗系统中最大的成本消耗并非那些昂贵而经常有问题的药物，而在于医院和诊所。2014 年，这些机构就收取了 680 亿欧元。在此值得让我们回顾一下历史。[6] 起初，医院只可以接收可治愈的病人。后来，随着社会保险的引入，这一功能变得越来越不重要。因此到了 20 世纪，医院成为工业化国家里最重要的死亡地点。这种情况一直持续到今天，尤其在德国：超过 90％的人其实更愿意在家里度过余生最后阶段，但实际上只有不到 20％的人在家里的床上离世。尽管立法机构早在 2007 年就决定，保证每位法定医疗保险的受保人都能获得在家中离世的护理和陪伴。但如今患者在医院病床上咽下最后一口气仍旧是常态——这是有原因的。

医院计费系统的弊端

当住院部门的薪资系统向 DRG（Diagnostic Related Groups，相关诊断人群收费标准）计费系统转变的同时，医疗保险的经济责任早在 2003 年就从医疗保险公司转移到医院经营者身上。之前医院可以在每年年底，首先根据患者的住院时间长短（所谓的成本抵偿原则）来计算成本，而新的制度则是为了刺激竞争，目的是"让钱跟着医疗服务走"。此后，如果针对某些病例组的诊治导致开销过大，诊所就变得无利可图而应该关闭。同时，"医治效果好的诊所"将得到支持。用更为高雅的政治术语表达就是，新系统将促使"医疗系统的效率和效益储备得以充分利用"。

从此以后，每年的报纸都会报道"医院破产潮"。更为令人惊讶的是，自改革以来出现了医院私有化暴涨的趋势。在过去的二十年里，私营医院的比例增加了一倍多，这导致非营利性或公共医疗机构的比例减少。[7]与后者相比，私营医疗单位经营者尤其遵循的三个原则是：利润、利润、利润。接下来我们看一看细节。

我们一旦在医院接受治疗，一个"石斑鱼"（这不是一条鱼，而是一个电脑程序的名称）就会根据所有给出的诊断推算出一个特定的病例组。在参考所有诊断案例后，最终得出适用于这个病例组的一定的欧元数额。这是为了防止无意义的检查、不必要的长期住院治疗或者无用的额外治疗，因为这些操作对于使用新的 DRG 计费系统的诊所已无利可图。钱只能花在"综合诊断和治疗"上。人们可能认为这是个好主意。如今的理念是:"花同样的钱享受同样的服务。"

在过去,病患的住院时间往往超过必要的时间,医院总是进行新的检查,以延长住院时间,从而增加计费。那么目前的 DRG 计费系统是否更加适合呢?没有人会否认,即使诊断结果一样,也并非每个人都需要一样的治疗——这也不是人们所期望的。然而,现在的管理部门尤其需要真正掌握这套复杂规则的专家。于是在我们的医院里出现了全新的工作岗位,每三家医院就有十名或更多这样的专家,并且呈上升趋势[8]:"编码助理、管制员和 DRG 官员"。后者的任务大多由医生执行,他们不参与或者不再完全参与病人的护理。

管制员向医生推荐"有利于 DRG 的诊断和治疗",然后严格确保病患呆在病床上的时间尽可能短。毕竟,医疗保险不会支付长时间住院的费用。例如,在 1994 年,病患的平均住院时间为 12 天,到了 2014 年就只有 7 天。结账时只有所谓的 DRG 病例价值被考虑。[9]由此一来,只有对主要病状的治疗才是有利的。举个例子,如果一个哮喘病人患有腰椎间盘突出,根据 DRG 系统,她必须先在一个科室办理完出院手续,并重新入住另外一个科室后,才能根本地治疗腰椎间盘突出的问题。至于医疗服务的表现、生存率、生活质量以及并发症——这些在酬劳分配中都没有起到决定性的作用。更糟糕的是,如果在劣质医疗后出现了只能通过特殊护理和长期住院治疗的并发症,这一切就变得尤其有利可图:因为没有什么比重症监护和人工呼吸带来的报酬更丰厚。

这种荒唐之举也表现在其他问题上。多年来,关于医院病菌的灾难性报道一直在增加："40000人因在医院感染而身亡"，这是《德国日报》(*Die Tageszeitung*)的头条。[10]由于缺乏卫生措施，超级病菌得以传播。即便使用各种抗生素，人们也无法控制它们。其中最著名的超级细菌是MRSA。* 在美国，一家诊所必须自行承担昂贵的治疗过程中出现的超级病菌的后续处理费用。把病菌"消灭在萌芽状态"符合医院自身的利益，感染率由此下降了30％。[11]然而在德国，计费系统是不同的：目前的DRG修正案为那些重症监护室中受超级病菌影响的人提供了额外费用：难道这是对医院卫生环境之差的奖励？

另外一个例子：根据DRG标准，疝气的手术费用为2439欧元。所以只有在病患住院，但手术后很快就出院的情况下，医院才能获利。同样的手术在全世界几乎都在门诊进行，不需要住院，术后即可在家里康复。然而一项门诊手术，德国医疗保险公司只支付500多欧元。那么在德国只有15％的疝气是作为门诊手术进行的，还有什么奇怪的吗？[12]倘若患者在病房过夜，医院就有约1940欧元的额外收入。这笔住宿费用堪比德国最昂贵的酒店住宿费，比如柏林的阿德隆凯宾斯基酒店能看到勃兰登堡门的双人套房，包括在床上享用的早餐。

医疗保险公司这么多年来一直在抱怨医院成本的上涨，并鼓励门诊治疗。但同样的手术，通过住院治疗，医院就会有五倍的营业额，这是多么明智的做法？这个问题的严重性日渐明显，而受害者仍是病患。为了提高营业额，医院需要医生来进行许多有利可图的"治疗"，而护理人员可能就只被视为成本

---

* MRSA，耐甲氧西林的金黄色葡萄球菌，是几十种猖獗的超级病菌中最著名的一种。

开销。2001年至2014年，德国医院医生的数量增加了37%，但在同一时期，有4%的护理人员被裁撤。[13] 2001年，每个医生都配备三名护士，而到了2014年只有两名。尤其对临终病患来说，重要的护理服务，如倾听、安慰、告知和回答问题，以及解释出院后的进一步护理选择，都不能带来附加的金钱价值。基本护理都被低技能的工作人员承包。如今德国的医院无法为个性化护理——一名病患由一名专门的护士来护理——提供空间。护士们也认识到了这一点：70%的人认为必要的护理服务"经常不能"得到执行，72%的人还报告了在权衡经济利益和护理目标时产生的冲突。[14]

私营医院集团赫利俄斯（Helios）的财务主管约尔格·勒施科在回应关于节省人事费用的批评时解释："在员工较少的部门，效果往往更好。"而他马上就给出了矛盾的答案：这些部门拥有良好的信息技术。遗憾的是，该报告没有进一步解释具体哪些效果更好，以及电脑技术可以在多大程度上带来满意度。[15]

无论怎样，病例数量上升之急剧使德国再次成为世界冠军。这也导致了医院收入和利润的增加。[16] DRG计费系统的节约效果为零。德国每1000名居民中，每年就有240个住院病例，比工业国家的平均水平高出50%。莱茵-威斯特法伦经济研究所（Rheinisch Westfälische Wirtschaftsinstitut）发现，病例数量每年都增加了2%。他们怀疑是"经济原因导致的数量增加"。[17]德国医院协会当然表示反对：增长的原因是更好的医疗可能性和人口日益老龄化。

就此，已经有严谨的科学研究证实，社会人口老龄化对医疗费用增长的影响微乎其微。[18,19]

还有证据表明，有吸引力的收费服务付款、减少额外付款和 DRG 医院计费系统的引入导致了治疗范围的扩大。[20]而病例数量增加的原因是财务方面的错误激励。

此外，49％的住院医生和 37％的护士确信，自从引入 DRG 系统后，医疗质量有所下降。[21]在诊断讨论过程中，医生越来越受到 DRG 编码的影响，即如何将 DRG 带来的利益最大化。同时医疗工作人员越来越感觉到，这种计费方式也可能涉及对病患身体的伤害或者欺诈。[22]

来自伍珀塔尔的神经医学家约翰内斯·约尔格（Johannes Jörg）在他的《职业道德与经济学》（*Berufsethos kontra Ökonomie*）一书中列出了该行业的不道德行为。这本书非常值得一读[23]：

- 优先考虑昂贵的病例
- 倘若没有利润前景就拒绝接受病人
- 住院时间取决于获取最大报销额度
- 达到某病例的总计费用后，医院就让病患提前出院（所谓的"血腥出院"）
- 将病患转移到重症监护室以优化利润率
- 将一次治疗划分成多次，以增加每个病例的总计费（分次治疗）

关于 DRG 带来的灾难，我个人深有体会。例如曾有位医科学生马尔特告诉我，他在一家中等规模的医院进行实习，那里专门聘请了一位主治医生来检查计费编码和平均住院时间——这种事竟然发生在我们这样一个缺乏专业医生的国家！

同事们都亲切地称呼这位穿白大褂的管制员为"史塔西"官员。* 马尔特还告诉我们,为了让一位身患绝症的患者在超过最长住院时间后不被赶出院,一位助理女医生不得不乞求医院好几天。顺便提一下,我们姑息治疗医生经常会经历这种残忍的事。我最近就遇到了一个这样的案例:一位患有严重痴呆症的老人被急诊医生送进医院。他的女儿拒绝了医生在没有指征的情况下为父亲插胃管的无理要求。就在同一天,这位患者出院回到家里,没有医生诊断书,也没有止痛药。我们的姑息治疗小组见到这位老人时,他正心神不宁地在病床上大叫。

倘若一名重病患者——无论是否因为亲属的干预——拒绝医嘱规定的(以及容易计费的)治疗,这会扰乱、甚至让系统瘫痪。因为尤其是那些非常严重的病例——由于诊断和相关的治疗过程威胁到生命——会带给医院特别高的 DRG 效益,或者简单地说:疾病越严重,治疗业务的利润越丰厚。因此这样一名临终病患甚至比私保病人更有利可图。当然前提是,这名病患必须毫无怨言地忍受这弥漫着金钱气味的治疗。而且,由于几乎没有任何付款人真正关心治疗的结果,或者对已经沦落为计费数据的患者的后续生活质量感兴趣,所以手术仍然在临终前进行,还开出了全额账单。之后患者就被安排去往临终关怀医院。

现在有很多医生呼吁废除整个 DRG 计费系统。但是整个行政管理行业早已深入研究这个系统,而且为此创造了新的职业,软件公司出售交通灯软件(绿色:病患可以留下,红色:为了保证经济利益,病患必须立即出院回家)。没有一个政治

---

* Stasi,德意志民主共和国的国家安全机构的简称。——译者

家会承认，这些规则的引入是个败笔，其代价最终通过病患生活质量和尊严的损失来偿还。甚至德国伦理委员会最近也对这一问题发表了不寻常的清晰论调：

DRG薪酬体系强调行动和积极治疗的应用，等待和无为会受到惩罚。[24]这就刺激了多余的、重复的，因而也是不必要的治疗。如果某项治疗的收入减少，那么在之后的几年里，其报销额度就会降低。另一方面，如果收益增多，同类病例的数量就会增加。[25]仅仅这一事实就令人细思极恐。德国内科医学会主席米夏埃尔·哈莱克教授（Prof. Michael Hallek）解释道："作为医生，我们的职责不仅是治疗，还要懂得当治疗对病患已无益处，甚至有可能带来伤害时，要停止治疗。"[26]

同时，医疗保险公司担心DRG系统的废除会导致无法有效控制成本。当然必须承认的是，我们没有一个放之四海而皆准的解决方案。过去是按照住院时间计费，导致病患的住院时间明显过长。自从改成按治疗程序报销后，手术就过多。这一点在各州卫生部长会议上得到了可谓轰动一时的确认："以前我们剥夺了人身自由，如今则是人身伤害。"[27]为了防止"数量的扩张"，唯一能有帮助的是预算，但我们医生尤其讨厌预算：这意味着像家庭医生诊治费用这样的计费总是一样的。倘若家庭医生提供了更多的医疗服务，那么每项服务的酬劳就会减少。多年来，医院体制外的、个人专科诊所的自由职业医生们早已熟悉这种不受欢迎的预算制度。到时恐怕必须在医院里推行这种预算，因为这样才能制止医疗服务的扩大。

尽量门诊治疗，减少住院，这也是《社会公德法》所规定的，但是，就如我每天在自己诊所里的亲身体会，门诊不会带来收益。我们每天都会遇到这样的事：一位老年人因为饮水不足而被送往医院，他出现脱水状况。经过短暂的输液和一些建议后，他实际上可以在几个小时后回到他原来的住所。但一个知道医院还有很多空床的年轻助理医生又会如何处理：如果他在医学上表现得理智，医院只能收取约 50 欧元的门诊治疗费用。如果他把老人收为住院病人，无数次的诊断再加上一点多余的诊断和治疗，很快医院就能有几千欧元的收入。一位在医院利润中占有一定份额的主任医生又该如何对待一位每天早晨都自豪地讲述自己的治疗业绩的青年医生："我给老人家输液，然后他就要求护士给他送一份报纸。他看起来状态很好。所以我把他送回了家。他的状态真的挺好。"

医疗体系的经济化及其后果

全面经济化的后果是显而易见的：肿瘤科扩张得最快，大型医院现在有 30% 到 50% 的床位留给癌症患者。[28] 但恰恰这个患者群体中的大多数更愿意留在家里。就连急诊科的助理医生也肯定知道这一点。这样的医生，对饮水不足的老人除了进行门诊输液，就不应该有任何其他操作。但事实上，他会严格按照等级制度，为他的老板和医院管理层考虑。德国的医院参照普鲁士的军队制度，有严格的等级结构。高级医师或主任医师的级别与有指挥权的军事级别相对应。主任医师、副主任医师、第一主治医师、科室主任、首席助理医师、资深助理、病房医师、进修助理、新入职人员、护理人员、搬运工、清洁工。虽然白大褂上没有相应等级的徽章，但身处这个链条中的人都非常清楚自己在等级制度中的位置。

由此一来，自上而下的"机构派哲学"就强加给每个人。

从纯粹的法律角度来看，医生属于自由职业，但这是我们一厢情愿的想法。比如一位还在进修的助理医生，如果他反抗上级决定，那么他将永远无法获得在手术室实践的机会，而这对他的专业培训是非常必要的。他不会有机会学习超声或内窥镜检查。他的职业天花板被封死了。就是这样一个叛逆的医生发现自己会被发配到恢复室等不受欢迎的工作岗位上，或者整天记录血压和血氧，和病人进行琐碎无意义的交谈。

简而言之，任何为了患者的利益而反对这一制度的人都要冒着培训深造、事业和工作岗位方面的风险。这样的命运甚至也会降临到一个主任医师身上。如果他大声呼吁更多的人员配置，甚至引起人们对医疗系统弊病的注意，那么"友好分手"就已经在眼前了。当然有时候是温柔的压力。谁会为了正直而放弃应许的利益？这里起到关键作用的是奖金协议。几年前，全世界银行家的疯狂奖金给我们带来了银行业危机。[29] 如今，上不得台面的奖金合同为死亡延期联盟插上了翅膀。

尤其奖金协议的目的就是使高级别的医生变得顺从。因为他们原本只有并不可观的基本工资。靠这份工资，他们很难满足自己所期待的社会地位：没有流线型外表的豪华轿车，没有能远眺鲁尔河畔的独门独院的府邸。

然而，一份奖金协议承诺了源源不断的额外收入。它以合同形式保证了医生拥有医院营业额中的利润份额，这一切病患当然毫不知情。其他同样上不得台面的激励措施是对一定数量的尤其高利润的手术、重症监护的时长、化疗或放疗的约束性承诺。如果继续深究这种奖励模式，那么就会追踪到医院里处于领导级别的医生的腐败。正因为这些人受到诱惑，才会制造一个"慷慨的指征"，或者更糟糕的是，执行一个没有指征的治疗。也可以换种说法：一个没有指征的治疗带来的最坏结果，就是人身伤害甚至杀人。一个法制国家怎么能容忍这种情况？我们该如何面对临终病患，也就是那些没有权势、当然也不享有法律保护的人？

这种不正当的制度只有在遇到真正的大宗案件时才会引起公众的注意。2012年，哥廷根大学附属医院在器官移植方面的不规范行为被曝光，其中发现有人对肝衰竭重病患者的实验室数据做了手脚。实验室数据越差，在等待器官排名上就越有优先权：肝脏数值越差——等待器官的时间越短——在自己所在诊所进行肝脏移植手术的频率就越高。除了每月已经很丰厚的14000欧元基本工资外，被指控的医生每移植一个肝脏还能得到1500欧元的"奖金"。[30]这笔奖金一直支付到第60个肝脏被移植为止。这名医生在2009年做了59例肝脏移植手术，在2010年做了58例，这纯属巧合吗？协议到期后，哥廷根大学附属医院的移植手术数量明显下降。而故事的结局呢？这名外科医生被捕，被指控……然后在2015年被宣告无罪，理由令人不可思议：医生的操纵行为已被证实，而且也得到了法院的"不认可"。然而，由于德国医学协会的器官移植指南反正也是违反宪法的，这名外科医生的违规行为并不构成刑事犯罪。[31]

让我感到压抑的是，如此诡异的无罪判决竟然没有引起公众的极大愤慨。这难道不应该在全国范围内引起强烈反响吗？试想一下，如果小猫在研究室里受到折磨，而施暴者却因为动物保护法过于模糊而逍遥法外，媒体会如何炒作。这个人可能需要警察保护。当涉及那些毫无疑虑地相信捐赠器官会公平分配的绝症患者——并且最终在肝昏迷中离世时，我们激动愤慨的潜力似乎就大大降低了。

如何遏止器官移植手术被操纵？

不管怎样，德国医学协会在 2012 年开始活跃起来：一名委员仔细检查了德国所有的器官移植中心：不仅在哥廷根，而且在莱比锡、慕尼黑伊萨尔河右畔地区，以及明斯特也发现了"严重违反准则"的情况。[32]《器官移植法》被收紧，并成立了一个监督机构。至少，这是一个好的开端。

在 2012 年的德国外科医生大会上，德国外科医生专业协会主席汉斯-彼得·布鲁赫教授（Prof. Hans-Peter Bruch）颇有勇气，他把器官移植的丑闻放到一个更大的背景下——这无异于在伤口上撒盐："医学的核心，即病患的安康，在这种情况下太容易被忽略，并有可能被经济准则所取代，后者几乎不涉及任何关于病患安康的问题。人们的痛苦成为与 DRG 系统相关的、往往能带来更大价值的考虑对象，以及和预算相关的预定目标——并非病患需要什么，而是通过他的病痛还有什么可以计费，才是核心问题。"[33] 他的总结也没有恭维自身所在的部门："只有不谙世事的人才会相信，这一切不会对指征确认和治疗数量产生持久影响。"

2013 年，联邦医师协会就整个问题也发表了一份全面声明[34]，其明确性令人震惊：

- 声明指出，出于经济利益，在德国进行了太多的手术，而且过于频繁地使用昂贵的技术。
- 脊柱手术的数量在五年内翻了一倍。[35]
- 2006 年至 2010 年，诊所的治疗数量增长了 13%，

其中昂贵和高利润的治疗增加比例过高。³⁶

- 有医生反映压力越来越大,他们表示迫于经济束缚,例如在选择住院病人、选择治疗方法和住院时间方面都会受影响。

- 患者抱怨,治疗的经济目的及其与医疗、社会方面相比的重要性,都缺乏透明度。

协会并不掩饰主任医生合同中的财务奖金协议影响了病患护理这一事实,而且鼓励医生们上报有问题的合同。

甚至立法机构也采取了行动。德国《社会法典》第五卷第136a条现在规定,在与联邦医师协会达成一致后,德国医院协会(Deutsche Krankenhausgesellschaft)必须将医嘱上交,以确保排除那些出于经济利润而执行的医疗操作。这些医嘱应该尤其确保医疗决定的独立性。

那些有益于员工满意度、服务质量指标、科学鉴定、经济效益目标、满意的病患以及良好的培训深造的奖金协议,的确是合法的。只有这样的奖金协议才是联邦医师协会推荐的。然而,德国医院协会在几年前就自荐了其示范合同中的不规范的奖金协议。在2018年发表的一项研究中,85%的医院管理者也证实了这一点。

让医生自愿与那些通过不道德条款用各种方式为自己谋利的群体绝交,是不现实的。根据管理咨询公司基恩波姆(Kienbaum)的数据,2015年97%的主任医师的合同中都有不正当的奖励措施。痛苦万分的死亡阶段就无所谓了——奖金合同万岁!

安东的案例

我最近经历的一个例子似乎能代表整体情况。生于1929年的安东，病例号6259158，正如医生诊断书所指出的，他患有痴呆症。由于病情导致的烦躁不安，他跌倒了。救护车立即赶到。诊断结果很快就出来了：右大腿骨折——这一极其痛苦的伤病会折磨他数周之久。同一天晚上，医生进行了"开放性固定骨折处，插入粗大的髓内钉以稳定骨骼"。"手术后未出现异常"。插入的金属安置得很好，伤口没有带来刺激，血液中也没有查到炎症的迹象。因此安东被批准可以恢复正常负荷的身体活动。

但诊断书中还写到，这位已经糊涂的病患有两次自己把导尿管拔掉，导尿管的一部分仍然卡在膀胱里。尽管仍旧神志不清，他在手术后的第三天就被转移到了一家疗养院。有相关文献指出，如此严重受伤的患者应该平均住院十三天。[37] 如此快速的出院为医院节省了十天左右的时间，病人产生的费用就可以大幅减少，从而使医院的利润大幅增加。医生在诊断书中建议"进一步活动，在复健之前要进行血栓预防，两周后拆除缝合材料，由泌尿科医生检查膀胱，最早六个月后进行检查"。医院还为这位卧床不起的人开了心脏药、胃和肠道药物。但没有提到安东在医院接受的止痛输液的后续情况。

回到家里后，病患几乎无法平静下来，他拒绝吃喝以及服药。他的疼痛在加剧，以至于几天后护理人员打电话给紧急医疗服务。这位急诊医生想让医院立即重新收治病人，但外科的主治医生却表现得非常迟疑。毕竟，这样的"投诉"不会带给医院一次新的计费。医院接下来的治疗必须是免费的,即一种保障治疗。谈判持续了四十五分钟,甚至主任医生也被叫来通话。一开始,后者对这位高度负责的疗养院女护理员斥责说:"你们难道就不能给这个人开药吗?"但后来医生妥协了,最终几乎无奈地表示:"我们这里的情况和你那里的一样糟糕——总有一天我们会一起完蛋。"

在安东再次住院的三天里,又诊断出肺部有一个肿瘤转移。新的诊断——新的 DRG 计费——不属于保障治疗。在诊所里,这位病患被注射了一些止痛剂。然后,安东被送回疗养院。但他又没有了迫切需要的止痛药。现在我们的团队收到了紧急求助,并被叫到了安东的床边。他又在痛苦地喊叫。至少现在我们可以帮助这个可怜的人。四天后,我再次去疗养院查看他的死亡情况。急性病痛可以得到治疗,但过度治疗带走的生存意志就不可挽回了。

有利可图的肿瘤病患

成本—效益—计费系统的可怕之处还表现在完全不同的案例中。上述患者安东,他的病痛已经无法给医院带来利润,这个明显的原因使他被立即驱逐出医院。但同时还有其他的病患则被长时间关押在医院里,尤其是许多癌症患者。就肿瘤治疗的费用而言,德国的平均水平在欧洲名列前茅。究其原因,主要是医院的治疗措施过度,而且往往是可预见的无意义的治疗。只要有可能,癌症患者就要被收治入院。门诊治疗在经济上远没有那么有利可图——如果是严重疾病,医生可以很快就能找到住院的理由。然而,这往往不能帮助到病患。

由于对临终病患的过度治疗是一个利润相当丰厚的商业领域，跨区域的服务机构都争夺所谓的"摇钱树"。至此我列举的案例报告中，很少来自我所居住的城市维腾。其时在离我家半小时车程的范围内就有近50家医院科室和35名私人诊所的癌症医生在争夺癌症患者。

在这类竞争中，病患不会得到任何益处。据相关调查显示，恰恰那些住院的老年患者很少下床。缺乏运动会导致严重的后果，如血栓，活动能力丧失，肌肉退化，护理程度不断加重。远离熟悉的家庭环境还会增加精神错乱的风险，即所谓的谵妄。此外，可怕的恶性病菌经常潜伏在医院病房里。这些病原体即便用最有效的抗生素也难以对付。它们尤其危害身体虚弱的病人，即临终病人。在这个风险群体中，几乎每四个住院病人就有一个感染了这些病菌。[38]

在医院，人们不会用高利润这样的字眼，而是委婉地谈论癌症患者的"积极保证金额"。由于肿瘤疾病的严重性，住院治疗的费用通常特别高。每个病例的统一计费带来的收入一般都超过了患者的实际治疗开销。然而，病患不应该在医院停留太长时间，因为这会减少利润。因此在我们的医院里早就有工作一丝不苟的管制人员处理这类事。病患向来都抱怨，医院里的一切变得完全失控。病患们觉得自己成了无助的治疗对象，被无奈地施行各种痛苦的检查，被马不停蹄地送来送去。由于专业化分工，每个医生只负责一个小的领域，没有人和病患谈论他的整体状况。而且由于越来越多的工作人员被裁减，护士和护理人员几乎没有时间进行人际交流，尽管恰恰这些交流是如此重要。

整个诊所的运营受制于成本效益的计算，既无情又可悲。

其后果就是裁员、解雇、非人道的工作条件、把工作外包给低薪资部门，还有医生和护理人员对超负荷的抱怨。[39]

一些公司管理层轻蔑地称门诊部那些不会带来利润的医保病患为"廉价牲口"。拒绝昂贵手术的重病患者，或者无法承受手术的患者就是"可怜的狗"。但癌症患者常常被追捧为"摇钱树"。如今肿瘤科的病房有时候和酒店房间差不多，有些病房区域甚至被称为"迪拜厢房"。在很多诊所，"可怜的狗"被简单粗暴地拒绝。只有能让医院赚钱的客户才被挑出来。

剩下那些赔钱的病人不得不呆在外面，或者在没有医生诊断书、没有用药计划、没有止痛药、没有护理床、没有尿瓶、没有氧气、没有对家庭医生有用的信息的情况下，被当场拒之门外。而当家里急需一张护理床时，我的病患的亲属有时会听到医疗保险公司的行政人员说："我们只和跨区域的某某供应商合作。您的床将在十天后到达。在此之前您何不把父亲放在地板上的床垫上？"有的时候，急需的医疗器具只有在病人去世后才到达。[40]

无奈的诊所检查，固化的组织

由于医院治疗费用昂贵，其必要性当然由医疗保险公司的医疗服务部门详细审查。平均约有50%的医院账单被拒绝。[41]审计人员的主要关注点是减少简单案件中的住院治疗。这是因为如果事后发现门诊治疗在医学上已经足够，保险公司就不必报销住院的费用了。有一份目录册列举出，在什么情况下住院治疗才是必须的：

1. 在病情严重的情况下（意识障碍，脉搏低于50或高于140。）
2. 需要检查生命体征，至少每四小时一次
3. 心脏衰竭
4. 必须执行如输液或者引流等措施

这些标准在任何情况下都适用于临终病患。没人会犹豫：快去住院部！有一棵"摇钱树"正在来的路上。而且医疗保险会百分之百地支付账单。至于呆在医院里对病人是否有好处，谁还会在乎。

更为糟糕的还有一种现象，它是建立在僵化的啄食秩序之上的。该系统已经存在很多年，它在很大程度上仅以经济利益为目标。那些以前在这些条件下接受过培训的主治医生，如今培训新来的青年医生。秩序对他们来说是常态，他们也不知道别的。好几代的住院医生在工作时都不知道有民主的存在，他们在一种"经济独裁"的环境中长大，然后他们把这一切当成常规来接受——他们不再知道"病人护理之民主"。学校里的"医学伦理"课程一共一个学期，每周一课时，最后在医学考试中出两道考题——这当然不能从根本上改变什么。令人担心的是，未来一代的医生也会发现出于经济利益的指令是正常的。德国伦理委员会在其目前的声明中[42]也认识到了这一问题——尽管它也没有明确的定论……

医药费

这个系统的各种奇怪常态还包括医药价格爆炸性上涨。如

果我们详细研究一下德国的情况，就会发现，绝大多数被限制价格、必须按固定价格销售的医疗药品，只占销售额的44%。反过来这意味着，新开发的没有价格限制的制剂——只占处方药的四分之一——产生的费用远超过了医药费的一半。抗癌药物的情况甚至更明显：2.5%的处方药却占总药费的26%。[43]因此这些药对医药市场的成本爆炸负有决定责任。和其他欧洲国家比较，德国的医药价格是最高的，因此这使我们承受的打击尤其大。所以我们更要了解，到底是谁通过医药产品赚钱：就比如一个价格为1000欧元的药品。药剂师赚取39欧元，批发商赚取43欧元，财政机关赚取190欧元，制药商收到剩余的大部分利润。两个主要的赢家，即国家和制药商，恐怕对低价格不感兴趣。

但德国的药品价格是如何确定的？自2011年起，新药必须遵循一套名称相当复杂的法规，即《德国药品市场新秩序法规》（AMNOG）。根据该法规，如果制药商获得欧洲药品管理局的批准，他就可以选择在最初的一年时间里自行定价。在这12个月内，联邦联合委员会或者医疗质量和效率研究所（IQWiG）将对新医药产品的额外价值进行评估。如果没有明显的额外价值，这项产品就属于所谓的固定价格的药品。价格通常会被设定得相对较低。如果制药商不同意这样做，他将不能在德国市场上提供他的产品。这没关系，反正还有其他办法。

不过，倘若新的医药产品被证明具有额外价值，那情况就完全不同了。接下来是关于价格的谈判。制造商必须对法定医疗保险给予折扣。如果不能达成协议，则进入仲裁程序。[44]这个过程类似于《一千零一夜》里集市上的讨价还价：开始时价格被定得极高，然后在讲价时会稍有回落——最后大家都很满意。总之，制药商还是可以制定对自己有利的价格。这就是为什么我们也会称新药价格为月球价格。这意味着在每个国家，价格被设定为当地市场所能接受的最高水平。如果个别国家封锁市场，制药商就会威胁停止当地病患正在进行的治疗供药。为了把治疗血癌的活性物质博舒替尼引进德国，辉瑞就曾短时间施行过这样的反封锁抗议。[45] 出于同样原因，拜耳公司目前已经从德国市场上撤回了瑞戈非尼这种药物。[46] 商业利益高于病患的安康？

不久前，一些科学家发出了警告："医药市场明显出现了一系列市场失灵的现象。"[47] 抗癌药的开发成本是如此之高，以至于全世界只有不到20家公司有实力参与其中。由于他们之间没有真正的竞争，他们自己就决定了价格。现在每位病患每年的抗癌药花费往往超过10万欧元。例如一种癌症药物伊匹单抗，价格甚至连黄金都无法与之比拟，因为它比黄金昂贵大约10万倍。如今这种大发横财的行为被合法化了，为此辩护的从来都是一套陈词滥调，即制药商需要天文数字般的金额来补偿药物研究经费。所以制药公司当然要为每个新的癌症药物报价超过10亿美元。他们当然要隐瞒营销成本有时高达两倍的事实。[48]

独立的科研人员指出，这些数字是虚构的，不应该超过1亿至2亿美元。并且这是当新药确实产生了真正的新的药效时才有的报价。然而事实上，只有4％的新药制剂属于这种情况。其余的都是对已知药物的修改，也称为伪创新。[49] 值得一提的是，许多真正的新药研发并非由制药企业推动。85％的基础研究是在大学进行的，即由纳税人的钱资助的。这太划算了：老百姓为研究付费——而制药商则赚取利润。至于这一整套程序下来是否真的为老百姓造福，似乎没什么人关心。[50]

无论如何，把业务转移到96％的伪创新药中是最有利可图的。其研发并不昂贵，而且操作相当简单。企业可以在很大程度上自行决定价格。怀着"我也想赚钱"的座右铭和所谓的"me-too"心态来开发大量类似的、几乎不会给患者带来益处的活性物质，往往阻碍了临床研究的创造力。[51]美国的肿瘤科医生已经开始反抗，并谈到制药业的串通预谋完全是为了维持垄断，这也是目前癌症治疗价格过高的原因。[52,53]

除了制药商，医院、实验室医生、专科诊所、放射机构和药剂师也都是高昂利润的受益者。这些人和机构都不能成为病患的独立顾问，因为制药商尤其感激的就是这些人的合作。一支医药代表大军的获利多寡取决于营业额高低，但来源于那些承诺会带来救赎的药品。旅行推销的医药商的坚持不懈，让人联想到上门推销杂志订阅服务的人。只不过在这种情况下，订阅费用是由其他人支付的。

医药行业的"捐助"

向医生或肿瘤科护士发出的晚宴邀请只不过是开胃小菜。更经典的是，邀请参加培训活动，最好是在风景如画的地方进行。这些活动的诱人之处是显而易见的。

人人都爱钱，所以讲座——尤其在医生自己的诊所举行——或者观摩会得到慷慨赞助。这种观摩意味着医药代表整天陪伴在医生左右，向他表示无比尊重。然后，只是顺便而已，开始广泛地推广自己的药品。不过重头戏留在最后，即制药企业通常支付的一日酬金。这笔钱令大家都很愉快，而且肯定很便宜。我很清楚自己在说什么。当我为一个地区的全科医生做我最喜欢的讲座"幽默与姑息治疗"时，我通常会收到300欧元的酬金。但如果我收到的是一家肿瘤诊所的邀请，那么就有来自业界的赞助费——以协会赞助名义转账，没有税务问题——可以轻松挣1000欧元，外加差旅费和增值税。

所有这些都是合法的，但也符合道德吗？我把讲座所得的酬金捐给了维腾姑息治疗中心，以抚慰我的良心。好吧，在私下里，借着一杯红酒，人们还是会听闻有关唾手可得的现金和其他影响营业额的善举，这些就远已僭越法律的界限了。卡尔·劳特巴赫（Karl Lauterbach）教授在他的《癌症产业》(*Die Krebsindustrie*) 一书中，报道了私人诊所的肿瘤医生与制药业保持密切、不透明的关系。这本书非常值得一读。同样模糊不清的是诊所的定价安排。医疗保险公司取代了官方，自行制定药品价格。如果有10％的所谓"自然折扣"，就很容易计算出利润：交付11个安瓿，支付10个的费用。当然，这既没有文献报道，也没有可靠的证据。因此，为了省去麻烦，本书中所有关于药物的信息只停留在思想层面。

但只要看一下德国姑息医学协会大会和德国癌症协会大会的不同场景，就肯定会明白很多。前者最近给我所在的专家协会带来了巨额的财政赤字，而后者最近的报告指出，2014年该协会的业绩超过了200万欧元。[54] 任何以前只去过疼痛和姑息医学大会的人，倘若现在被邀请到德国癌症大会上做演讲，他们都会觉得自己从维腾本地的洋葱集市一下子跳到了佛罗里达的迪士尼世界。到处都是交易会的摊位，有美味佳肴、气泡酒、赠品。医生和他们的咨询护理人员都大方地享用。然而在姑息医学大会上，最多只有免费的咖啡、糕点和没有大容量笔芯的笔。在那里进行专业学科讲座的人，甚至仍需要自己掏钱买入场券。有哪家制药公司会在姑息治疗方面投入大量资金？在生命的最后时刻，安静的、人性化的支持并不能带来数十亿的收入。

医学界的精英、大学附属医院的院长、撰写临床诊治指南和专家建议的教授们，这些人往往站在另外一条队列里。但他们很难和制药业界保持关键距离，因为他们的研究所还有赖于制药业的资助。他们甚至在制药企业面前相互争宠，而制药商们可以随意选择自己的代言人。一位教授如果能争取到尽可能多的所谓的第三方基金，他就被认为是成功的。一切都是合法的——而且是大家非常期待的。

医药价格暴涨

所有这些好处肯定都需要花钱的。医药的成本，特别是抗癌药的成本正在爆炸性增长，这很奇怪吗？2005年至2013年间，抗癌药价格上涨了35倍。[55]试想一下，如果一个地方的公共交通运营商每年都让他们的车辆在跑道上进行测试，发现这些车的平均时速加快了4公里。可谁又需要这样微小的提速呢？如果运营商以此为据，在十年内把本地车票价格上涨到每张100欧元呢？没有人会买账，公交车和有轨电车里就不会有乘客了。

如果同样的事发生在癌症医学方面呢？迄今为止，这一领域的市场上大约有30种高价药。然而这些药物天文数字般的价格大都与它们的效果完全不成比例。2012年，在美国首次被批准的12种新型抗癌药中，平均每种药物的价格为每年12万美元，其中只有三种药物被验证对延长患者生命有效果。但其中两种药帮助患者延长的生命甚至还不到一个月。[56]

据专家估计，到2020年，新型药物的数量将从30种增加到近400种。如果没有监管部门的干预，世界上没有任何一个医疗系统将能够应对抗癌成本的上涨，以及耗时更长、更为复杂的治疗。

当然了，每一位病患都应该有机会得到最佳治疗。这也是人格尊严的体现。不过，出于贪婪而延长一个将死之人的生命，从而进行无意义的、往往徒劳的、带来痛苦的实验，这些行为都应该被禁止。这就是我为什么对大家都如此重视的美国精英大学的研究感到愤怒。这些研究的目的就是为了让新的抗癌药物获得批准。为实现这一目的，研究调查中系统地排除了那些患有严重并发症、健康状况不佳和年老的病患。然而恰恰是这些人，这些患有严重并发症的老年男性和女性，最终成为新药剂治疗的对象。况且现在还没有一种新药被证实是否对他们有益处，哪怕是最轻微的益处。受联邦卫生部长委托，就此事发表专家意见的六位教授相当友善地写道，在日常治疗条件下，这些研究的意义不大。[57]可以肯定的是，所测试的制剂会带来相当明显的、往往痛苦的副作用。这些研究缺乏有关患者生活质量的信息，这看来并非巧合——不是每个人都会为了多活两个月而让自己饱受折磨。

同样有趣的是，每三位研究人员中就有一位承认，在其医学研究中存在不当行为。[58]比如对结果的篡改，捏造有问题的数据，可疑的解释，数据的盗用，直至彻底的伪造。值得注意的是，这主要是在赞助商，即制药商的压力下发生的。顺便提一下，那些为制药商效劳的人，更为常见的是事业有成的医生，而非年轻的研究员。这难道证明，一个人价值观的丧失，最终取决于他在医疗系统内的相关工作经验吗？

我们再次看到，金钱优先于道德。这也可以从无比可耻的事实中得到证明：迄今为止获批的高价新药——尽管投入了数十亿资金——几乎没有一种被证明为老年和重病患者带来持久益处。难道因为事先就知道在他们身上不可能取得积极的效果？不过为了制药业的红利，医生还在继续为这些病患开药。

新药的药效如何？

近年来，医药研究的开展基本上只在两个领域取得了突破性的进展，即某些罕见的血癌种类，还有恶性黑色素细胞瘤。针对这两种癌已经有药物可以帮助治疗。尽管这些抗癌药在大多数情况下所带来的效果极其微小，因为肿瘤继续生长，而生活质量下降，不过这些成功事迹迅速转移到其他抗癌药研究领域。制药业仍然设法给其他新产品披上神奇的外衣，并唤起人们对永久治愈的希望。一个制造商甚至谈到了"拉撒路效应"——仿佛这些药可以让病患在临终前复活，[59]就像耶稣让将死的拉撒路复活一样。* 现实是比较清楚的："使用新物质，癌症患者的预期寿命平均增加了 2.1 个月。根本称不上什么革命。"[60]英国国王学院的研究者们长期测试了近年来在欧洲被批准的所有 68 种新型抗癌药。其中只有两种（2.9%）高价药能够改善生活质量和寿命。有一半的药物甚至在使用多年后也

---

*《约翰福音》(11, 14)

无法证明对病患的益处。

新抗癌药，价格和药效：[61]

名称	适用症	单位价	每年治疗花费	平均延长的寿命
西妥昔单抗（Erbitux）	肺癌	1464.46 €	60000 €	5 周
贝伐珠单抗（Avastin）	乳腺癌	472.18 €	100000 €	6 周
厄洛替尼（Tarceva）	胰腺癌	2354.42 €	29000 €	12 天
索拉非尼（Nexavar）	肾癌[62]	4874.32 €	34000 €	12 周

新药研发的一个主要问题是，大多数药物在短时间内会导致一种抗药性的产生。当然会有很多肿瘤细胞被消灭。但令人担忧的是，幸存下来的、结构已改变的癌细胞之后繁殖得比以前更快、更猛。

例如肾癌药阿昔替尼（Axitinib），可以带给病患肿瘤零生长的约两个月的生命。然而，这种微弱的好处是以极高的代价换来的，其副作用可能相当显著：心脏衰竭、中风或者胃穿孔。而且每年的治疗费用为 73000 欧元。[63] 更不可思议的是：在过去十年中，所有肾癌药物的临床研究预言的成效，没有在任何方面得到兑现，死亡率并没有下降。[64] 和以往一样，获利的人还是制药企业及其说客，而非临终病患。

不过也有很多医生公开批评这种对病患健康不负责任的商业行为，并且表示不想继续参与。诺华公司（Novartis）在 2001 至 2012 年间将一种抗血癌药物伊马替尼（Imatinib）的价格从 30000 美元提高到 92000 美元[65]，尽管该公司的前首席执行官承认，即使更低的售价也已经超过了开发成本。[66] 为此美国的权威专家，如圣路易斯的卡米尔·阿伯德教授（Prof. Camille

Abbound）公开提出抗议。诺华公司的做法是"不道德的，要价太高"，并且迫使美国的白血病患者面临一个相当可怕的选择：要么是微乎其微的生存机会，要么是家庭经济破产。[67]

我们到底在期待什么？到底什么时候我们，即医生及病患，才会站出来，共同抵抗制药业联盟？我们还要让自己被无意义的化疗折磨多久？在化疗后 30 天内死亡的病患中，40％ 的人承受着严重的副作用。化疗导致约四分之一的病患死亡加速，甚至直接导致死亡。[68] 由此可见，美国临床肿瘤协会（ASCO）于 2012 年明确反对符合以下标准的肿瘤患者进行抗癌治疗，是有道理的：

- 总体健康状况不佳
- 之前的循证治疗没有效果
- 不适合用于临床试验
- 缺乏有力证据证明进一步化疗的临床益处

根据 2015 年发表的一篇论文，在预测生存期的最后半年内就应该避免化疗。只有在患者的身体状况可以承受，并且预测生存期至少还有数个月的情况下，化疗才会有帮助。这是因为可能的效果只有在较长的时间后才会显现。简而言之，在生命的最后阶段进行化疗是没有意义的。[69] 作者直白地写道："撇开成本不谈，我们认为生命的最后六个月不应该在癌症治疗中度过……我们应该帮助癌细胞已转移的患者在这种可悲且往往无望的情况下做出正确的决定。"

这正是大多数临终病患所希望的，也是我多次的亲身经历，一项大型调查研究也证实了这一点。在 5315 名参与调查的患者中，58%的人希望在充分了解情况后与医生一起做出进一步治疗的决定，另外还有36%的人直到生命结束时都坚持完全自主决定。而只有6%的人表示让医生全权决定。[70]倘若让患者充分了解病情，他们会对护理质量尤其满意。

为达此目的还有很长的路要走，因而在2015年，汉堡的一些研究者想进行一项研究，以改善病患对化疗的了解。他们为医生提供了一个免费的短期培训课程。因为国际调查显示，了解病情的癌症患者有较少的恐惧，较少在生命结束前不久接受无意义的癌症治疗，更经常在家中离世。但最终，被联系的900名德国肿瘤科医生中，只有15人（1.7%）愿意接受进一步的培训并参与这项研究。[71]这是个既简单又令人沮丧的公式：让病患更好地了解病情 = 对企业不利 = 没兴趣？

在与病人的交谈中，肿瘤科医生往往不涉及前景不好的预后。他们是否错误地认为，真实的信息会令病患感到沮丧，并不再抱有希望？[72]恐怕不是这样，因为几年来在这方面有不同的定论。还是他们担心自己的饭碗？掌握充足信息的病患有可能会拒绝化疗，而化疗可以让医生赚更多钱。另外两项研究对这种情况的说明颇有戏剧性：在对1200名晚期肺癌和肠癌患者的调查中，大多数临终患者表示，他们根本不知道化疗有可能延长生命，但没有治愈的作用。他们错误地认为，这样的药物治疗为他们提供了完全康复的实在的机会。[73]如果有人让我相信有一种治疗能使我免于一死，我可能也会顺从医生嘱咐的一切。*

---

* 值得再次强调的是，每一项治疗都必须经过医生的详尽解释并且患者同意后，方可进行，否则治疗就构成人身伤害，其中当然包括医生向病患提供虚假信息的情况。因由此看来这项调查研究的结果令人发指：81%的结肠癌患者错误地认为自己有望被治愈。

对医生的盲目信从

另一项研究表明，病患的确会选择医生推荐的治疗方案。该研究考察了那些病情不会有根本改善的但仍采用了花费巨大的治疗，即过度治疗的病患。其中只有百分之一的人自主承担过度治疗责任，其余的人只是听从医生的建议。[74]

当被告知诊断结果很糟糕时，病人会感到害怕，在这种情况下不可能有清晰的思维判断。这就是专家谈到的一种类似催眠的状态。[75]而大家都知道催眠状态下会发生什么。如果心理医生说："学狗叫"，被催眠的人就会像猎犬一样大叫。在这种状态下，第三方可以操纵一个人的思想，他很容易受影响。这也解释了为什么这样的病患会对医生说"那好吧，阿门"，并全盘接受这一阶段的所有医疗建议。在生命受到威胁时，病人会信任和依赖医生的建议。我几乎每天都有这种经历。如此鲜明的对比也令我自己感到惊讶。作为一名麻醉师，在麻醉前，比如在膝盖手术开始前，我观察过除膝盖以外一切都健康的病患。我经常看到他们正在打电话或者玩手机。通常他们会大方地把短信写完，或者对我说一下："请稍等。"如果家访时手机响了，他们中的很多人甚至会去接听。我的治疗建议会受到质疑，而且病患往往会选择我并不建议的手术。最终心智健康的病人有为自己做决定的能力——本就应该如此。

那些进行姑息治疗的临终病患则截然不同。病患及其亲属在我去找他们的时候，就会放下其他一切事务。他们认真地听我说话，称呼我"医生大人"，最后他们带着感激接受我能提供给他们的所有治疗方案，尽管这些都不是灵丹妙药。但在姑息治疗中并不存在"我们已经无法再为您做什么了"这句话。通过改变饮食、改善情绪、锻炼身体，以及缓解症状或者全面的姑息治疗护理，生活质量——也包括寿命——可以明显提高。当然肿瘤医生们也知道这一点。但许多人对此漠不关心。难道是回报率太低了？

医生不是身穿白衣的圣人。他们既不总是善良公正的，也并非总是正确的。让我们来看看，什么人能在德国成为医生。这些人多半不是那些因为社会责任心很强，或者通过慈善义举而脱颖而出的高中毕业生。不，医学院的大门只对那些以优异成绩毕业的人敞开，有时甚至要求毕业各门功课平均成绩达到1.0。* 那些做到这一点的人当然是勤奋好学的聪明人。然而在咨询室、手术室或临终患者的床前，我们真的需要一群追逐社会成就的优等生吗？

在形式上，医生不受任何道德方面的束缚。他不需要进行任何特殊的人性宣誓，包括希波克拉底誓言。这是一个普遍存在的误解。我们注意到，即使那些宣誓就职的同时代人，比如政治领导人或者职业军人，也并不一定拥有完美的声誉。总之，我们医生并不比电视台技术员、律师或保险经纪人的道德品质更好。而在每个行业中，都有正派和不太正派的代表。没有人会临时起意去汽车经销商那里，告诉汽车销售员，要自己单独去选择和组装一辆新车。我们会翻看宣传册，了解情况，比较价格：为什么我们对汽车比对自己的身体更小心？

最近，卡尔斯鲁厄联邦法院的法官托马斯·费舍尔（Tho-

---

*德国中学毕业考试一般采用1—6分制，1.0—4.0为及格，4.0以上为不及格，1.0是最高分，往后是1.1、1.2……此以类推。——译者

mas Fischer）教授直言不讳地道出了大型贪污体系的真谛：制药公司贿赂医生，以便后者开他们生产的药。仪器制造商贿赂医生，以便后者租赁他们的医疗仪器。医院贿赂医生，以便他们收治后者的病患。药剂师贿赂医生，以便后者让病患带着处方过来买药。物理治疗师贿赂骨科医生。放射科医生贿赂心脏科医生。内分泌科医生贿赂内科医生。内科医生贿赂家庭医生。医药制造商贿赂所有全科医生、专家、医院。拐杖制造商和另类疗法医师贿赂骨科医生。骨科医生贿赂滑雪场酒店。而这仅仅是个开始。[76]据说连一家意外事故保险公司的员工都被法兰克福大学医院的医生收买了，检察院也接到了举报。[77]

到处都有不透明的利益关系！矫形外科技师在专科医生诊所里租用"仓库"，并缴纳丰厚的租金。作为回报，专科医生把价格昂贵的矫形紧身衣写在给病患的处方里。尽管这些紧身衣在治疗腰痛方面早已过时，但谁会理会？任何昂贵的东西都有用。重要的是，要选择正确的供应商。如果一名医生向私保病人提供磁共振成像的转诊单，一些放射科诊所很愿意用100欧元的现金作为回馈，表示对这位医生的感谢。这也适用于髋关节、膝关节或脊柱手术的转诊。伪慈善协会如雨后春笋般出现，它们只不过先收集医疗企业的"捐款"，然后谨慎地以其他方式转交出去。

有人说，每个行业都有害群之马。这我同意！但穿着白大褂的害群之马是一个非常特殊的物种。因为医患关系的特殊性往往体现在病患被保护的需求和依赖。病患并非一个寻找最佳服务的普通客户，而是饱受病痛折磨的人。他们在痛苦中往往别无选择，只能信任医生的真诚。他们必须相信医生不会向他们提出不道德的、为自身利益服务的医疗方案。

可疑的"观察性研究"和肮脏的数据

如今,尽管代表医疗行业的政客们都公开表示反对,但如今对物质的向往似乎还是经常主导着职业道德和责任,只需几个例子就能证明,就如所谓的观察性研究:在产品——药品或医疗技术设备——被批准并投放市场后进行的研究。医生为此获得一笔酬金。原则上这本是一件好事,因为其目的是了解医疗创新在实践中的益处。然而问题是,这些调查几乎从不公开。它们不会带来任何影响,而且病人往往都不知道自己正在参与这样的研究调查。

"从科学的角度来看,这些钱被浪费了",医疗质量和效率研究所所长于尔根·温德勒(Jürgen Windeler)教授表示。观察性研究的结果其实不被任何人所关注。但更令人质疑的是,参与研究的医生所获酬金往往与其劳动付出不相称。

医疗官员卡尔汉斯·穆勒(Carl-Heinz Müller)博士坦言,他强烈怀疑许多这类研究并不像声称的那样出于科学原因,而主要是为了促销。这是不合法的,因此他非常担心。[78]比如一名医生开了一种高价药,在几张"研究表格"上打叉后,就能通过每个病患平均赚取 670 欧元的高额费用。独立记者也通过调查发现,2015 年每个病人和药物带来的"薪俸"都超过 7000 欧元。[79]每十个医生中就有一个参与,2014 年有超过 1 亿欧元的酬金流进医生腰包。医疗保险支付昂贵的医药费,医生收取酬金,而病患对此一无所知。内部人士称,那些填好的表格随后就进了碎纸机,不过有医生银行账户信息的表格却被保留。

情况还在变得更糟。首当其冲的当然又是肿瘤科。

例如，罗氏制药公司近年来对癌症药物阿瓦斯丁进行了至少十项观察性研究。医生通过每个病患赚取的酬金高达 1260 欧元。癌症专家路德维希教授解释："唯一可能让阿瓦斯丁带给病患额外益处的，并有相对可靠的理论支持的适应症是肠癌。"但这些收取费用的"研究"也在乳腺癌患者、肾癌和肺癌患者身上进行。路德维希教授怀疑，"所有和阿瓦斯丁有关的观察性研究的主要目的是鼓励医生在肠癌之外更多地使用阿瓦斯丁"，"尽管这些领域的医学研究结果并不十分令人信服。"

我们还记得，使用阿瓦斯丁的治疗费为每年 10 万欧元，因此这 1200 欧元甚至更多的医生酬劳很快就能收回来——由医疗保险买单。

非营利的独立新闻组织 Correctiv 的记者建立了一个包含观察性研究的数据库。[80] 以癌症药物吉西他滨为例，数据库显示，医生从每一位病患那里能获得 750 欧元酬金，有 300 名肿瘤学家参与。只有一项关于该药物的观察性研究被医生拒绝：填写顶多三张简单的表格，医生只能得到 117 欧元的报酬，这可能太少了。根据数据库信息，只有两个肿瘤学家填写了表格。有 2160 名肿瘤学家参加了贝伐珠单抗的观察性研究，计划总共花费 800 万欧元，每位病患的费用高达 1260 欧元，大家自然赚得盆满钵满。关于抗肾癌的药物英立达，一位病患带来的研究费最多可达 5655 欧元，有 189 名医生参与其中。至于病患，他们仅被告知："您正在参与一项药物研究。"于是他们也觉得自己得到了更好、更现代化的护理。

这使立法机构开始着手整治。因此自 2007 年起，《德国医药法》(*Arzneimittelgesetz*)第 67 条规定："任何人如果进行旨在收集已授权或已注册药品的使用信息的研究，必须立即通知相关的联邦高级主管部门，联邦法定医疗保险医师协会、全国医疗保险基金协会（Spitzenverband Bund der Krankenkassen）以及私人医疗保险基金协会（Verband der Privaten Krankenve-rsicherung e. V.）……

医生参与本条第 1 款所规定的检查，应对其所获报酬进行类型和金额方面的评估，以确保不出现医生优先考虑某处方药或者推荐特定医药产品的现象。倘若参与的医生所提供的服务是由法定医疗保险支付的，那么根据本条第 1 款，通知中也应写明实际支付酬金的类型和金额。……相关的联邦高级主管部门应通过互联网公布被提交的通知以及最终报告。"

总之，立法机构要求医药行业上报所有的观察性研究，适当地规定费用，"以防止错误激励"，并且在互联网上公布一切，包括获利医生的名字。倒是个不错的尝试，不过没有下文了。有兴趣的读者不妨将 Correctiv 独立记者查明的 2009—2014 年的数据[81]与保罗-埃利希研究所（Paul-Ehrlich-Institut）公布的"官方数据"进行比较。这些数据每个人都能上网查到。在官方数据中，费用大多被涂黑，有个地方还能看到 850 欧元。但实际上，医生通过每个病患赚取往往超过 1000 欧元报酬的事实，还有研究结果，甚至参与医生的姓名——这些信息全都缺失。[82]正式上报的 159 项研究与独立记者查明的总共 1589 项观察性研究之间的差异，说得小心点，并不代表着透明。准确地说，这些虚假研究中约有 90％没有上报，这与第 67 条法律的明文规定相违背。[83]因此被记者们称为"肮脏的数据"。

让我们打开天窗说亮话：一名肿瘤科医生为一名拥有法定医疗保险的病患治疗三个月，可获得39.08欧元治疗费。[84]但医生通过每个病患平均赚取670欧元额外收入却不属于"优先考虑某处方药或者推荐特定医药产品"的行为（《德国医药法》第67条）。这种与实际脱节、无法有效施行的法律是如何产生的呢？或许值得注意的是，在德国联邦议院列出的2000个游说组织协会中，仅涉及卫生部的就有400个。[85]即使原本无所畏惧的霍斯特·塞霍夫（Horst Seehofer）——1992年至1998年的联邦卫生部长——也在镜头前承认，当面对医药游说集团时，政策也不得不退缩，因为前者过于强大。"是的，30年来一直是这样——直到现在。"[86]

至于这意味着什么，独立的医疗质量和效率研究所负责人彼得·萨维奇（Peter Sawicki）教授深有体会。该研究所对药物评估至关重要。当萨维奇教授领导的研究机构对一些医药创新进行了严格的评估后，他的合同没有得到续签。巧合？官方理由是所谓的公车私用，这并不十分令人信服，[87]尤其考虑到在此之前，基民盟/基社盟议会党团的主要卫生界政客们就已经明确表示要替换萨维奇。[88]事后才被证实，整个公车私用事件并不属实，但不受待见的萨维奇教授已经走了。

然而，使医学道德变得如此野蛮的，不仅仅是那些当然应备受指责的制药企业。根据一项2012年的研究，每四家诊所中就有一家支付所谓的转诊佣金。具体说就是：每接收一个有利可图的转诊病患，上一家诊所或医生会获取现金。[89]私下里也称"捕获奖金"或"（缉拿人犯的）赏格"。[90]这是多么贴切的表达啊！尤其在电影中的狂野西部，常会有人开出并支付这种赏格——无论人犯是死是活。这对死亡延期联盟来说是多么合适。这样的词并不能证明其虔诚,但总有办法:全科医生、医疗用品商店、助听器销售员或整形外科技师也承认,或多或少存在着"一次性转诊费"的情况。

诊断更多不等于更好的治疗——"反安慰剂效应"

德国的 CT(横断面成像)和 MRI(磁共振成像)检查处于世界领先地位,这有什么奇怪的?每年每 1000 名病患中有 97 人被送进圆筒状扫描仪。[91]在 2004 年至 2009 年之间,至少接受过一次 CT 扫描的病患数量增加了 26%,而至少接受过一次 MRI 扫描的病人数量增加了 41%。高科技医疗的过度使用早已成为我们医疗系统的主要成本消耗之一。在不到 50% 的检查中,进一步的诊断源于横断面图像。但是自 20 世纪 90 年代末以来,设备的数量已经成倍增加。如今即使在一个小城镇上,有时也能找到四名相互竞争的 CT 和 MRI 放射科医生。

然而,大量使用高科技对于大多数患者来说毫无用处。因为,首先那些支付能力强的私保病患的诊断会被分解成单个诊断图像。他们的寿命并不能通过各种扫描诊断取得显著延长。再者,几十年来,我们已经知道磁共振图像的信息价值很低,比如诊断腰痛。这就是为什么当前的诊疗指南甚至不推荐患者在病状开始的头几个月使用磁共振。与此同时,横断面检查同样在无节制地增加。在德国,当涉及我们最喜爱的椎间盘问题时,磁共振扫描仪的使用频率是法国的两倍,是英国的三倍。

如今我们知道,疼痛感的程度随着 X 光检查文件的厚度而增加。[92]如果被证实有椎间盘突出,并给你看了 X 光检查结果,你的腰就真的会痛。医学上称这为"反安慰剂效应",它来自拉丁语,意思是"我会受伤"。它是安慰剂效应的邪恶兄弟,并导致了如下事件发生:一个患有抑郁症的年轻人参加了一个药物试验,以测试一种新的抗抑郁药。有一次他因失恋而感到痛苦不堪,于是吞下了一整包还在测试中的抗抑郁药,想结束自己的生命。后来,他还是打了电话给急救医生。医生不得不注射大量药物以支持血液循环,并将这名严重中毒的男子送往重症监护室。那里的医生想知道所服下的药物是什么,当问过这项药物研究的主任后发现,这个年轻人属于安慰剂组:他吞下了29粒不含任何药剂的淀粉胶囊。是他对自己服毒的预期心态,导致了血液循环失常。

  还有一次悲哀的反安慰剂经历发生在最近。凯是一个晚期肺癌的年轻患者。他的状况很悲惨。肿瘤的转移导致癌细胞肆无忌惮地侵蚀他的下巴,疼痛和困倦表明肿瘤进一步发展。很明显,他的生命即将终结。尽管如此,他还是接受了五线化疗,并做了磁共振检查。医生知道患者的病情,想测试新的化疗药物的效果,其实他只要看一下病患的脸就够了。凯无法面对令人恐惧的检查结果。看到片子,他更加恐惧和惊慌,甚至以前不痛的地方也开始感到疼痛。所有磁共振成像显示有癌症肿瘤的地方,都是他现在感到最不舒服的地方。最终,我的团队只得使用最强力的止疼方式,即姑息性镇静。与此同时,放射科医生却能通过昂贵的、不人道的高科技检查而收取费用。

  于我而言,这就是过度医疗带来的主要弊端。与病患的谈话是如此紧要、耗时,却没有或者几乎没有报酬,但高度技术性的医疗措施却带来不成比例的回报。优先权被错误设定——其影响深远。

我们再来谈谈钱的问题，比如关节手术业务的蓬勃发展，尤其高价的关节置换手术。据一群经验丰富的外科医生在他们的网站 Vorsicht-Operation.de * 上公开的警告，超过 30 万次的关节镜手术†中有一半是没有必要的。[93] 倘若膝关节间隙内窥镜检查，即使尽最大努力也没有发现任何病灶，那么手术中一个多余的膝关节褶皱会被切掉。这一措施对病患的益处尚未得到证实，但证实了对骨科医生的好处：在这种情况下，手术的价格几乎翻了一番。

这一切是为了什么？2013 年，美国科学家对常见的膝关节软骨平滑术进行了一次大胆的尝试。医生对其中一半的患者真正实施这种软骨平滑术，对另外一半的患者只在皮肤上开了一个小的切口，然后又缝合起来。所有病人——他们只接受了局部麻醉——在手术过程中，通过视频让他们相信自己真的正在接受膝关节手术。实验结果是惊人的：两组的疼痛缓解程度和膝关节愈合情况相同。既然有这样的结果，其实任何药物都不应该被批准。[94] 然而，关节镜检查仍在继续。

德国外科学会副主席约阿希姆·耶内（Joachim Jähne）教授在德国电视一台的《监视器》栏目中一语道破：在我们的医院里，"执行手术是为了实现医院的经济目标，而不考虑它对病患来说是否合理"[95]。否则如何解释近年来脊柱手术的数量稳步上升：椎间盘手术增加了 12%，加固手术甚至增加了 150%！[96] 在骨科流行着一句话："没有什么能比一个健康的关节更适合做手术。"

---

* 网页名称中文直译为"小心—手术"——译者
† 关节内部窥镜手术，例如膝关节镜，肩关节镜。

过度治疗的丑闻很少被公开——除非当参与其中的人在享受红利时愚蠢地露出马脚。比如一位药剂师为一位肿瘤医生支付租金，然后收到许多高价药的处方作为回报。这位药剂师之所以被曝光，只是因为他在报税时将这些贿赂肿瘤医生的租金款项作为商业费用申报。2010年，一名全科医生涉嫌从医药公司通益制药（Ratiopharm）按比例公然收取现金回扣，被汉堡地区法院定罪。[97]乌尔姆的一家野心勃勃的制药公司通过同样方式进行贿赂，最终涉嫌参与的有约3500名医生。然而联邦最高法院认为，活跃于个人专科诊所的医生之间的这些利益循环中并未出现任何刑事犯罪，因而判决被推翻，且没有进行进一步的调查。[98]

不过在门诊领域，这些见不得人的交易——为了公平起见而如此称呼——是一目了然的。那个普遍被憎恨的，但能产生效应的控制机制，似乎在这里起作用了：通过一个精心设计的系统把合同医生的绩效进行比较。就算有人在某些领域提供特别多的医疗服务，他也不会因此获得更多的报酬。此外，根据德国《社会法典》第五卷第135条，门诊治疗有所谓的许可保留条件。该法典规定，医生只能使用经过批准的治疗方法。这可以确保病患不受不规范治疗的影响。但是，在住院部只用遵守德国《社会法典》第五卷第137c条的禁止保留条件，这给予了意义深远的自由。因此在住院部，各种治疗手段、药物和手术不但被允许，还会带来收益。在门诊部门做这些仍旧没有报酬。这导致治疗从门诊部门转移到住院部。有人不禁要问为什么会这样。医院协会是否在这方面做了大量的游说工作？那些在家里使用无效的东西，难道一住院就有效了？

有利可图的私保病患

现有制度对私保病人的影响甚至超过了法定公立医保病患。前者的每一项服务都能得到报销，即便是在脊柱上扎的第 100 针，因为它应该能缓解背部疼痛。至于这是没有任何实践证据的事实，似乎医生、病人和保险公司都无所谓。顺便提一下，没有任何一个领域像骨科那样有这么多私人医生，这其中的缘由不言自明。

私保病患被公认享有特权，但这些人似乎特别容易受到过度治疗的影响，尤其当病况涉及死亡时。这些可怜的私保病患（却往往是有钱人）在生命的最后一个月接受化疗的可能性，几乎是医保状况较差的癌症患者的两倍。因此，临终前的医疗决定不仅基于患者的健康，也受到经济利益的刺激。[99] 即使微小的差异，在化验费用结算中也表现得很明显。那些有法定医疗保险的人，每个人的化验费用平均是 26 欧元，私保病患则是 129 欧元！[100] 在门诊领域，法定医保病患得到的是医学上必要的治疗，而私保病患通常得到的是医学上可行的治疗。然而，这种差异并没有使任何群体更健康。

每四个受保人中就有一个被医生推荐所谓的"刺猬服务"（Igel-Leistung）。这个缩写并不代表长满刺的可爱动物*，而是"个人医疗服务"（Individuelle Gesundheitsleistungen）的缩写。这些是法定医疗保险不能报销的医疗提议。其中包括全面而合理的治疗方案，如旅行疫苗接种或者运动体检，但也包括

---

*"Igel"即德语中的"刺猬"——译者

其他各种服务。如果这些"刺猬服务"没有带来益处，那已是最好的情况——回想一下之前提到的磁场医疗应用。而有的"刺猬服务"可能对患者而言是危害，例如 PSA 测试，它本应用来检测前列腺癌，但却经常导致无意义的后续手术，因为 PSA 值的升高激起对癌症的无端怀疑。其结果是毫无意义的手术，偶尔还会导致男性的尿液排泄失常或阳痿。医生兼喜剧演员埃克哈特·冯·赫斯豪森（Eckhart von Hirschhausen）博士在一段视频中明确指出了这一点，非常值得观看。[101]

让我们仔细看一下德国法定医疗保险利益代表组织（GKV-Spitzenverband）的警告："所谓的'刺猬服务'主要是为了医生的营业额和利润，而不是为了给病患提供医疗帮助。"数据可以证明这项警告的正确性：每一年的"刺猬服务"都消耗了 15 亿欧元。正如我们的上一任医学协会主席，为人正派的约尔格-迪特里希·霍普教授（Jörg-Dietrich Hoppe）曾经说过的那样，医疗实践由此变成了一个集市。顺便提一下，在使用"刺猬服务"方面，排在医生群体头几位的是妇科医生、眼科医生、皮肤科医生和泌尿科医生。

在肿瘤科里也有以刺猬为别名的过度治疗情况。那些必须由病患自己支付的维生素输液，尽管所造成的伤害还不至于超过极限，但现在的研究已能证实，这些输液会缩短癌症患者的寿命。真正应该受到谴责的是那些不可靠的，且不会有任何医疗保险支付的高价疗法。多年来这些疗法一直在互联网上被宣传，但其有效性从未得到科学证明。最终的结果通常是苦涩的失望，有时候是堆积如山的债务。例如，独立新闻组织 Correctiv 的记者研究了有关精神治疗、热疗、发烧治疗、维生素 B17、电雾治疗、高频治疗、音乐治疗和生物化疗等替代疗法。[102]为期五周的高频治疗，费用约为 14000 欧元。和这些畸形治疗相比较，我们甚至应该感慨："刺猬服务"真是物美价廉，而且它至少不会伤害病人。

法律基础——病患的指征和同意是不可或缺的

这一切都应该是合法的吗？当然不是。有一系列的法规、法律和条例都试图防止这些被揭露的弊病。德国宪法的第一句话——可以说是《基本法》的核心——实际上就应该制止病患成为纯粹由经济利益驱动的行为的对象："人之尊严不可侵犯，尊重及保护此项尊严为所有国家机关之义务。"

这句举足轻重的话在第二条中再次被强调。其中定义的"生命和身体完整的基本权利"也应该保护我们免受医学上不必要的治疗。国家有责任保护其公民的健康。根据我们的宪法，任何医生都不能声称他只是在执行上级让他做的事。例如，每个医生的良心都应该禁止自己对临终者进行没有指征的治疗，这种不执行的自由也受到我们的《基本法》（第 4 条）的保护。

每一次医疗在原则上都必须满足两个前提条件，才能不构成人身伤害。首先，要有合理的治疗指征；其次，要取得合法有效的知情病人的同意。这意味着，医生——在他被允许提出治疗措施之前——必须彻底检查，这项治疗是否和患者所期望的目标相符合。如果符合，医生必须在第二步向病患详尽解释治疗的优点和弊端，以及可能的替代方案。医生是否可以实施治疗，最终由病患决定。后者的话才有效。如果病患是儿童，则由法定监护人决定。对于目前没有能力决定的病患，由医疗代理或者法定监护人做决定——根据病患生前预嘱、之前的表达，或者从这些声明中推定的意愿。

倘若违背了这些简单的规则，就会构成侵犯身体完整性的刑事犯罪，根据《刑法》第223条（身体伤害）、224条（危险的身体伤害）、226条（严重的身体伤害）或者227条（导致死亡的身体伤害），肇事者必须受到严惩。由维尔茨堡心脏外科医生希默尔博士（Dr. Schimmer）主持的全国性调查，其结果让我不寒而栗：只有70%的护理人员认为病人的意愿应受到重视，在主任医师中只有三分之一这样认为，而在行政主管中只有22.9%。

医生的职业法也对这种违法行为有明确规定。例如，国家医疗法规的第9条就对医生向患者解释病情的义务作了至关重要的描述，其原文是："医生必须以可理解和适当的方式向患者解释治疗的性质、意义和范围，包括治疗替代方案* 以及与之相关的风险。[……]治疗的医学必要性越小，或者其影响越大，患者对可实现的结果和风险就越应当详尽了解。"

对病患实施没有益处但能带来高额利润的治疗，这是恶劣的违法行为。因此国家医疗法规中写道："在医生接管患者治疗同时，前者有义务通过合适的检查以及治疗方式，对患者进行认真护理。[……]执行医疗任务时，禁止通过滥用病人的信任、无知、轻信或者无助，来进行诊断或治疗。承诺治疗成功也是不允许的，尤其在无法治愈的病况下。"根据联邦法院

---

* 举个例子：一位肿瘤科医生没有向其患者提到一种可能的替代治疗，即姑息医疗，那么这意味着他对病情的解释并不完整，患者的同意书不具有法律效应。倘若医生仍旧对病人进行治疗，这可以被认为是人身伤害罪，患者有权索求疼痛赔偿金。

的决定，医疗职业行为准则是直接适用的法律，对医生有约束作用。违反者将被处以罚款，若情况严重甚至会被吊销行医资格。

《社会法典》第五卷也旨在让不负责任的医生停职。其中指出，倘若一名合同医生在没有医学指征的情况下进行治疗，他不仅不能向医疗保险申请报销，并且违反了合同医生的职责。

然而在获利方面，法律制度并不明确，也不通俗易懂。虽然对于受雇医生——医院临床医生——来说，至少在理论上明确规定了受贿罪（《社会法典》第299条，商业交易中的贿赂和腐败），但这些法律条文竟然不适用于合同医生。腐败的临床医生若因违法行为被起诉，他们就必须进监狱，而腐败的合同医生却继续光明正大地行医。至少德国最高法院在2012年3月29日就是如此判决的。[103]其中的奥妙非凡人能解。

不过政客们还是做出了反应，并于2016年引入了《医疗贿赂》的刑事条款第299a条。但就在联邦议院投票前不久，该项条款内容再次被改动。观察性研究中不端正的高额酬金现象仍然没有受到刑法的制裁。这么好的机会就这样错失了！

《亮点》杂志（*Stern*）以及电视专栏《全景》（*Panorama*）已经着手研究，新法律是如何被当做儿戏的。这项研究的标题为《癌症黑手党：化疗中的腐败》。两名药剂师都在争取一名肿瘤医生的所有处方，因为仅一名肿瘤医生开出的处方药，每年就能为药剂师带来600万欧元的营业额。他们的谈话被隐藏的摄像机拍摄下来，一名药剂师本应获得肿瘤医生的所有处方。但同样为了获得处方，另一名药剂师愿意给肿瘤医生一笔

"比方说25万欧元"的贷款作为回报。至于偿还,那就不需要了。[104]

国家医疗法规中的相应规定要严格得多。例如,在适用于我所在联邦州的医疗法规中,第32条规定:"当有迹象表明,医生诊断的独立性受到影响,则医生不允许为自己或第三方向病人或其他人索要礼物或其他好处,也不允许自己或第三方被承诺或接受这种礼物或好处。"最初,在新法律(第299a条)中,计划将刑事责任扩大到这些更广泛的违反职业法的行为。然而在法律通过前不久,这一点从法律文本中被删除。难道是成功游说的结果?

14　死亡延期联盟

一名陪伴人们度过临终阶段的姑息治疗医生，会一次又一次地面临这样的问题：为什么我的病人——他早已不再将死亡视为敌人——不可以就这样安然死去？恐怕，答案既简单又令人沮丧：随着生命的终结，医疗行业通过眼前死者的病痛来赚钱的机会就消失了。顶多法医和病理学家还可以再次收费。所以死亡必须尽可能地被延迟。在工业化国家中，约有一半的医疗总收入是通过身处生命最后一年的患者产生的。尽管这个数字由不同的作者指出，但出于我不清楚的原因，医疗保险公司——他们最了解自己的营销状况——却不公布这些敏感数据。

如今的疗养院在很大程度上已经依赖于长期使用胃管营养输入的病患，并且从昏迷病患身上获利越来越多。这种盈利模式似乎总能奏效：在脑死亡之前，肉体被保存得越久，营业额就越大。有权势的医务人员似乎也遵循这一原则，他们强烈抗议安乐死的任何自由化。

一个自称是由生命守护者组成的联盟辩护，他们想全面保护老弱病残，绝对不会对他们施加压力，不让他们"觉得自己是个负担",甚至通过自己的死亡减轻社会的负担。但如今没有一个严肃的人会这样想,除非在极端情况下头脑混乱的时候。然而,谁来保护这些患者的权利,谁来保护莫妮卡、玛丽斯、比尔吉特、彼得、露特、安内特、保罗、卡尔拉、君特、海因茨、威廉、瓦尔特劳特、菲利克斯、格尔达、英格里德、贝亚特、弗兰茨、海涅、凯和其他众多的、我每个星期都能接触到的病患?

回想一下,多年来,当一名医生因为病人拒绝任何延长生命的措施,从而决定不再强行延长一个即将结束的生命时,那些医疗代表的反对是多么强烈。直到 20 世纪 80 年代,我们这个国家才慢慢意识到,病患的意愿才是最高的利益,而非医生认为的"病患的健康"。在此过程中不断地被有意遗忘的是,德国法院早在 1894 年 5 月 31 日宣布过的一个至今仍然有效的基本判决[1]:当时的患者是一名儿童,医生诊断他的左脚由于血液中毒而必须截肢。患者父亲强烈反对医生,并拒绝截肢。但医生仍旧进行了手术,而且手术很成功。尽管如此,这位父亲还是提出诉讼,称这是一种人身伤害行为。帝国法院在判决中表示赞同这位父亲:"就民法和刑事案件范围内的医生和患者关系而言,主要的和起决定性的因素一定是这两者之间的一致意见。"

到了 1967 年,来自英国的临终关怀理念也在德国被首次展开讨论。以圣克里斯托弗临终疗养院为原型的电影《还有十六天——一家伦敦的临终诊所》上映后,医生和教会组织都争先恐后地发起猛烈攻击。临终关怀疗养院被指责为加速死亡的死亡之家,从而激起民众的偏见。这也是姑息治疗在德国发展极为缓慢的原因之一。直到 20 世纪 80 年代,德国第一家临终关怀疗养院——位于亚琛的"赫恩之家"(Haus Hörn)——才开门营业。难以置信的是，一直到 2004 年，德国医生才能够接受姑息治疗专家的培训。这一点在今天却受到所有医生和教会的赞扬。

以前适用的最高医学箴言终于被进行了重大修改。之前的表述是："Salus aegroti suprema lex"，即病患的健康是我的最高法律。如今，我们医生的座右铭是"Voluntas aegroti suprema lex"，即病患的意愿是我们的最高法律。这也适用于那些无法表达自己意愿的病人。联邦最高法院再三地被要求处理这样的冲突。其决定毫不含糊：即使昏迷的病患也有维护自身意愿以及反对医生干预的权力。

在这个千年之初，一场痛苦而漫长的讨论随之展开，其焦点集中在《生前预嘱法令》。这次又是医疗领域的领导人物，他们和教会领袖一起，想对病患预先提供的意愿加以严格限制：患者限制延长生命的决定，比如在不可逆转的疾病中放弃重症监护治疗的情况，只适用于最后的临死阶段。这被称为"适用范围限制"。律师和伦理学家强烈反对并取得胜利。《生前预嘱法令》于 2009 年 7 月通过，没有任何适用范围限制。

如今，医疗官员和大多数教会代表也纷纷赞同取消适用范围限制。

与此同时，姑息治疗医生们对所谓的姑息性镇静剂进行了激烈的讨论。这种镇静剂是减轻病患痛苦的最后一种可用的技术：如果无法再减轻临终前最严重的病状，如呼吸急促、致死的疼痛或者呕吐粪便，病患就会被置于一种麻醉状态——直到他死亡的那一刻。人们担心如此会"加速死亡"，甚至姑息治疗的泰斗也表示，在他们的职业生涯中从来没有必要这样做，因为在联邦医师协会编写的《临终病患医疗护理原则》中根本没有提到这个麻醉程序。² 当然这份护理原则还是很值得一读的。而美国最高法院早在 1995 年就将该程序诠释为"患者在极端情况下的权利"。

在德国,关于是否允许医生协助自杀问题的最后一次广泛而激烈的社会辩论,是在 2015 年。自德意志帝国时代起,这种协助性自杀在我们国家就被免除惩罚,而且没有出现过大的问题。2015 年这次又是一些医疗官员用最大音量呼吁,要求对这一最后临终援助重新进行惩罚。荒唐的是,恰恰那些多年前表示姑息性镇静剂完全没有必要的一群人,突然对这一做法大加赞赏:毕竟每个人都有机会在不自杀的情况下无痛苦死亡,若情况紧急,可以使用姑息性镇静剂。

我并不这么认为。我反对将我的职业定性为一种犯罪。在联邦议院法律事务委员会的专家听证会上,我阐述了自己的立场:不要再对协助性自杀进行惩罚。我为医者的良心自由所做的辩护被收录于本书附录中。不幸的是,在绝大多数刑法学者、大多数伦理学家、大多数医生、大多数护理人员——尤其是大多数与此相关的人和民众——的反对下,在 2015 年 11 月 6 日,刑法条例收紧。其破坏性极大。从现在开始,就连我在行医时也处于恐惧之中。

15 展望，或者希望

当我着手写这本书，回顾这么多年来经历的无数案例时，我看到的黑暗越来越多，光明越来越少。有很多事情都令我哑口无言。

尽管如此，本书的结尾会给大家带来一线希望。因为在这本书里，没有哪个沮丧的医生会突然间大肆发泄情绪。我并非有意责备自己的同僚。但我无法继续沉默地袖手旁观，目睹过度治疗的桩桩件件丑闻，这恰恰是因为我认为，我们——这对我来说是积极的——肯定能做些什么来抵制这些弊病。这里的"我们"是指我们医生、医疗保险公司、立法者、心有抱负的法律工作者，以及尤其指你们，病患们。

医生能做什么？

就从我们这个行业开始做起。毫无疑问，大多数医学工作者的行为是正确的，他们以人道和共情的态度对待病患。我的大多数同事和我的想法一样，都在忍受死亡延期联盟这个强大的少数派的压迫。联邦医师协会的态度也很积极，比如它公开对灾难性的奖金制度提出批评。不过在关键时刻置病患的安康于不顾，而主要考虑自身利益的医生也不在少数。唯一能有效抵制这种行为的措施——和任何其他行业一样——就是管控和制裁。既然这群穿着白大褂的害群之马损害了整个医学界的声誉，所有正直的同事都应该为此采取果断的行动。

例如那些处世不深而未被蒙蔽的青年医生，需要一个咨询处。这样一旦有什么事情引起他们的注意，他们就可以私下去咨询处。医师协会的"巡视员"应果断处理那些——如在某些诊所出现的——明显的畸形发展。不过医师协会必须被授予相关的权力，并承担起将可疑罪行一律上报的责任。无法接受的是，没有指征就进行手术——在这里我们指的是人身伤害罪——的医生，仍旧不用承担法律后果，因为助理医生睁一只眼闭一只眼。他们害怕报告此事会损害自己的职业生涯。同样无法忍受的是，一个出于道德理念而反对医院集团经济目标的主任医师，竟然可以悄声无息地被企业经营者用一个懦弱的候选人取代。在这种情况下，地方政府也需要有能够校正的监督权力。

我们医生自己必须摒弃那些医学上有问题的治疗程序。在美国有一个"明智选择"（choosing wisely）运动。[1]每个医学专家协会都列出五到十个对病患没有益处而应该避免的常见治疗程序。在美国总共列出了435个这样的治疗程序，还附有为医生和病人提供的详细信息。所有这些无意义的治疗程序竟然还被使用，这自然可悲。但更为可悲的是，在我们的国家还没有"明智选择"的运动，没有自我反省的明智呼吁，没有为患者提供信息。在德国，尽管有一项类似的运动正在开展，但在可预见的未来里，恐怕不会发生任何制度上的改变。德国外科医生的专业团体认为没有必要参与这样的运动,"反正每个病人都会被建议替代治疗,有时候还建议不要手术。"同样这样想的人应该看一下德国电视一台的纪录片《手术和进账》(Operieren und Kassieren)。谈到专业人士,最近的一项研究表明,专家协会正受到利益冲突的约束。由中立成员组成的医疗保健质量和效率研究所负责确定药品的额外功效。他们的投票经常不利于医疗企业。但在这点上,它和同样由中立成员组成的德国医学会药物委员会(Arzneimittelkommission der deuts-chen Ärzteschaft)的表现基本一致。而另外那些经常获取医疗企业赞助资金的专家协会(63%的成员承认这一点)则不同了:他们对测试药所做的评估中,有84%的药效评估结果要比上述两个中立的测试机构的评估结果更好。² 利益冲突必须透明化,并避免其发生。但它们只在1%的诊疗指南中被提及。

预先计划很重要,换言之:病患可以做什么?

其实只要真心想改善,很多事情就会变得很简单。比如在2012年,立法机构责成所有医疗保险公司向受保人提供器官捐赠可行性的信息。现在在德国,每一个有医疗保险的人——无论是法定公立保险还是私人保险——都收到了医疗保险公司发送的一张器官捐献卡,通常还附有一本关于这一主题的光鲜小册子。这场大型运动本可以同时提请人们注意更为紧迫的预先护理计划、生前预嘱和医疗护理代理的问题,这样难得的机会却错失了!否则还能附上一册表格,其中包括一些实用的文字建议。只有少数人获得了这两份重要文件。而剩下的70%以上的人——他们的想法可能与拿到表格的少数人没有任何区别——肯定会害怕最大限度的医疗，毕竟他们身处的境地已经很无望了。这是我们迫切需要改善的地方。[3] 费用：不足挂齿！

医疗保险的问题

倘若将医疗保险服务的检查任务范围扩大，使之对所有住院患者治疗的必要性进行彻底细致的审查。这件事做起来恐怕不会简单。那些给医院带来收益的严重病例案件，如癌症患者，尤其应该被严格检查。恰恰这些病人需要医疗服务的保护，恰恰是他们更愿意住在家里。他们应该清醒地看待病况，并提出疑问，以便能够按照自己的意愿通过人道的方式解脱。什么时候不再需要住院治疗？什么时候的治疗只是在延长死亡期限而已？治疗操作是否符合病人的治疗目标？

倘若住院治疗真的很有必要，那么只有有效的治疗才能通过医保报销，这也符合医保公司的自身利益。比如有很多癌症治疗带给病患的益处——如本书充分描述的——微乎其微。我们经常在一种癌症药物上花费数亿欧元，而不去质疑这种天价的制剂是否真的对癌症患者有帮助。严谨而科学的后续研究只占药品成本的0.1%左右；仅凭常识就应该要求对高价药品的有效性进行检验。最近，受联邦卫生部委托的权威专家也在报告中呼吁这一切。[4] 这些专家包括：德国商品和服务测评机构编撰的《药品手册》编辑格尔德·格拉斯科（Gerd Gläske），德国癌症协会的两位主席克劳斯·赫夫肯（Klaus Höffken）和洛塔尔·魏斯巴赫（Lothar Weißbach），德国鉴定专家委员会的主席和副主席埃伯哈特·维勒（Eberhard Wille）和马蒂亚斯·施拉普（Matthias Schrappe），以及药品委员会主席沃尔夫-迪特尔·路德维希（Wolf-Dieter Ludwig）。在这份长达142页的报告中，他们提出了多个能控制癌症药物费用不断上涨的好提议。这份由六位聪慧教授撰写的、用我们纳税人的钱支付的宏伟报告，最终恐怕被遗忘在了文件柜里。他们的提议会给医疗保险公司和普通民众带来益处，但不会给制药业带来回报。倘若读者发现，已经施行了十年的化疗对癌症患者的总体存活率并没有明显的影响，人们就会问，为什么这种所谓成功的治疗还在继续——为什么医疗保险公司还在为这种无稽之谈支付如此昂贵的费用。

德国医疗系统中错误的鼓励机制

尽管现在到处都在做研究，但其中没有任何关于癌症患者过度治疗的研究。而这里的问题迫切需要解决。某些前列腺癌的生长速度非常缓慢，以至于通常不再需要治疗：这种情况下的大多数男性带着癌症死亡，而非死于癌症。如今已经不再推荐这个低风险病患群体直接进行手术治疗。[5]尽管如此，根据德国最近的一项调查，几乎每两个这样的癌症患者，就有一人接受了手术。[6]病患成为这种变相过度治疗受害者后，往往患有阳痿，并出现排尿障碍。治疗极可能没有给他们带来任何益处。

还有个问题始终没得到解决：为什么我们要支付昂贵的治疗费，而不是提供良好的、耗时的咨询，以便建议病患不要采取无意义的治疗？至少病患和社会福利系统可以从中受益。然而过度治疗的问题并不是一个受欢迎的研究课题。谁会资助这种研究？制药企业恐怕不会。因此，遗憾的是，在药品定价政策的批判讨论方面，仍然是一片空白。[7]

我们的方向错了。作为姑息门诊治疗的业内人士，对此我略知一二。2006年，我在北莱茵-威斯特法伦州开了第一家姑息治疗诊所。[8]我们的病患有来自维腾的，还有盖尔森基兴、哈根或其他周边城镇的。那时候病患数量很少。几乎没有人知道姑息疗法的真正含义。甚至连医疗保险公司也不例外，它们几乎不为我们的服务付费。大家认为照顾将死之人是如此高尚的医疗，以至于没有必要谈钱。而医生这样做是出于天职，因此是不计报酬的。如今，自从2009年为姑息门诊治疗引入多种资金后，我们已经取得了质的飞跃。病患也从中受益。2007年，波鸿市约有104名重病患者接受姑息门诊治疗[9]，而现在每年的患者远远超过1200人。如今我不必再去那么远的地方探访病患，因为他们附近有足够的同事会进行悉心照料。这种姑息门诊治疗网络和全科医生之间的合作互动模式现在在整个威斯特法伦-利普地区已经很普及，并且得到了威斯特伐利亚-利珀法定医保医生协会和州医疗协会的支持和推动。甚至医疗保险公司也对此表示赞许，并扩大这个系统。由此威斯特法伦取得了根本性的突破：在千年之交，还有超过80％的姑息治疗患者在医院死亡。而自2012年以来，这一数字仅为10％左右。[10]这在全德国范围内都是遥遥领先的。

尽管如此，法定医疗保险用于姑息门诊治疗的支出仅占总支出的0.12％。

据估计，所有医疗保险总支出的一半左右都花在病患生命的最后一年里。其实大多数病人在这个时候就应该通过姑息治疗服务受益。甚至国际癌症协会也呼吁这样做。但在德国，比例明显失衡。让我们做一个简单的计算：倘若姑息治疗的资金只占到治疗性医学可用资金的3%，我们就能在这个重要领域收获比今天多25倍以上的成果。换句话说，治疗医学只需放弃不到3%的营业额，我们就可以建立世界上最好的姑息治疗。更重要的是：这将拯救许多侵袭性化疗。我们将需要更少的人工呼吸，更少的重症监护，更少在生命末期入院治疗。或者用一句话概括：我们的死亡过程会更舒适，而且，成本会低很多。谁又能反对这一点呢？医院集团、制药公司、大型设备制造商及其用户，换句话说，就是死亡延期联盟。但我们真的打算在生命最后的日子里还受这些陌生人的摆布吗？

现在到了我们公开施加压力的时候了。如果有人秉持住院治疗比门诊治疗更有效的原则，那么他是在制造一种灾难性的错误观点！住院治疗疝气要多付五倍的费用，医院只在住院的基础上提供有经济效益的化疗，这绝对是有问题的。同样的服务——同样的收费！还有令人费解的是，为什么门诊部门的治疗费用只有在联邦联合委员会（GBA）认为有益处的情况下才能报销，但在住院治疗时这些费用却总能报销。顶多当GBA确定治疗无用时，这些治疗程序——通常已经太迟了——才偶尔被拒绝报销。像莱茨脊柱导管这样的高风险实验性治疗，在住院病人的疼痛治疗中花重金做大肆宣传。门诊病人就不必被这些宣传所烦扰。

提高医疗系统的透明度

再强调一次：我们需要重新确定方向！这就是我们为什么必须谴责所有违反道德的、带有误导性的主任医师奖金合同。

联邦医师协会在 2012 年已经敲响了期待已久的警钟。然而，德国医院协会联合发布的建议都建立在自愿基础上。敢问有哪位经常通过高额奖金填充自己小金库的主任医师，有哪位通过过度治疗而获利的医院经营者，会自愿地纠正这种互利制度？只有在香蕉共和国，用于资助医院的公共资金才会不受控地被任意挪用——更有甚者，用来补贴犯罪行为。过度治疗不是像违规停车这种微不足道的罪行，而是对社会弱者群体中的最弱者犯下的一种罪行，是对无助的垂死之人的身体伤害。我们现在必须抵制的是对后者最终的剥削榨取。法制国家必须在这里采取行动。被大肆宣扬的主治医师合同隐私权也不得优先于宪法规定的基本权利。

总之，将奖金协议公开应该成为当下的义务。而医疗保险服务也应拥有全面的审计权。

同样应该被公开的还有——按照现今法律规定——那些通过参加观察性研究而获取高额酬金的医生的名字。为什么人们可以随时上网查看汽车行业 CEO 的工资，而那些时常被公开授予生死决定权的人所获取的酬金却被当作国家机密，这是无法忍受的！并且多年来，人们对不正当的奖励措施的态度已不再停留在最初的怀疑阶段。倘若我是一名癌症患者，我会想知道我的医生所提供的建议是中立的，还是只要化疗毒药输入我的血管，他就能获得大笔奖金。

我们还需要卫生部门的透明度。我们还需要有约束力的法规，以消除腐败的嫌疑。一切形式的腐败都必须消灭在萌芽状态。一个民主政体的卫生部长和司法部长必须履行他们的职责，并按照就职誓言为我们老百姓遮风避雨。一名医生在制药企业的掩盖下，通过参与高价而效果可疑的药物临床实践研究，就获取上千欧元酬金，这样的医生怎能在德国被当成守法公民对待？出台的法律若不能解决观察性研究带来的这些弊端，就是无用的。

当涉及对临终病患的法律保护时，法律天平似乎就彻底失去了平衡。如果医生允许病患死亡，前者就会被起诉。在我们这个国家，对过度治疗罪的起诉还十分罕见，尽管这方面的罪行已经举不胜举。顺便提一下，在美国情况是不同的。在密歇根州，一名在没有指征的情况下对病患进行化疗的医生被判处45年监禁。[11]我当然不会奉行"以牙还牙"的原则。但这样的判决令我不寒而栗。

放弃治疗或者结束已经开始进行的治疗是否被允许，这在德国仍旧是个问题。然而恰恰这个问题把医学伦理学的基础变成了与其自身背道而驰的东西。因为并非一项医疗措施的放弃，而是它的执行，并非它的终结，而是它的继续，需要一个理由，需要必要的医学指征，尤其还需要患者的同意。[12]

您需要有批判意识！

然而造成如此不幸的，不仅是他人的罪责，不仅是穿白大褂的腐败的同时代人，不仅是贪得无厌的制药公司，不仅是那些配备呼吸机的共享公寓，或者使用让病痛延长的胃管这等卑鄙手段获取暴利的、冷漠无情的护理服务机构。因为，先不谈他们毋庸置疑的罪恶：您，病患，原本可以做得更多，但到目前为止，大多数病患都没有走出关键一步——由此才使整个过度治疗的混乱成为可能。在我的职业生涯中，我遇到的很多人在一生中从未处理过死亡问题。即使在和自己的伴侣或者至亲之人交谈时谈论自己的死亡，往往也是禁忌。这可能也是为什么只有少数人在紧急情况下能拿出生前预嘱。死亡的话题被转移到家庭以外的媒体世界。任何新闻节目都离不开死伤人数、被覆盖的尸体和血泊。任何晚间节目都离不开杀人犯。几乎所有的犯罪惊悚片都得有一个化妆得令人毛骨悚然的尸体。

电视里上演着死亡。但扪心自问，有谁在进入退休年龄之前亲眼见过一个死人？有谁甚至在一位亲人去世时在场？我很肯定：只有少数人。太多时候，人生最后的事情都成了纯粹的理论。伍迪·艾伦（Woody Allen）曾一针见血地指出："我不害怕死亡。我只是不想在它到来时出现在那里。"

然而，人人皆有一死。您害怕不体面的死亡，但却在监视仪的哔哔响声中，在最大限度治疗中死去。因为没有人告诉医生，这正好违背了您的意愿。在死前的日子里，您会输掉很多场战斗：首先是为您的知觉而战，带来卧床不起的可怕后果，然后是为您的肾脏而战，带来透析治疗的后果，为您的肺部而战，带来痛苦的人工呼吸和每个小时都折磨人的抽吸的后果，最后是为您的心血管系统而战，带来肋骨和胸骨骨折，以及复苏和电击治疗的后果。后者是如此的痛苦，以至于在紧急情况之外，如果没有全身麻醉，甚至不会有人想到这样的措施。再后来，一切终于结束了。已经很久没有人为您，为您的平安而战斗。您越是害怕死亡，它的到来就越是像您所害怕的那样。

唯一有助于防止这种情况的，就是及早做好准备，这也是我鼓励您要做的事。

因为和晚间电视节目里展示的情况不同，大多数人不会死于飞机失事、交通事故或者恐怖袭击。即便是人们所期待的雷击或者心脏猝死，在今天也很罕见：只有5%的人突然死亡，其余的人几乎都需要姑息治疗和预先护理规划。几乎没有人愿意在监视仪的响声中，在已经忙得不可开交的护理人员的陪伴下离世。因此，我希望您能了解一下我的专业领域，姑息治疗。

死亡属于生命的一部分

正如上文所强调，我们惧怕死亡的一个主要原因是，我们缺乏与临终者打交道的经验。我们回避这些人。这对临终病患及其最亲密的伴侣来说是很糟糕的，因为他们其实在死亡之前就已经被孤立而社会死亡。而且这对那些回避临终者的人来说也很糟糕：尽管他们对死亡的恐惧毫无根据，但依然得面对这个终究都会到来的时刻。

和人们所想的相反，与临终者的接触其实是非常充实的，当然其前提是"没有病状"——比如疼痛、恶心和呼吸急促，尤其还有焦虑和抑郁。我可以向您保证：良好的姑息治疗加上与您的家庭医生合作，一般都能成功地缓解这些病状。这不仅体现在姑息治疗团队的服务上，还仰仗负责送药的药房助理以及高素质的姑息治疗专业护士。姑息治疗团队成员通常是积极的人，为了病患他们都不遗余力。当然，一方面这要归功于姑息治疗团队中的杰出人士。但另一方面，与临终者接触是一件非常有成就感的事情。这也是亲属、真正的朋友、临终关怀机构的志愿者，以及疗养院或者姑息治疗病房的许多专职护士的亲身体验。如果症状被成功控制，每个人都觉得每天的陪伴是无比充实的。一位刚刚去世的非常年轻的病患的丈夫如此评论："假如我们早知道死亡可以是件美好的事——我们就不会那么害怕了。"

一位即将离世的女孩的母亲告诉我们："有两种人来看我们。一是那些带给我益处的人，二是那些只会让我发呆的人。"与临终者接触时要保持自然，不要说太多话，但要倾听，避免给出建议，不要讲没用的。不要强求，但要强调如果可以的话，您愿意再次过来家访。这样做对大家都好。

相信您已经知道我的目的了。做好预先护理规划有助于扭转人生最后阶段的不利局面。有个来自中世纪修道院的拉丁文短语"memento mori"——"勿忘你终有一死"。从前人们认为，为世界末日做准备，在临死时请求赦免罪过，是很重要的。因此在过去，像事故导致的突然死亡就被认为是一个可怕的想法。《圣经》在不同的地方——如《诗篇》第 90 篇（12）——传达了这样的信息："求你指教我们怎样数算自己的日子，好叫我们得着智慧的心。"鉴于临终阶段的过度治疗，这样的教诲在今天意义非凡。

立下生前预嘱，征求第二医疗意见

总而言之，正确面对自己的死亡是很重要的。不去避免与临终者的接触对此是有帮助的。您可以从他们身上学到很多东西。而且您应该起草一份生前预嘱，其中必须使用具有法律约束力的表述，如联邦司法部提供的表述。因为倘若没有关键的法律表述，写得再漂亮的生前预嘱又有什么用呢？生前预嘱不是在大家意见一致的时候用来说明情况的，而是尤其在有争议的时候用来坚定地维护患者权益。这就是为什么我在这个表述的基础上拟定了自己的预嘱，并在姑息医学及其文献方面增加了一些重要的内容。您可以在本书的附录中找到一个模板。其中规定了在长期昏迷、脑萎缩或者其他严重疾病的情况下，患者应该得到怎样的治疗——以及不应该使用哪些医疗仪器。在这些情况下，我认为可以拒绝使用所有医疗仪器。使用自己的表述是不明智的，如"当我的生命不再有价值"或"如果我不再醒来"。这样的表达可以被任何疗养院主管有意忽视。

如果有人认为，有了生前预嘱就能万事大吉，那么他就大错特错了：享有德国"最著名的心脏外科医生之一"声誉的莱查特教授（Reichart）说："当患者或者患者家属过来说'医生，这是生前预嘱'，然后我会说：您可以放心把它放在您的床头柜里。我对它不感兴趣。"[13]他明确表示，在治疗方面做决定的是他，就算这项治疗在生前预嘱中被拒绝。

至少同样重要的是，要找到一个之后能实现病人意愿，并有拒绝"白衣天使"的勇气的人。不过制止对病患生命末期进行过度治疗的关键在于：征求第二医疗意见。

通过调查，我们得知，第二医疗意见至少可以避免60％的计划中的骨科手术。[14]如果再调查一下那些自己生病的医生，我们就更清楚怎么回事了。毕竟他们有一个"自带的第二医疗意见"。此外，他们总能在熟人圈中找到可以咨询的第二个专家。看看吧，当涉及膝关节磨损、疝气或冠状动脉狭窄等诊断时，这些医生接受检查和手术的数量就明显低于其他人群。[15]医生并不比一般人更健康，但他们有获得第二医疗意见的特权，也不会逃避绝对必要的医疗措施。对于延迟死亡的治疗，医生们的立场明确，几乎90％的人坚决拒绝这样的治疗：[16]他们更少在医院里去世，接受的手术次数更少，在生命的最后六个月里避免重症监护治疗。[17]这篇调查文章的作者总结：医生们清楚重症监护室里的痛苦和某些治疗的无望。他们也知道姑息治疗和良好的家庭护理的优越之处。[18]

但在这点上，立法机构的表现还是过于犹豫不决：法定医疗保险在2013年推出了一个所谓的第二医疗意见方案。由医疗保险公司出资，允许受保人在全面治疗之前征求专家的第二医疗意见。[19]大多数人认为这个方案相当不错，94%的用户对咨询的结果感到满意。[20]但不幸的是，只有极少数人使用这项免费服务。人们对治疗医生的信任度太高，抑或担心医生不信任自己而导致咨询后的治疗效果更差。

此外，在这一领域全靠自愿是无效的。负责治疗的医生对此毫无兴趣。那些由于诊断结果的严重而处于催眠休克状态的病患是"无意愿"的。尤其滑稽的是癌症医学的情况。在大学医院有一个第二医疗意见程序。病患可以带着文件去一个不负责治疗的诊所，在那里获取专家的治疗建议。然而，由于这种咨询的报酬很低，只有少数诊所提供这种服务，其他诊所则延迟预约。可见这种第二医疗意见程序没有什么实际意义。

器官移植丑闻发生后，立法机构自己也认识到让第二名医生对移植的决定进行复查的必要性，且这名医生和移植医疗小组不得有任何依赖关系。他甚至必须出席术前谈话。这都不是自愿性的，而是义务性的监控手段。因此当涉及高额费用的移植手术时，我们拥有法律赋予的对医疗信息进行质疑的权利！倘若有人认为，只需要质疑高额费用的器官移植，那是非常天真的。当医生建议进行10万欧元的化疗，其动机也会和肝脏移植的动机一样错误，尽管肝脏移植的费用要低得多。长时间以来在确定脑死亡时，必须有第二个独立的医生参与检查。现在在活体器官捐赠的咨询谈话时，甚至必须有第二个医生在场。[21]

目前最迫切的建议是，在进行任何高价的，即使由医疗保险公司支付的治疗之前，从专家全科医生或者家庭医生那里征求第二医疗意见——病患会有96％的机会感到满意，觉得护理更到位。对于费用高昂的治疗，我总是强行要求征求一个独立的第二医疗意见——在无法治愈的情况下，最好是来自姑息治疗医生的第二医疗意见。

您切勿把这令人不安的话题交给所谓的专家：大多数人都交给医生，然后往往盲目地希望医生会遵守誓言，就如他们的职业行为准则序言中写道："作为一名医疗工作者，我发誓要把自己的生命奉献给人类。我将本着敬业心和尊严履行我的职责。"

几乎我所有的同行们都立过如此特殊的职业誓言。但是，正如本书所述，在错综复杂的医疗行业中，一个相当不择手段的网络正在发挥作用，它对高尚的原则不屑一顾。尽管有各种自创的神话，但与其说医生是半个神仙，不如说是商人，他们在性格上不比房地产经纪人或汽车经销商好，也不比他们差。因此，古老的格言也适用于我的职业：信任是好的，但监管更好！不要被学术头衔所吓倒。如果可能的话，请与您的医生保持一定距离。您有权征求第二医疗意见和比较报价，而且现在医疗保险公司也保障您的权利，特别当涉及绝症治疗时。一个好的医生不会责怪您。他没有什么好怕的。在医生特别无礼的情况下，如果没有他人的帮助，您应该为自己辩护，不要害怕联系专业律师。那些提供过度治疗的穿白大褂骗子的克星从来都是负责任的、有自信的患者。

我希望这本书能带来影响。因此我期待您的反馈、批评或者赞扬。而且我对您的家庭或者朋友圈中的类似经历特别感兴趣。请写信给我：thoens@zweitmeinung-intensiv.de。

附录一：
生前预嘱*

本人，_____，作出如下的书面生前预嘱和预先全权委托声明

当遭遇意外事件或者在完全健康的状况下突然出现疾病，我希望得到必要的最大限度治疗。[†] 接下来的情况应该在预嘱所指的事件发生两周后才被评估。

1. 预先声明
本人在此决定，倘若我无法理解或者清晰地表达自己，我将采取以下措施：

2. 适用于该预嘱的典型情况有：
－ 当我极有可能不可避免地处于临近死亡的状态。

---

* 维腾姑息治疗网络的生前预嘱，可以在 https://www.piper.de/was-ist-pallia-tivmedizin 下载。

† 当从危机状态中完全康复的机会很大时，大多数人都希望得到最大限度的治疗。一项研究表明，带有限制的生前预嘱使病患的死亡率更高，因为他们很可能没有获得同等的必要治疗。开头做出如此澄清，就是为了避免这种情况发生。只有当治疗迟迟未有效果时，生前预嘱才有用。

- 当我处于无法治愈的绝症的最后阶段，即使死亡的时间还不可预见。
- 当我由于脑部受损，依据两位有经验的医生（至少其中一位是神经科专家）的意见，我所丧失的判断力、决定能力以及与他人交流的能力极有可能已经无法逆转，即使死亡的时间还不可预见。*我知道，在这种情况下，知觉可能还存在，而且从这种状态中醒来的可能性不能完全排除，但可能性极低。†
- 当我由于处于脑部退化过程的晚期（如痴呆症），即使一直有人协助，但仍旧无法正常摄取食物和液体。‡我的意愿必须始终得到尊重——如果我拒绝接受食物，这必须作为我的意愿被接受。
- 尽管采取了全面的医疗措施，在经过 8 周的重症监护后（输氧或类似的治疗手段），我仍旧处于病危状态，无法表达自己的意愿。§

---

* 当直接脑损伤后一年没有明显改善，间接脑损伤后半年没有明显改善，或者患者符合复苏协会关于"神经系统恢复的可能微乎其微"的情况，那么我认为这项条件可以施行。

† 这一点只涉及导致患者失去判断力、决定能力以及与其他人交流的能力的大脑损伤。这些往往是植物状态昏迷的临床表现，并伴随着大部分脑功能衰竭。这样的病患无法有意识地思考、有目的地活动或者与其他人交流，同时重要的身体功能，如呼吸、肠道或肾脏功能得以保留，他们还可能有知觉和疼痛的能力。植物状态的昏迷病人无法下床，他们需要照顾，需要人工营养和水。在极少数情况下，植物状态的昏迷病患的状态在几年后仍然可以发展得很好，但这通常意味着在身心严重残疾的情况下的生活。目前还无法肯定地预测一名病患是属于这种少数情况，还是属于大多数情况，因此不得不作为护理案例，必须一生被护理。

‡ 这一点所涉及的是大脑退化过程的最后阶段所导致的大脑损伤，是痴呆（如阿尔茨海默病）中最常发生的情况。随着病情发展，患者越来越无法进行判断，以及与周围环境进行语言交流，但感觉能力保持。到了末期，病患甚至不再认得近亲，且即使在他人帮助下也无法正常摄取食物和液体。

§ "慢性危重病"（chronical critical illness）患者是指长期接受重症监（转下页）

3. 关于某些医疗措施的开始、范围或终止的决定

生命支持治疗措施 *

在此我希望：

- 不采取一切生命支持治疗措施。饥饿和口渴应该以正常的方式得到满足，如果有必要的话，可以在他人协助下摄取食物和液体。我希望口腔和黏膜能得到专业护理，以及人性化的住宿环境、护理、个人卫生，还有减轻疼痛、呼吸急促、恶心、恐惧、焦虑和其他令人痛苦的病状。

疼痛和病状治疗†

在此我希望得到专业的疼痛和病状治疗，

- 当所有其他控制疼痛和病状的医疗方案都失败了，也包括用来缓解不适的、会使意识减弱的药物。
- 倘若缓解疼痛和病状的治疗措施导致我的生命不得不被缩短，这一小概率情况我也接受。

（接上页）护治疗的病人，通常有多个器官衰竭。他们恢复原来生活的机会很小，特别是在长期人工呼吸治疗的情况下：在人工呼吸 14 天后，治愈机会远远低于 10%。对于使用人工呼吸时间较长、年龄较大和有严重病史的患者，这个数字还要低很多。因此在这里给出一个特定时间是有意义的，例如 10 天（对于以前有很多基础病、治疗前景很差的非常老的人）到半年（适用于非常年轻、健康的人）之间。我认为 8 周的时间对我（一位刚刚成为父亲的中年人）来说是合适的。

* 可惜仅这句话是不够的。联邦法院指出，像"我不希望采取任何延长生命的措施"这样的话是不够的，还需要进行如下具体分析。

† 专业的姑息治疗，包括使用吗啡，通常不会缩短生命。只有在极端情况下，控制症状所需的止痛药和镇静剂的剂量才偶尔会很高，以至于有可能略微缩短生命（即被允许的所谓的间接安乐死）。

营养*和液体摄入†

在此我希望，

- 不要任何形式的人工营养（例如通过口、鼻或腹壁的胃管，以及静脉入口），也不要任何人工输液。
- 食物摄取应该永远只在我喜欢，或者我接受的范围内进行。

人工复苏‡

在此我希望，

- 不进行人工复苏。
- 立即告知来抢救的急诊医生，我拒绝人工复苏，而只要缓解痛苦的措施。

人工呼吸

在此我希望，

- 倘若我获得缓解呼吸困难的药物治疗，就不进行人工呼吸或者停止已经开始的人工呼吸。§ 这些药物导致的意识减弱或者不得不缩短生命，我都接受。在全身麻

---

* 所有姑息治疗都包含满足饥饿和口渴的主观感受这个部分。然而，许多重病患者并没有饥饿感。实际上垂死病患几乎无例外都是这样，很可能昏迷病患亦是如此。

† 在重病患者中，尽管口渴的感觉比饥饿的感觉存在时间长，但人工输液的缓解效果非常有限，甚至没有效果。专业的口腔护理可以更好地缓解口渴的感觉。向垂死的人供应大量液体甚至是有害的，因为它可能导致水在肺部积聚而引起呼吸困难。

‡ 有很多医疗措施既能减少病痛又能延长生命，这取决于具体情况。人工复苏并不能减少痛苦，而是为了维持生命。有时候在按计划实施的医疗措施（如手术）中，可能会暂时出现问题，这些问题可以通过人工复苏解决，而不会留下损伤。

§ 停止人工呼吸当然只能在全麻状态下进行。

醉状态下，应该关闭正在进行的人工呼吸。我所指的人工呼吸包括所有侵入性和非侵入性的呼吸方式。*

透析/换血治疗
在此我希望，
不进行透析或者终止已经开始的透析。

抗生素/药物†
在此我希望，
仅使用缓解痛苦的药物，其他药物治疗必须停用。

血液/血液成分
在此我希望，
输入血液或血液成分只是为了缓解我的症状。

其他治疗
我同样拒绝其他类似的、这里没有提及的治疗，还有未来有可能出现的医疗措施，只要它们没有起到缓解病痛的作用。这尤其适用于那些被指定为重症加护医疗护理的措施。‡

---

* 在重症监护治疗中经常引起争论的一个问题是，"只戴面罩的人工呼吸"是否也算作生前预嘱所指的人工呼吸。

† 在大多数生前预嘱中只提到"抗生素"，但所有其他无助于减轻痛苦的药物当然也必须停用。

‡ 可惜联邦法院在两个决定中（XII ZB 61/16, XII ZB 604/15）都要求作出具体说明（即必须详细列举出需要避免的措施，尽管人们还不清楚，未来会发生什么）。

我拒绝那些会导致永久性严重精神和/或者身体残疾的极高风险医疗措施或者手术,即使它们能挽救生命。*

4. 治疗地点,监护人
我希望,
- 只要有可能,在家中或者在熟悉的环境中离世。

我希望,
- 见证人由以下的人员或群体组成:我的整个家庭以及愿意再次见到我的朋友们。

我希望被一个有责任心的姑息治疗团队照料。

5. 关于生前预嘱的约束性、解释和执行,以及撤销的声明
- 主治医生和治疗团队应遵循我在生前预嘱中所表述的关于医疗和护理措施的意愿。我的代表人应确保我的意愿得到实现。如果有人在治疗我的同时故意反对并违背这份生前预嘱的意思,在此我授权我的代表人提出刑事申诉。
- 倘若医生或治疗小组不愿意遵循我在这份生前预嘱中表达的意愿,我希望能安排其他医疗和/或者护理治疗。我希望我的代表人能在遵守我的意愿的基础上组织进一步的治疗。
- 当出现这份生前预嘱中没有具体规定的生活和治疗情

---

* 一些手术,比如对颅骨进行手术以降低颅内压,与未动手术的病人相比,可以将死亡率减半。然而在接受过手术的患者群体中,患最严重精神残疾的风险增加,甚至没有残疾的,其生存概率也随之下降。

况时，尽可能所有相关人员协商一致，以推测我的意愿。该生前预嘱旨在提供指导原则。
- 倘若我没有撤销这份生前预嘱，那么我不希望在具体执行时改变我的意愿。
- 但如果主治医生/治疗小组/我的授权代表人/监护人，根据我的手势、神情或其他表达，认为我希望违背生前预嘱，接受治疗或不接受治疗，那么所有相关人员应该尽量达成一致，确认生前预嘱是否还符合我当下的意愿。只有当所有相关人员确认客观存在的迹象，方能认可我的意愿改变。

6. 其他预先护理规划
这份生前预嘱还包括一份预先护理全权委托。

7. 总结
只要我希望获得或者拒绝某些治疗，我就明确放弃医疗信息。

8. 结束语
- 我知道修改和撤销生前预嘱的可能性。
- 我知道自己所做出的决定的内容和后果。
- 我在自行负责、没有外加压力的情况下阅读、理解、认可并签署了生前预嘱。
- 我的精神状况完全正常。

9. 更新
这份生前预嘱在被我撤销之前一直有效。

10. 器官捐献和研究用途 *

倘若我刚脑死亡,并且根据医学评估符合器官捐献条件,但操作会违背我的生前预嘱,那么此时我的器官捐献意愿将被优先考虑。器官摘除只能在全麻条件下操作。

(或者:我拒绝器官捐献。)

我不反对参与研究。

(或者:我反对参与研究。)

11. 预先全权委托声明

根据《德国民法典》(BGB)第 1896 条第 2 款的规定,我指定如下人员为我的全权委托人。在我失去判断能力的情况下,他有权明确决定生命支持治疗及其终止†,还有我的居住地。

    1. _____

   (2. _____)

- 他可以决定所有的医疗事项,以及门诊或者(非全日)住院治疗的所有细节。他被授权执行我在生前预嘱中确定的意愿。他尤其有权同意所有健康状况检查以及治疗措施的执行,也有权拒绝这些措施。
- 他可以撤销对这些措施的同意,即使执行、不执行或停止这些措施会导致我的死亡,或者遭受严重或长期

---

* 在生前预嘱中表达自己对器官捐赠的意见是很重要的,这可以减轻亲属的负担,否则他们会受到质疑。此外,根据 2016 年通过的一项法律,人们应该表达自己是否愿意参与研究,例如大脑萎缩性疾病的药物研究。

† 这也应理解为包括(允许的)导致死亡的被动安乐死。

的健康损害的风险(《德国民法典》第 1904 条第 1 款和第 2 款)。

- 他可以检查医疗记录并授权向第三方发布。我免除所有为我治疗的医生和所有为我治疗的非医务人员对我的委托人应执行的保密义务。只要对我的健康有必要,他可以决定剥夺我的自由(《德国民法典》第 1906 条第 1 款),在剥夺自由的范围内采取强制医疗措施(《德国民法典》第 1906 条第 3 款),在家里或其他机构采取剥夺自由的措施(如床栏杆、药物治疗等)(《德国民法典》第 1906 条第 4 款)。

日期

签名

附录二
德国联邦议院法律事务和消费者保护委员会的书面声明

德国联邦议院法律事务和消费者保护委员会：

2015 年 9 月 23 日举行的公开听证会上

e) 米夏埃尔·勃兰特（Michael Brand）、克尔斯汀·格里泽（Kerstin Griese）、卡特琳·福格勒（Kathrin Vogler）、哈拉尔德·特尔培（Harald Terpe）博士及其他议员提出的法案：关于通过职权协助自杀行为的惩罚法律草案（联邦议会文件 18/5373）

f) 议员彼得·欣兹（Peter Hintze）、卡罗拉·赖曼（Carola Reimann）博士、卡尔·劳特巴赫（Karl Lauterbach）博士、布尔哈德·利施卡（Burkhard Lischka）及其他议员提出的法案：关于调整临终医疗陪伴的法律草案（协助自杀法）（联邦议会文件 18/5374）

g) 蕾娜特·屈纳斯特（Renate Künast）、佩特拉·西特（Petra Sitte）博士、凯·盖凌（Kai Gehring）、路易斯·安茨贝格（Luise Amtsberg）及其他议员提出的法案：关于免除协

助自杀的刑事处分的法律草案（联邦议会文件 18/5375）

h）帕特里克·塞恩斯伯格（Patrick Sensburg）博士、托马斯·德夫凌格（Thomas Dörflinger）、彼得·拜耳（Peter Beyer）、胡贝特·叙培（Hubert Hüppe）和其他议员提出的法案：关于参与自杀行为的惩罚法律草案（联邦议会文件 18/5376）

书面声明

协助自杀——修改刑法将是一个错误

安乐死决定对于其所涉及的人来说，简直就是悬在头上的一把刀。那些自称是专家的人、部门领导和政客们都竞相表示，自己知道什么对临终者是最好的：我们必须保护他们不受自己意愿的影响。这是因为，倘若有人询问基层的全科医生[1]、癌症科医生[2]或姑息治疗专家[3]，结果就完全不同了。在这个圈子里，只有少数人赞成对自杀协助实施禁令。离痛苦越近的人，对禁令的反对就越强烈：亲历痛苦的病患＞护理人员＞亲属＞医生。[4]

"我不会让那些柏林高官的决策来规定我应该如何死去。"一位我们的病患——亲历痛苦的人——这样说。我永远都不会忘记那位女士，她含泪告诉我她身患绝症的丈夫的最后愿望。他患有胃癌："让我离开诊所，"他说，"在第一座高架桥上，你停车，让我下车，然后继续开车，不要管我了。"在波鸿，有个人从临终关怀医院的屋顶跳楼身亡，此后位于高层的癌症病房必须锁上窗户。在我们的病人中，硬性自杀方法也排在第一位：上吊、开枪自杀、跳楼或者卧轨。每年都有 30 名火车司机因这种心理创伤而必须提前退休：目睹自己无法在卧轨之人面前刹车。另一方面，也许是因为人们拥有自杀援助的可能，瑞士的自杀人数在过去十年中减少了一半。[5]

而在德国，即使是在姑息治疗专家陪同的病人中，也出现了开枪自杀、跳窗或跳楼、毒气自杀和投毒自杀的案例。[6]更有甚者：一名病人被强行送入精神病院，以避免他在临终前开枪自杀。此外还有一些病患自行前往瑞士或者被送到那里。瑞士安乐死组织"尊严"（Dignitas）曾经援助的人中，几乎一半是德国人（48.3%）。在这个组织的帮助下离世的德国人比瑞士人大约多六倍。[7]据统计，在我们的病患中，有12%到28%的人表示，希望提前结束生命[8]："医生，我不行了，请帮助我尽快解脱。"

这往往是严重病状所导致。如果这些病状得到缓解，提前死亡的愿望就会消失。这就是为什么我们在当下讨论中一致同意：姑息治疗和临终关怀护理必须尽快得到加强。这是我们所有人最为关切的事情。尽管个别专家表示，姑息治疗总是能充分地减轻痛苦[9]，但实际情况仍旧留有遗憾：即使用我们最锋利的武器——姑息性镇静，即麻醉性睡眠直至死亡——我们也无法完全消除所有的痛苦。

而一个人是否有机会获得这种治疗也不确定：一些诊所拒绝提供这种治疗，还有一些诊所对8%到57%的临终者使用这种治疗。[10]因此一名病患的痛苦是否能得到充分的缓解，更多取决于医生的态度。曾陪伴自己家人度过最后临死阶段的姑息治疗专家中，甚至有45%在调查中承认：垂死阶段是痛苦的![11]不可否认的是：姑息治疗和临终关怀护理常常有助于减少死亡的欲望，但绝不是总是如此。

另一个重要方面是病患的原始恐惧感。更加令人害怕的是痛苦的垂死阶段，而非死亡本身。

只要病人确信医生会继续帮助他，即使病状没有成功地被缓解，也会产生奇迹。对于绝大多数病人来说，有这样的安全感就足够了。瑞士安乐死组织"尊严"解释，在所有获得"协助自杀的临时绿灯"的病人中，只有13.2%的人最终获得了安乐死的处方药。[12]很明显对绝大多数人来说，只要有选择、有安全感就足够了。

前不久我的一个患有肌萎缩性脊髓侧索硬化症（ALS）的病患要求进行医疗咨询。我向他解释了姑息治疗的可能性。对他来说，重要的是能留在自己那被建造成岩洞模样的公寓里，直到咽气。他拒绝接受临终关怀或姑息治疗病房，因为在那里有可能对原本独自生活的人进行姑息性镇静。我向他保证，我和我的团队会有极大可能减轻他的病痛。但如果我做不到这一点，他当然也不需要跳桥自杀——如他所暗示的那样。谈话之后，他又有了生活的勇气，随后就去了克兰格游乐场。*

每年每400个被护理的病患中，只有一人的极端病痛会令我们团队束手无策：难道我应该让这个人从窗户跳出去吗？

当然，这么做不需要开账单。令人难以置信的是，个别安乐死服务为此收取几千欧元的费用。付的钱越多，就能越快得到解脱药剂。即使没有法律专业知识，这种协议的不道德也是显而易见的。因此这种合同无效。汉堡的检察机关正在调查德国目前已知的——通过讨论被曝光的——四起协助自杀事件中的两起[13]，因为其中涉嫌过失杀人。目前的法律显然足以制止

---

* 克兰格游乐场位于鲁尔区的莱茵河畔，是德国仅次于啤酒节的第二大游乐场——译者

这种非法勾当。

对协助自杀的批评中最核心的一点是，如果自杀可以免于惩罚，那么压力就会施加在高龄人和社会中的弱者身上。这将导致社会的失控。自1871年以来协助自杀在德国一直免于处罚，按理说我们的社会早就该失控了，可是至今仍然没有发生。尽管德国安乐死协会（Sterbehilfe Deutschland）报告的162起协助自杀事件令人震惊，但肯定不会对这个国家的公众安宁构成威胁。

只要存在特殊情况下允许协助自杀的严格标准，就不会出现失控[14]：在俄勒冈州，自杀率仅有微小的增长，最近在全州范围内每年有77例。[15]俄勒冈州的经验也反驳了其他论点：允许协助自杀并没有阻碍姑息治疗的扩展，也没有失去对执业医师的信任。正相反：俄勒冈州的临终关怀和姑息治疗特别发达，倘若医生公然反对协助自杀，病人就更加拒绝医生。[16]而且在俄勒冈州，参与协助自杀的人的教育水平高于平均水平。该法规现在已被美国几个州采用，最近被加利福尼亚州采用。[17]另外16个州也正在做相应的讨论。

我想从我的个人经验出发，反驳这个没有事实根据却经常被引用的社会失控论点。实际情况其实刚好相反：濒临死亡的人往往是那些无情地以利润为目的的重症监护医学的受害者。在过去的十年里，家庭人工呼吸的数量——在家里进行的重症监护——已经增加了30倍，从每年500名病患增加到15000名。没有什么比每月费用在2万至6万欧元之间的强化护理更有价值了。人工呼吸是否总有必要，甚至是否符合病人意愿，这些都令人怀疑。[18]这里需要的是能够保护临终者权益的新刑法和精力充沛的检察官，而非罕见情况下的协助自杀。

今年年初，加拿大首席姑息治疗医生表示，社会失控论以及其他反对意见是不成立的。加拿大最高法院认为，类似于德国联邦议会议员勃兰特（Brand）和格里泽（Griese）提出的法案是违反宪法的。[19]德国最高法院也已经宣布，倘若协助自杀惩罚条例成为一项刑事禁令，那么接下来会进行刑法诉讼。[20]

倘若有了新的刑法，警方将不得不对药片自杀事件进行更为广泛的调查。据统计，在波鸿，每年的药片自杀数量是当地刑警在同时间段调查的已发生的凶杀案数量的两倍。[21]警方的负担将大大增加，因为根据新刑法，医生和亲属将成为这些案件的被告。[22]在悲惨的自杀事件发生后，寡妇和孤儿不应该与进行全面刑事调查的官员交谈，而应该与朋友、紧急牧师或者悲痛心理疏导员交谈。

根据民意调查，大部分人多年来一直赞成将安乐死自由化。[23]由公认机构主持的最近十次大规模民意调查结果显示，总有超过一半人赞成协助自杀，平均赞成率为71％。伦理学家乔克斯（Jox）在2015年6月的一次国际会议上对这个题目如此总结："这些数据表明，禁止协助自杀会导致被涉及的人为了避免暴力自杀而前往瑞士，或者通过亲属执行不可靠的，并且可能成为罪证的协助自杀选择。"[24]尤其在互联网上，"谷歌医生"还在推荐不可靠的（"扑热息痛药丸"），带来痛苦的（"出口袋"，即氰化物胶囊），会牵连他人的（"手腕动脉"），甚至对他人有危害的（"浴室里的木炭烤架"）自杀选择。后者会危及救援人员、警察和邻居的生命。一份消防队杂志甚至称其为"一种新的时尚"。[25]

当然，法治国家必须保护抑郁症患者、相思病或孤独症患者——它已经这样做了：非自主决定的自杀在法律上被视为意外。在这种情况下，医生是拯救生命的保证。如果他未能挽救生命，甚至支持自杀，这就被视为过失杀人。[26]

多次通过职权协助自杀是被禁止的，根据勃兰特-格里泽草案（Brand-Griese Entwurf），甚至从第二次执行开始就被禁止。因此，这样的法律影响到那些需要护理多名临终病患的医生，即姑息治疗医生或肿瘤科医生。但恰恰是他们需要与病人建立特殊的信任关系，他们必须坦诚对待临终病患的意愿和需求。倘若他们无法做到这点，就会有越来越多不可靠的生意人来德国，在刑事禁令的作用下索取高额费用。然后只有富人能选择有高价护理陪伴的瑞士之行，或者用现金换取不可靠的安乐死。社会中的弱者只能选择铁轨、吊绳或高楼大厦。

请不要替我的病患做决定，也不要违背您的选民的意愿。最后：决定时请考虑到绝望的人们所遭受的痛苦。倘若我想不止一次地遵循自己的良知，请不要用检察院或者监狱来威胁我。

马蒂亚斯·特恩斯医生

致 谢

所有帮助我完成此书的人，无论是参与校对工作的人，还是和我一同讨论难题或者提出批评意见，给我带来启发的人。

在此我想提及的有：尼娜-贝亚塔·比约克伦德（Nina-Beata Björklund）博士，安格莉卡·达格尔（Angelika Dargel），马蒂亚斯·戈克（Matthias Geck）博士，亚历山大·格劳丹兹（Alexander Graudenz）博士，哈特穆特·居尔克（Hartmut Gülker）教授，梅兰妮·哈言格（Melanie Hayenga），马蒂亚斯·黑尔（Mathias Heer）博士，埃里克·希尔根多夫（Eric Hilgendorf），联邦议会副主席彼得·欣兹（Peter Hintze），克里斯蒂安·卡尔（Christian Karl）博士，古多·劳厄（Guido Laue），沃尔夫拉姆·莱尔门（Wolfram Lermen）博士，达格玛·林德（Dagmar Linde），沃尔夫-迪特尔·路德维希（Wolf-Dieter Ludwig）教授，玛里昂·内勒（Marion Nelle），托马斯·内勒（Thomas Nelle），安雅·内特霍夫尔（Anja Netthövel），格尔德·利希尔斯（Gert Riechers）博士，玛蒂娜·罗森贝格（Martina Rosenberg），赫伯特·鲁施（Herbert Rusche）教授和延斯·舒帕克（Jens Schupak）。

感谢你们!

尤其要感谢的是我的伴侣安娜-卡特琳娜·内勒(Anna-Katharina Nelle)。她是一名姑息治疗护士,并即将成为神学家。她不仅帮我减轻重担,还随时都准备和我讨论语言表达以及修改后的行文。

我还想对我的团队表示感谢。他们为我做了很多工作,特别是贝亚特·凡·兰格(Beate van Lengen)。

我想感谢即将成为医生的年轻人,我的学生塞巴斯蒂安·克兰普(Sebastian Krampe)和马尔特·恩格尔哈特(Malte Engelhardt)。他们是我的得力助手。我很高兴看到年轻医生能有这么高尚的价值观,并支持变革。

我要感谢我的父亲迪特哈德·特恩斯(Diethard Thöns),感谢他对语言的不懈追求("措辞、句法框架和标点符号不能代表真正的德语")。

我同样感谢皮珀出版社(Piper Verlag)的安雅·汉塞尔(Anja Hänsel)和马丁·雅尼克(Martin Janik)。他们信任我,帮助这个项目渡过了艰难时期,并负责任地监督了此书的出版过程。

还要感谢一位不愿在此透露姓名的、令人钦佩的人。他的支持纯粹出于理想主义,即希望这个社会变得更美好。在此我向他表示诚挚的敬意。

最后,我想感谢那些没有提到名字的人:我的病患及其亲属。如果他们不信任我,如果他们不在短暂的相识后分享个人隐私,如果他们不向我提出建议,就不会有这本书的存在。

注 释

再版自序

1 Cohen S, Sprung C, Sjokvist P et al. : Communication of end-of-life decisions in European intensive care units. Intensive Care Med 2005;31:1215 – 1221

2 Sprung C, Cohen S, Sjokvist P et al. : End-of-life practices in European intensive care units: the Ethicus Study. JAMA 2003;290:790 – 797

3 Sener 2017

4 Herridge 2011

5 https://www.justiz.bayern.de/gerichte-und-behoerden/oberlandesgerichte/muenchen/presse/2017/91.php

6 Weissman A, & Asch DA (2018): Penalizing Physicians for LowValue Care in Hospital Medicine: A Randomized Survey. www.journalofhospitalmedicine.com, 13(1),41.

7 Davis C, Naci H, Gurpinar E, Poplavska E, Pinto A, & Aggarwal A (2017): Availability of evidence of benefits on overall survival and quality of life of cancer drugs approved by

European Medicines Agency: retrospective cohort study of drug approvals 2009 – 13. Bmj, 359, j4530

8 ARD Monitor vom 30. 11. 2017: Krebsmedikamente ohne Nutzen: zweifelhafter Profit der Pharmaindustrie. http://www. ardmedia thek. de/tv/Monitor/Krebsmedikamente-ohne-Nutzen-zweifelhaf/Das-Erste/Video? bcastId = 438224&documentId = 47992848

9 Dasch B, Kalies H, Feddersen B, Ruderer C, Hiddemann W, Bausewein C: Care of cancer patients at the end of life in a German university hospital: A retrospective observational study from 2014. PLoS One. 2017 Apr 6; 12(4): e0175124. https://www.ncbi.nlm.nih.gov/pubmed/28384214

10 https://www. buchmarkt. de/sortimenterservice/bestenli-sten/charts/die-top-10-social-media-trendcharts-der-kw-32-3/

11 https://www. waz. de/staedte/witten/thoens-bestseller-patient-ohne-verfuegung-ist-leserliebling-id212634213. html

12 § 136a SGB V

13 Brief vom 28. 06. 2018 der Geschäftsführung der Knappschaft

前言

1 WDR Lokalzeit Ruhr vom 24. 09. 06: » Das Palliativnetz Bochum «

2 Borasio GD: Faktencheck zur Sterbehilfe. *Die Zeit* vom 22. 09. 2015; im Internet (01. 06. 2016) unter www. zeit. de/2015/38/bundestag-sterbehilfe-diskussion-gesetzesentwuerfe

3 DIGAB: Stellungnahme der Deutschen Interdisziplinären

Gesellschaft für Außerklinische Beatmung (DIGAB e. V.) zu den Ausführungen von Dr. Matthias Thöns aus Witten auf dem Bremer Palliativkongress am 20. März 2015; im Internet (01. 06. 2016) unter www. digab. de/startseite/ neuigkeiten/detailansicht/?tx _ ttnews％5Btt _ news％5D = 38&cHash = 03 9186c1ab8257b 93cca90fd9064d74b

4 Metnitz PG, Reiter A, Jordan B, Lang T (2004): More interventions do not necessarily improve outcome in critically ill patients. Intensive Care Med 30:1586–1593

5 Fisher ES: The Implications of Regional Variations in Medicare Spending. Part 2: Health Outcomes and Satisfaction with Care. Annals of Internal Medicine 2003;138(4):238

1 肺器官衰竭：最后一口气不意味着死亡

1 Thöns, Sitte, Rusche: Maßnahmen der Palliativmedizin. Neuer Fokus auf der Indikation. Niedergelassener Arzt 08/ 2011; im Internet (01. 06. 2016) unter www. palliativnetz-witten. de/websitebaker/media/indikationNiedergelassenerArzt0811. pdf

2 Damuth E, Mitchell JA, Bartock JL, Roberts BW, Trzeciak S: Long-term survival of critically ill patients treated with pro longed mechanical ventilation: a systematic review and meta-analysis. Lancet Respir Med. 2015;3:544

2 强行化疗

1 Wright AA, Zhang B, Ray A, Mack JW, Trice E, Balboni T, Mitchell SL, Jackson VA, Block SD, Maciejewski PK, Prigerson HG: Associations between end-of-life discussions, patient mental health, medical care near death, and caregiver bereavement adjustment. JAMA. 2008 Oct 8; 300 (14): 1665-73

2 Wright AA, Zhang B, Ray A, Keating NL, Weeks JC, Prigerson HG: Associations between palliative chemotherapy and adult cancer patients'end of life care and place of death: prospective cohort study BMJ 2014;348

3 Weeks JC, Catalano PJ, Cronin A, Finkelman MD, Mack JW, Keating NL, Schrag D. : Patients' expectations about effects of chemotherapy for advanced cancer. N Engl J Med. 2012 Oct 25;367(17):1616-25

4 Rabow MW: Chemotherapy near the end of life. BMJ. 2014 Mar 4;348:g1529. doi:10.1136/bmj.g1529, aktuelle Zahlen des BKK Dachverbandes für Deutschland 2015, persönliche Mitteilungen

5 Prigerson HG, Bao Y, Shah MA, Paulk ME, LeBlanc TW, Schneider BJ, Garrido MM, Reid MC, Berlin DA, Adelson KB, Neugut AI, Maciejewski PK: Chemotherapy Use, Performance Status, and Quality of Life at the End of Life. JAMA Oncol. doi:10.1001/jamaoncol.2015.2378

6 Oken MM: Toxicity and response criteria of the Eastern Cooperate Oncology Group. Am J Clin Oncol 5 (1982):

649-6

7 Richtlinien des Gemeinsamen Bundesausschusses über die Verordnung von Krankenfahrten, Krankentransportlei-stungen und Rettungsfahrten nach § 92 Abs. 1 Satz 2 Nr. 12 SGB V (Krankentransport-Richtlinien) in der Fassung vom 22. Januar 2004 im Internet (01.06.2016) unter www.g-ba.de/downloads/62-492-74/RL-Khtransport-2004-12-21.pdf?

8 Mack JW, Cronin A, Keating NL, Taback N, Huskamp HA, Malin JL, Earle CC, Weeks JC: Associations between end-of-life discussion characteristics and care received near death: a prospective cohort study. J Clin Oncol. 2012 Dec 10;30(35):4387-95. doi:10.1200/JCO.2012.43.6055. Epub 2012 Nov 13. Wright AA, Zhang B, Keating NL, Weeks JC, Prigerson HG: Associations between palliative chemotherapy and adult cancer patients'end of life care and place of death: prospective cohort study. BMJ. 2014 Mar 4; 348:g1219

9 Lutterotti N: Übertherapie am Lebensende. Neue Zürcher Zeitung vom 26.06.2014; im Internet (01.06.2016) unter www.nzz.ch/wissenschaft/uebertherapie-am-lebensende-1.18329117

10 Matter-Walstra KW, Achermann R, Rapold R, Klingbiel D, Bordoni A, Dehler S, Jundt G, Konzelmann I, Clough-Gorr KM, Szucs TD, Schwenkglenks M, Pestalozzi BC: Delivery of health care at the end of life in cancer patients of four swiss cantons: a retrospective database study (SAKK 89/09).

BMC Cancer. 2014 May 1;14:306

11 Periyakoil VS, Neri E, Fong A, Kraemer H: Do unto others: doctors'personal end-of-life resuscitation preferences and their attitudes toward advance directives. PLoS One. 2014 May 28;9(5):e98246

12 Temel JS, Greer JA, Billings JA et al. (2010): Early Palliative Care for Patients with Metastatic Non-Small-Cell Lung Cancer. N Engl J Med 363:733 – 742

13 Süddeutsche Zeitung: Kampagne gegen überflüssige Behandlungen. 14.05.2015; im Internet (01.06.2016) unter www.sueddeutsche.de/gesundheit/gesundheit-muelltrennu-ng-in-der-medizin-1.2476457-2

14 Ludwig WD: Die Behandlung von Krebspatienten am Lebensende-wann kann weniger mehr sein? Frankfurter Forum Heft 11, Vortrag 5; www.frankfurterforum-diskurse.de/wp-content/uploads/2015/03/Heft_11_Vortrag_5.pdf

15 Arznei-Telegramm 02/2008: Erlotinib bei Pancreaskarzinom; im Internet (01.06.2016) unter www.arznei-telegramm.de/html/2008_02/0802022_02.html

16 Melanom: Lebensverlängerung mit zwei neuen Medikamenten. Deutsches Ärzteblatt 06.06.2011; im Internet (01.06.2016) unter www.aerzteblatt.de/nachrichten/46123

17 Volger, S, Vitry A, Din Babar Z: Cancer drugs in 16 European countries, Australia, and New Zealand: a cross-country price comparison study. Lancet oncolog 2015; im Internet (01.06.2016) unter www.researchgate.net/

publication/285591627 _ Cancer _ drugs _ in _ 16 _ European _ countries _ Australia _ and _ New _ Zealand _ A _ crosscountry _ price _ comparison _ study

18 Arzneimittelbrief 2015, 49, 40DB01

19 Ludwig W-D, Schildmann J: Kostenexplosion in der medikamentösen Therapie onkologischer Erkrankungen: Ursachen, Lösungsansätze und medizinethische Herausforderungen. Onkologe 2015;21:708-716

20 Gemeinsamer Bundesausschuss (2015); im Internet (Zugriff am 01.06.2016) unter www.g-ba.de/informationen/nutzenbewertung/

21 Mailankody S, Prasad V: Five Years of Cancer Drug Approvals: Innovation, Efficacy, and Costs. Jama oncology online 02.04.2015

22 Reiners H: Krank und Pleite? Suhrkamp 2011

23 Bach PB, Conti RM, Muller RJ, Schnorr GC, Saltz LB: Overspending driven by oversized single dose vials of cancer drugs. BMJ. 2016; 352: i788; im Internet (01.06.2016) unter www.ajmc.com/newsroom/size-matters-when-it-comes-to-cancer-drug-vials-and-healthcare-waste-says-bmj-study # sthash.eJkApD9y.dpuf

24 Onkologika in übergroßen Injektionsflaschen verursachen Abfall für Millionen Euro. Arznei-Telegramm 03/2016

25 Brose MS, Nutting CM, Jarzab B et al.: Sorafenib in radioactive iodine-refractory, locally advanced or metastatic differentiated thyroid cancer: a randomised, double-blind,

phase 3 trial. Lancet 2014;384:319 – 28.

26 Schlumberger M, Tahara M, Wirth LJ et al.: Lenvatinib versus placebo in radioiodine refractory thyroid cancer. N Engl J Med 2015;372:621 – 30

27 Paschke R, Lincke T, Müller SP, Kreissl MC, Dralle H, Fassnacht M: Therapie des differenzierten Schilddrüsenkarzinoms. Dtsch Arztebl Int 2015;112:452 – 8

28 Bundesärztekammer: Stellungnahme der Zentralen Kommission zur Wahrung ethischer Grundsätze in der Medizin und ihren Grenzgebieten. Deutsches Ärzteblatt 103, Heft 24(16. 06.2006), S. A1703 – A1707; im Internet (01. 06. 2016) unter www. zentrale-ethikkommission. de/page. asp?his = 0. 1.18

3 外科手术：德国是手术世界冠军

1 *Süddeutsche Zeitung* vom 14.05.2015: Wenn Ärzte zu viel wollen; im Internet (01. 06. 2016) unter www. sueddeutsche. de/gesundheit/gesundheit-muelltrennung-in-der-medizin-1.2476457

2 Reiff erscheid A, Pomorin N, Wasem J: Ausmaß von Rationierung und Überversorgung in der stationären Versorgung. Dtsch Med Wochenschr 2015;140:e129 – e135; im Internet (01.06.2016) unter www. mm. wiwi. uni-due. de/fileadmin/fileupload/BWL-MEDMAN/Downloads/Reifferscheid _ et _ al _ 2015. pdf

3 BR vom 11. 02. 2015: Unnötige Operationen. Profit vor Patientenwohl?; im Internet (01.06.2016) unter www. br.

de/mediathek/video/sendungen/kontrovers/operationen-kostendruck-unnoetig-102.html

4 OECD: Managing hospital volumes. 04/2013; im Internet (01.06.2016) unter www.oecd.org/els/health-systems/ManagingHospitalVolumes_GermanyandExperiencesfromOECD-Countries.pdf

5 OECD: Managing hospital volumes. 04/2013; im Internet (01.06.2016) unter www.oecd.org/els/health-systems/ManagingHospitalVolumes_GermanyandExperiencesfromOECD-Countries.pdf

6 Lutterotti N: Übertherapie am Lebensende. *Neue Zürcher Zeitung* vom 26.06.2014; im Internet (01.06.2016) unter www.nzz.ch/wissenschaft/uebertherapie-am-lebensende-1.18329117

7 Kwok AC, Semel ME, Lipsitz SR, Bader AM, Barnato AE, Gawande AA, Jha AK: The intensity and variation of surgical care at the end of life: a retrospective cohort study. Lancet. 2011 Oct 15;378(9800):1408-13

8 Auswertung der Ruhr-Universität Bochum, Abteilung für Allgemeinmedizin (Direktor Prof. Rusche), Auswertung Datensatz Krankenkassen (in press 2016)

9 Fisher ES: The Implications of Regional Variations in Medicare Spending. Part 2: Health Outcomes and Satisfaction with Care. Annals of Internal Medicine 2003;138(4):238

4 心脏衰竭：医学光环带来昂贵的高科技医疗

1 Strunz U: Das Geheimnis der Gesundheit. Heyne 2010
2 Deutsche Herzstiftung: 27. Deutscher Herzbericht 2015. Sektorenübergreifende Versorgungsanalyse zur Kardiologie und Herzchirurgie in Deutschland
3 Statistisches Bundesamt: Todesursachen 2014; im Internet (01.06.2016) unter www.destatis.de/DE/ZahlenFakten/GesellschaftStaat/Gesundheit/Todesursachen/Todesursachen.htm
4 Deutsche Herzstiftung: 27. Deutscher Herzbericht 2015. Sektorenübergreifende Versorgungsanalyse zur Kardiologie und Herzchirurgie in Deutschland
5 Pressemitteilung der Deutschen Gesellschaft für Kardiologie vom 28.01.2015. Erfolgreiche Herzmedizin: Herzinfarktsterblichkeit stark gesunken -kardiologische Versorgung auf hohem Niveau; im Internet (01.06.2016) unter www.herzstiftung.de/pdf/presse/herzbericht-2014-dgk-pm.pdf
6 Ford ES, Ajani UA, Croft JB, Critchley JA, Labarthe DR, Kottke TE, Giles WH, Capewell S: Explaining the decrease in U.S. deaths from coronary disease, 1980-2000. N Engl J Med. 2007,356(23):2388-2398.10.1056/NEJMsa053935
7 Deutsche Herzstiftung: 27. Deutscher Herzbericht 2015. Sektorenübergreifende Versorgungsanalyse zur Kardiologie und Herzchirurgie in Deutschland
8 Ostthüringer Zeitung vom 01.08.2014. Jenaer Kardiologe:» Wir greifen zu oft zum Herzkatheter«; im Internet (01.06.

2016) unter www. otz. de/web/zgt/leben/detail/-/specific/ Jenaer-Kardiologe-Wir-greifen-zu-oft-zum-Herzkatheter-206-3911391

9 OECD (2014): Geographic Variations in Health Care: What Do We Know and What Can Be Done to Improve Health System Performance? OECD Health Policy Studies, OECD Publishing

10 Bertelsmann Stiftung: Faktencheck regionale Unterschiede 2015. https://faktencheck-gesundheit. de/de/faktenchecks/regionale-unterschiede/ergebnis-ueberblick/

11 Drösler, SE: Regionale Unterschiede in der Operationshäufigkeit-Bewertung der Daten und Handlungsbedarf. Im Auftrag der Bundesärztekammer. Mai 2015; im Internet (01.06.2016) unter www.d. aerzteblatt. de/WA39

12 Aqua Institut im Auftrag des gemeinsamen Bundesausschusses: 21/3: Koronarangiographie und Perkutane Koronarintervention (PCI). 26. 05. 2015; im Internet (01. 06. 2016) unter www. sqg. de/downloads/Bundesaus-wertungen/2014/bu _ Gesamt _ 21N3-KORO-PCI _ 2014. pdf

13 The Task Force on the management of stable coronary artery disease of the European Society of Cardiology: 2013 ESC guidelines on the management of stable coronary artery disease. European Heart Journal (2013)34,2949 – 3003 eurheartj. oxfordjournals. org/content/ehj/34/38/2949. full. pdf

14 Deutsche Herzstiftung: 27. Deutscher Herzbericht 2015. Sektoren übergreifende Versorgungsanalyse zur Kardiologie

und Herzchirurgie in Deutschland
15 *Focus* vom 30.09.2015: Sinnlos, teuer und oft gefährlich; im Internet (01.06.2016) unter www.focus.de/gesundheit/arzt-klinik/klinik/verzichtbare-operationen-und-therapien-sinnlos-teuer-und-oft-gefaehrlich-aerzte-uebertherapieren-deutsche-patienten_id_4955378.html
16 Ärzte Zeitung vom 18.06.2015: Ärzte und Kassen schlagen Alarm: Zu viele unnötige Herzeingriffe; im Internet (01.06.2016) unter www.aerztezeitung.de/politik_gesellschaft/versorgungsforschung/article/888633/aerzte-kassen-schlagen-alarm-viele-unnoetige-herzeingriffe.htm
17 Aqua Institut im Auftrag des gemeinsamen Bundesausschusses: 21/3: Koronarangiographie und Perkutane Koronarintervention (PCI). 26.05.2015; im Internet (01.06.2016) unter www.sqg.de/downloads/Bundesaus-wertungen/2014/bu_Gesamt_21N3-KORO-PCI_2014.pdf
18 KMA vom 22.05.2013: Ermittlungen nach Tod eines Herzpatienten eingestellt; im Internet (01.06.2016) unter www.kma-online.de/nachrichten/recht/behandlungsfehler-ermittlungen-nach-tod-eines-herzpatienten-eingestellt_id_31006_view.html
19 *Focus* vom 30.09.2015: Sinnlos, teuer und oft gefährlich; im Internet (01.06.2016) unter www.focus.de/gesundheit/arzt-klinik/klinik/verzichtbare-operationen-und-therapien-sinnlos-teuer-und-oft-gefaehrlich-aerzte-uebertherapieren-deutsche-patienten_id_4955378.html

20 Choosing wisely — an initiative of the ABIM Foundation; im Internet (01.06.2016) unter www.choosingwisely.org/new-heart-rhythm-society-choosing-wisely-list-details-five-commonly-used-treatments-and-procedures-to-avoid/

21 Aqua Institut vom 26.05.2015: 09/4-Defibrillatoren-Implantation Qualitätsindikatoren; im Internet (01.06.2016) unter www.sqg.de/downloads/Bundesauswertungen/2014/bu_Gesamt_09n4-DEFI-IMPL_2014.pdf

22 Bundesministerium für Bildung und Forschung: Aufladen statt Austauschen-innovativer Defibrillator entwickelt; im Internet (01.06.2016) unter www.gesundheitsforschung-bmbf.de/de/1321.php

23 Reifferscheid A, Pomorin N, Wasem J: Ausmaß von Rationierung und Überversorgung in der stationären Versorgung. Dtsch Med Wochenschr 2015;140:e129 - e135; im Internet (01.06.2016) unter www.mm.wiwi.uni-due.de/fileadmin/fileupload/BWL-MEDMAN/Downloads/Reifferscheid_et_al_2015.pdf

24 *Die Welt* vom 16.06.2015: So sichern Sie sich Ihr Recht auf Zweitmeinung; im Internet (01.06.2016) unter www.welt.de/finanzen/verbraucher/article142570063/So-sichern-Sie-Ihr-Recht-auf-zweite-Arzt-Meinung.html

5 无助的植物人

1 Wikipedia: Große Träger von Heimen und Kliniken; im Internet (01.06.2016) unter www.pflegewiki.de/wiki/Gro%

C3%9Fe _ Tr.%C3%A4ger _ von _ Heimen _ und _ Kliniken

2 Leonardi M, Sattin D, Raggi A: An Italian population study on 600 persons in vegetative state and minimally conscious state. Brain Inj. 2013;27(4):473 - 84

3 Multi-Society Task Force on Persistent Vegetative State: Medical Aspects of the Persistent Vegetative State Part 2. In: N Engl J Med 1994;330:1572 - 79

4 Zieger A: Palliative Care bei Menschen im Wachkoma. Springer 2011

5 Kevin ist aus dem Wachkoma erwacht; im Internet (01.06.16) unter www.dolphin-therapy.org/de/kevin-erwacht-durch-kontakt-delphine

6 Lache, A: Das Wunder von Preetz. *stern* 25.06.15, 60 ff

7 Ärzte Zeitung vom 17.03.2016: Medien machen Patienten zu viel Hoffnung; im Internet (01.06.2016) unter www.aerztezeitung.de/medizin/krankheiten/neuro-psychia trische_krankheiten/article/906476/locked-in-wachkoma-medien-machen-patienten-viele-hoff nungen.htm

8 *Bild*-Zeitung vom 13.01.2013: Das Scharon-Wunder; im Internet (01.06.2016) unter www.bild.de/politik/ausland/koma/hirnaktivitaeten-bei-ariel-scharon-28284596.bild.html

9 Bender A, Jox RJ, Grill E, Straube A, Lulé D: Wachkoma und minimaler Bewusstseinszustand. Systematisches Review und Metaanalyse zu diagnostischen Verfahren. Dtsch Arztebl Int 2015;112:235 - 42

10 Putz W, Gloor E: Sterben dürfen. Hoffmann und

Campe 2011

11 Kammergericht Berlin 16. 02. 2012, Gz. 35 O 157/10; im Internet (01. 06. 2016) unter www. berlin. de/imperia/md/ content/senatsverwaltungen/justiz/kammergericht/presse/ 20 _ u _ 157 _ 10 _ urteil _ vom _ 16. 02. 2012 _ kg _ anonymisiert. pdf?start&ts = 133363054 4&file = 20 _ u _ 157 _ 10 _ urteil _ vom _ 16.02.2012 _ kg _ anonymisiert. pdf

12 Thöns M: Wachkoma: Therapiebegrenzungnur bei Patientenverfügung? Der Hausarzt 20(2015)6

13 Kassubek 2003, Laureys 2004: fMRT Studien zum Schmerz

14 *stern*-Titelgeschichte: Darf ich meine Mutter töten. Dieser Mann hat es getan-aus Liebe; *stern* 24/15

15 Böttger-Kessler G, Beine KH: Aktive Sterbehilfe bei Menschen im Wachkoma. Nervenarzt 2007;78:802 - 808

16 Demertzi A, Ledoux D, Bruno MA, Vanhaudenhuyse A, Gosseries O, Soddu A, Schnakers C, Moonen G, Laureys S: Attitudes towards end-of-life issues in disorders of consciousness: a European survey. J Neurol. 2011;258:1058 - 1065

17 Oberlandesgericht Hamm: Beschluss vom 24.05.2007.1 UF 78/07

18 EGMR: Lambert and Others v. France: there would be no violation of Article 2 of the European Convention on Human Rights in the event of implementation of the Conseil d'État judgment of 24 June 2014

19 Loi n°2005 - 370 du 22 avril 2005 relative aux droits des malades et à la fin de vie. JORF n°95 du 23 avril 2005 p.

7089. Code de la Santé Publique. 2005

20 Institut für Demoskopie Allensbach: Deutlicher Anstieg von Patientenverfügungen auf 28%; im Internet (01.06.2016) unter www.ifd-allensbach.de/uploads/tx _ reportsndocs/PD _ 2014 _ 20.pdf

6 透析：有利可图的洗肾

1 Carson RC, Juszczak M, Davenport A, Burns A (2009): Is maximum conservative management an equivalent treatment option to dialysis for elderly patients with signifi cant comorbid disease? Clin J Am Soc Nephrol 4:1611 - 1619

2 Carson RC, Juszczak M, Davenport A, Burns A (2009): Is maximum conservative management an equivalent treatment option to dialysis for elderly patients with signifi cant comorbid disease? Clin J Am Soc Nephrol 4:1611 - 1619

3 Keller F, Dress H, Mertz A, Marckmann G: Geld und Dialyse. Medi zinische Klinik 2007;102(8):659 - 664

4 *Die Zeit* vom 20.08.2015: Lockruf der Provinz; im Internet (01.06.2016) unter www.zeit.de/2015/32/landarzt-aerztem angel

5 Frei U, Schober-Halstenberg HJ: Nierenersatztherapie in Deutschland-Bericht über Dialysebehandlung und Nierentransplantation in Deutschland 2005/2006. Berlin: QuaSi-Niere gGmbH: 37; im Internet (01.06.2016) unter www.quasi-niere.de/berichte/online/de/05/world.html

6 Kollmeier T: Dialysepatienten mit demenzieller Erkrankung.

Dialyse aktuell 2009;13(1):24-29; im Internet (01.06. 2016) unter www. afnp. de/dokumente/pflegepreis/2008/ Kollmeier. pdf

7 Thöns, M, Heer M: Terminales Nierenversagen-unbeachtetes Stiefkind der Palliativmedizin? PAP 01/2013

8 Kuhlmann MK: Der ältere multimorbide Patient mit präterminaler Niereninsuffizienz. Nephrologe 5(2010):202

9 MDR: Fakt vom 12.04.2016; im Internet (01.06.2016) unter www. mdr. de/fakt/video-10960 _ zc-1d5ecb7e _ zs-9c93d5a7. html

7 痴呆症：向失忆的人收账

1 Morrison RS, Siu AL (2000): A comparison of pain and its treatment in advanced dementia and cognitively intact patients with hip fracture. J Pain Symptom Manage 19:240-248

2 Husebo BS, Ballard C, Sandvik R et al (2011): Efficacy of treating pain to reduce behavioural disturbances in residents of nursing homes with dementia: cluster randomised clinical trial. BMJ 343:d4065

3 Braunsdorf, S. (2013): Schmerzmanagement: Wer ist verantwortlich? Die Schwester/Der Pfleger 52(9):918-92

4 Achterberg WP, Gambassi G, Finne-Soveri H et al (2010): Pain in European long-term care facilities: cross-national study in Finland, Italy and The Netherlands. Pain 148: 70-74

5 Synofzik M, Marckmann G: Perkutane endoskopische

Gastrostomie: Ernährung bis zuletzt? Dtsch Arztebl 2007; 104(49):A-33

6 Baird Schwartz D: Gastrostomy Tube Placement in Patients With Advanced Dementia or Near End of Life.»Nutrition in Clinical Practice«, 7. Oktober 2014

7 Deutsche Gesellschaft für Geriatrie:» Gemeinsam klug Entscheiden«. Empfehlungen der DGG zur Über- und Unterversorgung in Deutschland; im Internet (01.06.2016) unter www.dggeriatrie.de/home-54/aktuelle-meldungen/64-topmeldung/1050-gemeinsam-klug-entscheiden-empfehlunge-n-der-dgg-zur-%C3%BCber-und-unterversorg-ung-in-deutsch-land.html

8 openPR vom 21.07.2011: Patientenverfügung darf nicht durch Gewissensklausel im Heimvertrag außer Kraft gesetzt werden; im Internet (01.06.2016) unter www.openpr.de/news/556150/Patientenverfuegung-darf-nicht-durch-Gewissensklausel-im-Heimvertrag-ausser-Kraft-gesetzt-wer-den.html

8 放疗：盈利的源泉

1 American Academy of Hospice and Palliative Medicine: Don't recommend more than a single fraction of palliative radiation for an uncomplicated painful bone metastasis; im Internet (01.06.2016) unter www.choosingwisely.org/clinician-lists/american-academy-hospice-palliative-care-single-fraction-palliative-radiation-for-bone-metastatis/

2 Lutz S, Berk L, Chang E, Chow E, Hahn C, Hoskin P, Howell D, Konski A, Kachnic L, Lo S, Sahgal A, Silverman

L, von Gunten C, Mendel E, Vassil A, Bruner DW, Hartsell W: Palliative radiotherapy for bone metastases: An ASTRO evidence-based guideline. Int J Radiat Oncol Biol Phys. 2011; 79(4), 965 - 976.

3 Lauff, S: Sinnlose Th erapien vermeiden. Odysso vom 15. 03. 2016; im Internet (01. 06. 2016) unter www. swr. de/ odysso/wirtschaft lich-sinnvoll-wissenschaft lich-unsinn/-/ id = 1046894/did = 16902982/nid = 1046894/zilslf/

9 人工营养: 利润丰厚, 但往往没有意义

1 Rabeneck L, McCullough LB, Wray NP. Ethically justified, clinically comprehensive guidelines for percutaneous endoscopic gastrostomy tube placement. Lancet 1997;349:496 - 8

2 Arends J, Zürcher G, Dossett A et al. : DGEM-Leitlinie Parenterale Ernährung -Nicht-chirugische Onkologie. Aktuel Ernaehr Med 32 (Suppl. 1): S124 - S133 (2007); www. dgem. de/material/pdfs/19％20Nichtchirurgische％20Onkologie. pdf

3 Bozzetti F, Arends J, Lundholm K, Micklewright A, Zurcher G, Muscaritoli M: ESPEN Guidelines on Parenteral Nutrition: nonsurgical oncology. Clin Nutr. 2009 Aug; 28 (4):445 - 54; im Internet (01. 06. 2016) unter www. espen. info/documents/0909/Non-surgical％20oncology. pdf

4 Koletzko B, Celik I, Jauch KW et al. : DGEM-Leitlinie Parenterale Ernährung-Einleitung und Methodik. Aktuel Ernaehr Med 32 (Suppl. 1): S3 - S6 (2007); im Internet

(01. 06. 2016) unter www. dgem. de/material/pdfs/1%20Einleitung%20und%20Metho dik. pdf

5 Schott G, Lieb K, König J, Mühlbauer B, Niebling W, Pachl H, Schmutz S, Ludwig WD: Deklaration und Umgang mit Interessenkonflikten in deutschen Leitlinien. Eine Untersuchung von S1-Leitlinien deutscher Fachgesellschaft en der Jahre 2010 bis 2013. Dtsch Arztebl Int 2015;112:445 – 51

6 Initiative Neurology first: Interessenkonflikte von Leitlinien Autoren müssen nicht nur erklärt, sondern reguliert werden!; im Internet (01. 06. 2016) unter www. neurologyfirst. de/hintergrund-zum-appell/

7 2014 AHA/ACC/HRS guideline for the management of patients with atrial fibrillation: Executive summary. Circulation 2014;130:2017 – 2104

8 Diemer HC: Ich habe fertig; im Internet (01.06.2016) unter www. dgn. org/leitlinien/11-leitlinien-der-dgn/3104-leitlinien-ich-habe-fertig

9 Sat 1 vom 16. 02. 2016: Gut für die Patienten. Neurology first; im Internet (01. 06. 2016) unter www. 3sat. de/mediathek/?mode = play&obj = 57090

10 Leitlinie »Sekundärprophylaxe ischämischer Schlaganfall und transitorische ischämische Attacke« 2015; im Internet (01. 06. 2016) unter www. awmf. org/uploads/tx _ szleitlinien/030-133m _ S3 _ Sekun%C3%A4rprophylaxe _ isch%C3%A4mischer _ Schlaganfall _ 2015-02. pdf

11 Kompetenznetz Vorhofflimmern e. V.: Volkskrankheit

Vorhofflimmern; im Internet (01. 06. 2016) unter www. kompetenznetz-vorhofflimmern. de/de/vorhofflimmern/patienteninformation-vorhofflimmern/volkskrankheit-vorhofflimmern

12 Schurig N: leitlinienwatch. de -Das Transparenzportal für medizinische Behandlungsleitlinien. Eine Initiative von Mezis, Neurology first und Transparency International; im Internet (01.06.2016) unter www. leitlinienwatch. de

13 Schurig N: Bewertete Leitlinien. Eine Initiative von Mezis, Neurology first und Transparency International; im Internet (01. 06. 2016) unter www. leitlinienwatch. de/bewerteteleitlinien/

10 病痛：治疗越少越好

1 DGN Leitlinie Radikulopathie 2012; im Internet (01. 06. 2016) unter www. awmf. org/uploads/tx _ szleitlinien/030-058l _ S2k _ Lumbale _ Radikulopathie _ 2013 _ 1. pdf

2 Peul WC, van Houwelingen HC, van den Hout WB et al. : Surgery versus prolonged conservative treatment for sciatica. N Engl J Med 2007;356:2245 – 2256

3 Jensen MC, Brant-Zawadzki MN, Obuchowski N et al. : Magnetic resonance imaging of the lumbar spine in people without back pain. N Engl J Med 1994;331:69 – 73

4 Modic MT, Obuchowski NA, Ross JS et al. : Acute low back pain and radiculopathy: MR imaging findings and their prognostic role and effect on outcome. Radiology 2005;237: 597 – 604

5 Bundesärztekammer (BÄK), Kassenärztliche Bundesvereinigung (KBV), Arbeitsgemeinschaft der Wissenschaftlichen Medizinischen Fachgesellschaft en (AWMF). Nationale Versorgungs-Leitlinie Kreuzschmerz-Leitlinien-Report, 1. Auflage. Version 3. 2011, zuletzt verändert: Februar 2015; im Internet (01. 06. 2016) unter www. kreuzschmerz. versorgungsleitlinien. de

6 van Tulder M, Becker A, Bekkering T et al.: Chapter 3: European guidelines for the management of acute nonspecific low back pain in primary care. Eur Spine J 2006;15 (Suppl. 2):S169–S191

7 Thöns M, Zenz M: Gebührenordnung fördert Fehlversorgung. Abstract Deutscher Schmerzkongress Mannheim 2011

8 Ärztezeitung vom 21. 07. 2015: Rückenschmerzpatienten fehlversorgt; im Internet (01. 06. 2016) unter www. aerztezeitung. de/politik _ gesellschaft/versorgungsforschung/article/890883/barmer-rueckenschmerz-patienten-fehlversorgt.html

9 Bundesärztekammer: Minimalinvasive Wirbelsäulenkathetertechnik nach Racz. Ein Assessment der Bundesärztekammer und der Kassenärztlichen Bundesvereinigung. 28. 03. 2003; im Internet (01.06.2016) unter www. bundesaerztekammer. de/fileadmin/user _ upload/downloads/80b. pdf

10 Jungbecker R, Zenz M: BGH Urteil zum Racz-Katheter. Der Schmerz 21(6):553–556

11 König DP, Schnurr C: Epiduroskopie-Eine anatomische Studie. OUP 07–08/2012; im Internet (01.06.2016) unter

www. online-oup. de/article/epiduroskopie-br-eine-anatomische-studie-div-class-titleenglish-epiduroscopy-an-anatomical-investigation-div/originalarbeiten/y/m/101

12 *Der Spiegel* 05/05: Exzesse mit der Spritze; im Internet (01. 06. 2016) unter www. spiegel. de/spiegel/print/d-39178650. html

13 Im Internet (01.06.2016) unter www. aerzteblatt. de/archiv/31461

14 GKV: Positionspapier ambulante Versorgung; im Internet (01. 06. 2016) unter www. gkv-spitzenverband. de/media/dokumente/presse/publikationen/GKV-SV_Positionspapier_Ambulante-Versorgung-Verguetung. pdf

15 ZI-Panel: Jahresbericht 2012, Tabelle 35; im Internet (01. 06.2016) unter www. zi. de/cms/fileadmin/images/content/PDFs_alle/ZiPP_Jahresbericht_2012. pdf

11 紧急医疗：不允许死亡

1 Holtappels, P: Die Indikation als Einfallstor für Recht und Ethik in der Praxis des Palliativmediziners. Palliativmedizinische Vernetzungsstrukturen in Bochum 6. 11. 2011

2 Im Internet (01. 06. 2016) unter www. linusgeisler. de/ap/ap28_intensiv. html

3 Ausrückeordnung der Feuerwehr Bremen vom 01. 04. 2006; im Internet (01. 06. 2016) unter www. feuerwehr-bremen. org/fileadmin/download/AO_FW_HB_1_April_2006. pdf

4 HNA vom 13. 04. 2015: Steigende Rettungseinsatz-Zahlen:

Oft geht es ohne Notarzt; im Internet (01. 06. 2016) unter www. hna. de/kassel/steigende-rettungseinsatz-zahlen-ohne-notarzt-4900307. html

5 Gesundheitsdaten der KBV: Immer mehr Krankentransporte; gesundheitsdaten. kbv. de/cms/html/17070. php

6 GKV Spitzenverband Bund (2016): Ausgaben für einzelne Leistungsbereiche der GKV in 2014; im Internet (01. 06. 2016) unter www. gkv-spitzenverband. de/presse/zahlen _ und _ grafiken/gkv _ kennzahlen/gkv _ kennzahlen. jsp # lightbox

7 Inouye SK, Westendorp RG, Saczynski JS: Delirium in elderly people. Lancet. 2014 Mar 8;383(9920):911 – 22

8 AMDA: Don't recommend aggressive or hospital-level care for a frail elder without a clear understanding of the individual's goals of care and the possible benefits and burdens. Choosing wiseley 03/2015; im Internet (01. 06. 2016) unter www. choosing-wisely. org/clinician-lists/amda-aggressive-or-hospital-level-care-for-frail-elder/

9 Deutscher Ethikrat: Patientenwohl als ethischer Maßstab für das Krankenhaus; 05. 04. 2016; im Internet (01. 06. 2016) unter www. ethikrat. org/dateien/pdf/stellungnahme-patientenwohl-als-ethischer-massstab-fuer-das-krankenhaus. pdf

10 Sefrin P, Händlmeyer A, Kast W: Leistungen des Notfall-Rettungsdienstes-Ergebnisse einer bundesweiten Analyse des DRK 2014. Notarzt 2015;31(04):S34 – S48

11 HNA vom 12. 04. 2015: Einsätze für Kassels Rettungsdienste steigen ohne Ende; im Internet (01. 06. 2016) unter www.

hna. de/kassel/einsaetze-retter-steigen-ohne-ende-4899746. html

12 *Merkur* vom 13. 07. 2014: Bub (10) von Rettungswagen angefahren und getötet; im Internet (01. 06. 2016) unter www. merkur. de/bayern/hergensweiler-10-rettungswagen-angefahren-getoetet-3697149. html

13 Manhart J, Winter J, Büttner A: Widerstreit der Pflichten-Erst Gurten, dann Starten? Notarzt 2016;32(01):20-23

12 姑息治疗：提高生活质量，减少开销

1 Zimmermann C, Swami N, Krzyzanowska M et al. : Early palliative care for patients with advanced cancer: a cluster-randomised controlled trial. Lancet 2014;383:1721-30

2 Pirl WF, Greer JA, Traeger L, Jackson V, Lennes IT, Gallagher ER, Perez-Cruz P, Heist RS, Temel JS: Depression and survival in metastatic non-small-cell lung cancer: effects of early palliative care. J Clin Oncol. 2012 Apr 20;30(12):1310-5

3 Bakitas M, Tosteson T, Lyons K, Dragnec K, Hegel M, Azuero A: Early Versus Delayed Initiation of Concurrent Palliative Oncology Care: Patient Outcomes in the ENABLE III Randomized Controlled Trial. J Clin Oncol 2015;3

4 Temel JS, Greer JA, Muzikansky A et al. : Early palliative care for patients with metastatic non-small-cell lung cancer. The New England journal of medicine 2010;363:733-42

5 Gärtner J, Wedding U, Alt-Epping B: Frühzeitige spezialisierte palliativmedizinische Mitbehandlung. Z Palliativmed 17

(2016), 83 – 93

6 Smith TJ, Temin S, Alesi ER, Abernethy AP, Balboni TA, Basch EM, Ferrell BR, Loscalzo M, Meier DE, Paice JA, Peppercorn JM, Somerfi eld M, Stovall E, Von Roenn JH: American Society of Clinical Oncology provisional clinical opinion: the integration of palliative care into standard oncology care. J Clin Oncol. 2012 Mar 10;30(8):880 – 7

7 Gerhard, C: Neuro Palliative Care. Huber 2011

8 HNGN: Belgian Doctors Killing Patients Via Euthanasia Without Consent Or Request; im Internet (01. 06. 2016) unter www. hngn. com/articles/102647/20150620/belgian-doctors-killing-patients-via-euthanasia-without-consent-request. htm

9 Gamondi C, Borasio GD, Limoni C, Preston N, Payne S: Legalisation of assisted suicide: a safeguard to euthanasia? Lancet 384(2014), 127

10 Thöns M, Sitte T, Penner A, Gastmeier K, Ruberg K, Zenz M: Empfohlene Medikamente in der Palliativmedizin überwiegend » keine Kassenleistung «? Deutscher Anästhesiekongress 2011, Hamburg, 17. 05. 2011, Vortrag 4. 3. 4

11 Radbruch L, Payne S, Bercovitch M, Caraceni A, De Vliege T, Firth P, Hegedus K, Nabal M, Rhebergen A, Smidlin E, Sjögren P, Tishelman C, Wood C, de Conno F (2011a): Standards und Richtlinien für Hospiz- und Palliativversorgung in Europa: Teil 1, Weißbuch zu Empfehlungen der Europäischen Gesellschaft für Palliative Care (EAPC).

Zeitschrift für Palliativmedizin 12:216-227.

12 Bertelsmann Stiftung: Faktencheck Palliativversorgung. Modul 2 2015; im Internet (01.06.2016) unter www. bertelsmann-stiftung. de//de/publikationen/publikation/did/faktencheck-palliativversorgung-modul-2/

13 Gärtner J, Wedding U, Alt-Epping B: Frühzeitige spezialisierte palliativmedizinische Mitbehandlung. Z Palliativmed 17(2016),83-93

14 »Gemeinsame Stellungnahme der Spitzenverbände der Krankenkassen zum Entwurf des GKVWSG« vom 3.11.2006 zu Artikel 1 Nr. 23 § 37 b SGB V (Neuregelung SAPV, Bt. Prot. 16/29)

13 钱的问题

1 Bundesverfassungsgericht, Beschluss vom 06.12.2005; im Internet (01.06.2016) unter www. bundesverfassungsgericht. de/SharedDocs/Entscheidungen/DE/2005/12/rs2005-1206_1bvr034798. html

2 Beauchamp TL, Childress JF: Principles of Biomedical Ethics. 6th Edition. Oxford University Press 2009

3 Sozialgesetzbuch V § 12, Absatz 1

4 Statistisches Bundesamt: Pflegestatistik 2013; im Internet (01.06.2016) unter www. destatis. de/DE/Publikationen/Thematisch/Gesundheit/Pflege/PflegeDeutschlandergebnisse5224001139004. pdf?__blob=publicationFile

5 Arzneimittelkommission der deutschen Ärzteschaft: Neue

Arzneimittel: Yervoy; im Internet (01. 06. 2016) unter www. akdac. dc/Arzneimitteltherapie/NA/Archiv/2011031-Yervoy. pdf

6 GKV-Spitzenverband (Hg.) (2016): Kennzahlen der gesetzlichen Krankenversicherung; im Internet (01.06.2016) unter www. gkv-spitzenverband. de/presse/zahlen _ und _ grafiken/gkv _ kennzahlen/gkv _ kennzahlen. jsp # lightbox

7 Statistisches Bundesamt (Hg.) (2015): Grunddaten der Krankenhäuser 2014. Fachserie 12 Reihe 6.1.1. Wiesbaden

8 Deutsches Ärzteblatt vom 22. 01. 2016: Krankenhäuser stellen mehr Controller ein; im Internet (01.06.2016) unter www. aerzteblatt. de/nachrichten/65496

9 Statistisches Bundesamt 2015b, 11

10 taz vom 27. 02. 2014: Mangelnde Hygiene: 40. 000 Tote durch Klinikinfektionen; im Internet (01. 06. 2016) unter www. taz. de/!5047524/

11 CDC: ANTIBIOTIC RESISTANCE THREATS in the United States, 2013; im Internet (01.06.2016) unter www. cdc. gov/drugresistance/pdf/ar-threats-2013-508. pdf

12 Im Interesse der Patienten. KV Praxis 06/2014; im Internet (Zugriff am 01. 06. 2016) unter www. kv-rlp. de/fi leadmin/ user _ upload/315 Downloads/Mitglieder/Publikationen/Magazin _ KV _ Praxis/2014/Juni/KV _ PRAXIS _ Juni-2014. pdf

13 Statistisches Bundesamt (Hg.) (2015): Grunddaten der Krankenhäuser 2014. Fachserie 12 Reihe 6.1.1. Wiesbaden; Statistisches Bundesamt (Hg.) (2008): Grunddaten der

Krankenhäuser 2006. Fachserie 12 Reihe 6.1.1. Wiesbaden

14 Reiff erscheid A, Pomorin N, Wasem J (2015): Ausmaß von Rationierung und Überversorgung in der stationären Versorgung. Ergebnisse einer bundesweiten Umfrage in deutschen Krankenhäusern. Deutsche Medizinische Wochenschrift, 140 (13), e129 – e135

15 Osterloh F: Krankenhäuser -Strategien für die Zukunft. Dt. Ärzteblatt 113(2016), A696 – 698

16 OECD: Managing Hospital Volumes-Germany and Experiences from OECD Countries. Paris; 2013 docs. dpaq. de/ 3354-oecd _ hospi tal _ volumes _ germany. pdf

17 Rheinisch-Westfälisches Institut für Wirtschaftsforschung (2012): Mengenentwicklung und Mengensteuerung stationärer Leistungen. Endbericht. Essen.

18 Breyer F, Felder S: Life expectancy and health care expenditures: a new calculation for Germany using the costs of dying. Health Policy. 2006 Jan; 75(2):178 – 86

19 Felder S, Mennicken R, Meyer S: Die Mengenentwicklung in der stationären Versorgung und Erklärungsansätze. In: Klauber J, Geraedts M, Friedrich J, Wasem J: Krankenhaus-Report 2013. Stuttgart: Schattauer 2013:95 – 109

20 Bertelsmann Stiftung: Anreize zur Verhaltenssteuerung im Gesundheitswesen. 2006; im Internet (01. 06. 2016) unter www. bertelsmann-stift ung. de/fileadmin/files/BSt/Publikationen/GrauePublikationen/GP _ Anreize _ zur _ Verhaltenssteuerung _ im _ Gesundheitswesen. pdf

21 Jörg J: Berufsethos kontra Ökonomie. Springer 2015

22 Wiesing U: Ärztliches Handeln zwischen Berufsethos und Ökonomisierung. Das Beispiel der Verträge mit leitenden Klinikärztinnen und -ärzten. Deutsches Ärzteblatt 110, Heft 38 (20.09.2013), S. A - 1752 - A - 1756; im Internet (Zugriff am 01.06.2016) unter www.zentrale-ethikkommission.de/page.asp?his=0.1.64

23 Jörg, J: Berufsethos kontra Ökonomie. Springer 2015

24 Deutscher Ethikrat: Patientenwohl als ethischer Maßstab für das Krankenhaus; im Internet (Zugriff am 01.06.2016) unter www.316 ethikrat.org/dateien/pdf/stellungnahme-patientenwohl-als-ethischer-massstab-fuer-das-krankenhaus.pdf, 05.04.2016

25 Schreyögg, J et al. (2014): Forschungsauftrag zur Mengenentwicklung nach § 17b Abs. 9 KHG. Endbericht; im Internet (01.06.2016) unter www.g-drg.de/cms/content/download/4861/38231/version/2/file/Endbericht + zum + Forschungsauftrag + gem. + %C2%A7 + 17b + Abs. + 9 + KHG + %28Druck%29.pdf

26 Vormann AJ: DGIM fordert Benennung unnötiger medizinischer Leistungen, Informationsdienst Wissenschaft 24.02.2015; im Internet (01.06.2016) unter www.idw-online.de/de/news626239

27 *Augsburger Allgemeine*: So skandalös ist der Alltag in unseren Krankenhäusern. 26.04.2016; im Internet (01.06.2016) unter www.augsburger-allgemeine.de/politik/So-

skandaloes-istder-Alltag-in-unseren-Krankenhaeusern-id3754-2037.html

28 Lauterbach K: Die Krebsindustrie. Wie eine Krankheit Deutschland erobert. Rowohlt 2015

29 *Der Spiegel*: Gehaltssystem der Banken: Der Bonuswahnsinn; im Internet (Zugriff am 01.06.2016) unter www.spiegel.de/wirtschaft/unternehmen/boni-bei-banken-in-london-goldman-sachs-bei-bonus-top-a-1035882.html

30 HNA vom 21.01.2014: Transplantationsskandal: Ex-Vorstandsmitglied widerspricht angeklagtem Chirurgen; im Internet (01.06.2016) unter www.hna.de/lokales/goettingen/keine-bedenken-gegen-bonus-geld-3324708.htm

31 Göttinger Tageblatt vom 06.05.2015: Freispruch im Organspende Skandal als Verurteilung des Systems; im Internet (01.06.2016) unter www.goettinger-tageblatt.de/Goettingen/Uebersicht/Freispruch-im-Organspende-Skandal-als-Verurteilung-des-Systems

32 Bundesärztekammer (2013): Vorstellung der Prüfu-ngsergebnisse der Transplantationskommission, http://www.bundesaerztekam mer.de/aerzte/medizin-ethik/transplan-tationsmedizin/pk-pruefungskommission/statements/rinder/

33 Deutscher Chirurgenkongress 2012: Chirurgie in Partnerschaft, Kongressprogramm; im Internet (01.06.2016) unter www.chirurgie2012.de/pdf/129DGCH-Tagungsprogramm.pdf

34 Wiesing U: Ärztliches Handeln zwischen Berufsethos und

Ökonomisierung. Das Beispiel der Verträge mit leitenden Klinikärztinnen und -ärzten. Deutsches Ärzteblatt 110, Heft 38 317 (20. 09. 2013), S. A - 1752 - A - 1756; im Internet (Zugriff am 01. 06. 2016) unter www. zentrale-ethikkommission. de/page. asp?his = 0. 1. 64

35 AOK-Krankenhaus-Report 2013; im Internet (Zugriff am 01. 06. 2016) unter www. aok-bv. de/presse/veranstaltungen/ 2012/index _ 09215. html

36 Gutachten des Spitzenverbandes der gesetzlichen Krankenversicherungen von 2012

37 Bücking B, Ruchholtz S: Per- und subtrochantäre Femurfrakturen-Versorgungsstrategie und Behandlungsergebnisse. Deutscher Ärzte-Verlag | OUP | 2012;1(4)

38 MRSA Net: Wie häufig gibt es MRSA in Deutschland; im Internet (Zugriff am 01. 06. 2016) unter www. mrsa-net. nl/de/personal/mrsa-allgemein-personal/was-ist-mrsa-personal/ 390-wie-haufig-gibt-es-mrsa-in-deutschland

39 GEW: Konrad Görg: Zwischen Profit und Patientenwohl; im Internet (01. 06. 2016) unter www. gew-berlin. de/7 _ 7553. php

40 WAZ vom 07. 09. 12: Kein Pflegebett für Todkranke, palliativnetz-witten. de/websitebaker/media/KeinProzent20-PflegebettProzent20fuerProzent20TodkrankeWAZ080912. pdf

41 RP Online vom 19. 01. 2013: Fast jede zweite Klinik rechnet falsch ab; im Internet (01. 06. 2016) unter www. rp-online. de/wirtschaft/finanzen/fast-jede-zweite-klinik-rechnet-falsch-

abaid-1. 314030

42 Deutscher Ethikrat: Patientenwohl als ethischer Maßstab für das Krankenhaus, S 75; 05. 04. 2016; im Internet (01. 06. 2016) unter www. ethikrat. org/dateien/pdf/stellungnahme-patientenwohl-als-ethischer-massstab-fuer-das-krankenhaus. pdf

43 Bundesministerium für Gesundheit: Infographiken zum AMNOG; im Internet (01. 06. 2016) unter www. bmg. bund. de/service/medien. html? tx _ bmgmedia _ pi1 [content] = 7570&tx _ bmgmedia _ pi1 [controller] = Page&cHash = 9a1ca1d89c7cf63993d23064497b161a

44 Gemeinsamer Bundesausschuss: Verfahrensordnung zum AMNOG; im Internet (01. 06. 2016) unter www. g-ba. de/institution/themenschwerpunkte/arzneimittel/nutzenbewertung35a/ # abschnitt-4

45 Pharmazeutische Zeitung: Bosulif bleibt auf dem Markt. 02/2014; im Internet (01. 06. 2016) unter www. pharmazeutische-zeitung. de/index. php?id = 50254

46 Oncotrends: Politischer Streit auf dem Rücken von Krebspatienten. Marktrücknahme von Regorafenib. 20. 04. 2016; im Internet (Zugriff am 01. 06. 2016) unter www. oncotrends. de/politischer-streit-auf-dem-ruecken-der-krebspatienten-marktruecknahme-von-regorafenib-424953/

47 Schlander M: Arzneimittelpreise. Preisbildung in einem besonderen Markt. Dtsch Arztebl 2012; 109(11): A – 524/B – 450/C – 446; im Internet (01. 06. 2016) unter www.

aerzteblatt.de/archiv/123821

48 *Focus-Money* (2015): Satte Gewinne. Pharmakonzerne geben mehr für Werbung aus als Forschung; im Internet (01.06.2016) unter www.focus.de/finanzen/news/unternehmen/satte-gewinne-pharmakonzerne-geben-mehr-fuer-werbung-als-fuer-forschung-aus_id_4474123.htm

49 Kantarjian H, Rajkumar SV: Why Are Cancer Drugs So Expensive in the United States, and What Are the Solutions? Mayo Clin Proc. 90(2015)500 – 4

50 Lauterbach K: Die Krebsindustrie. Wie eine Krankheit Deutschland erobert. Rowohlt 2015

51 Fojo T, Mailankody S, Lo A (2014): Unintended consequences of expensive cancer therapeutics — the pursuit of marginal indications and a me-too mentality that stifles innovation and creativity. JAMA Otolaryngol Head Neck Surg 140:1225 – 1236

52 Experts in Chronic Myeloid Leukemia (2013): The price of drugs for chronic myeloid leukemia (CML) is a reflection of the unsustainable prices of cancer drugs: from the perspective of a large group of CML experts. Blood 121:4439 – 4442

53 Kantarjian HM, Fojo T, Mathisen M, Zwelling LA (2013): Cancer drugs in the United States: Justum Pretium — the just price. J Clin Oncol 31:3600 – 3642

54 Bilanz zum 31.12.2014, Deutsche Krebsgesellschaft. file://psf/Home/Downloads/Anlage%205%20Bilanz%20und%20G+V%202014.pdf

55 Lauterbach K: Krebs lehrt mich Bescheidenheit. Die Zeit vom 27.8.2015; im Internet (01.06.2016) unter www.zeit.de/2015/35/karl-lauterbach-spd-krebs-chemotherapie-buch/seite-2

56 Kantarjian H, Fojo T, Mathisen M, Zwelling L: Cancer drugs in the United States: justum pretium — the just price. J Clin Oncol. 2013;31(28):3600-3604

57 Glaeske G, Höffk en K, Ludwig WD, Schrappe M, Weißbach L, 319 Wille E: Sicherstellung einer effizienten Arzneimittelversorgung in der Onkologie. Gutachten im Auftrag des Bundesministeriums für Gesundheit. Bremen, August 2010

58 Zylka-Menhorn V: Forschungsbetrug: Jeder Dritte ist unredlich. Dtsch Arztebl 2005;102(26):A-1853/B-1567/C-1475

59 *The New York Times* vom 18.09.2010: New Drugs Stir Debate on Rules of Clinical Trials; im Internet (01.06.2016) unter www.nytimes.com/2010/09/19/health/research/19trial.html?_r=0

60 Fojo T, Mailankody S, Lo A: Unintended Consequences of Expensive Cancer Therapeutics — The Pursuit of Marginal Indications and a Me-Too Mentality That Stifles Innovation and Creativity: The John Conley Lecture. JAMA Otolaryngol Head Neck Surg. 2014 Jul 28. doi:10.1001/jamaoto.2014.1570. [Epub ahead of print] PubMed PMID: 25068501

61 Modifi ziert nach Aggarwal A, Ginsburg O, Fojo T: Cancer economics, policy and politics: what informs the debate?

Perspectives from the EU, Canada and US. J Cancer Policy. 2014;2: 1 - 11; im Internet (01. 06. 2016) unter www. syndicateofhospitals. org. lb/Content/uploads/SyndicateMagazinePdfs/3237 _ 12-15. pdf

62 Kranfol N: The Cost Impact of New Cancer Medications. HUMAN & HEALTH | N°32(2015)12; im Internet (01. 06. 2016) unter www. syndicateofhospitals. org. lb/Content/uploads/SyndicateMagazinePdfs/3237 _ 12-15. pdf

63 EMA: Zusammenfassung der Merkmale des Arzneimittels; im Internet (01. 06. 2016) unter www. ema. europa. eu/docs/de _ DE/document _ library/EPAR _ - _ Product _ Information/human/002406/WC500132188. pdf

64 Aggarwal A, Ginsburg O, Fojo T: Cancer economics, policy and politics: what informs the debate? Perspectives from the EU, Canada and US. J Cancer Policy. 2014;2:1 - 1

65 Hämatologen fordern gerechte Preise für Leukämiemedikamente. Deutsches Ärzteblatt, 26. 04. 2013; im Internet (01. 06. 2016) unter www. aerzteblatt. de/nachrichten/54211

66 Vasella D: Magic Cancer Bullet: How a Tiny Orange Pill Is Rewriting Medical History. New York, NY: Harper Collins Publishers 2003:15 - 18, 126, 160 - 163, 171 - 181

67 Experts in Chronic Myeloid Leukemia: The price of drugs for chronic myeloid leukemia (CML) is a reflection of the unsustainable prices of cancer drugs: from the perspective of a large group of CML experts. Blood: 121 2013(22)

68 National Confidential Enquiry into Patient Outcome and

Death: Systemic Anti-Cancer Therapy: For better, for worse?; im Internet (01.06.2016) unter www.ncepod.org.uk/2008sact.html

69 Priggerson et al: Chemotherapy Use, Performance Status, and Quality of Life at the End of Life. JAMA Oncol. doi:10.1001/jamaoncol.2015.2378 Published online July 23,2015

70 Kehl KL, Landrum M, Arora NK et al.: Association of actual and preferred decision roles with patient-reported quality of care: Shared decision making in cancer care. JAMA Oncology 2015

71 Härter M, Buchholz A, Nicolai J, Reuter K, Komarahadi F, Kriston L, Kallinowski B, Eich W, Bieber C: Partizipative Entscheidungsfindung und Anwendung von Entscheidungshilfen. Eine Clusterrandomisierte Studie zur Wirksamkeit eines Trainings in der Onkologie. Dtsch Arztebl Int 2015;112:672-9.

72 Mack JW, Cronin A, Keating NL, Taback N, Huskamp HA, Malin JL, Earle CC, Weeks JC: Associations Between End-of-Life Discussion Characteristics and Care Received Near Death: A Prospective Cohort Study. J Clin Oncol 2012 Dec 10;30(35):4387-95

73 Weeks JC, Catalano PJ, Cronin A, Finkelman MD, Mack JW, Keating NL, Schrag D: Patients' expectations about effects of chemotherapy for advanced cancer. N Engl J Med. 2012 Oct 25; 367 (17): 1616 - 25. doi: 10.1056/NEJMoa1204410.

74 Keerthi Gogineni, Katherine L. Shuman, Derek Chinn, Nicole B. Gabler, PhD, Ezekiel J. Emanuel: Patient Demands and Requests for Cancer Tests and Treatments. JAMA Oncol. 2015;1(1):33-39. doi:10.1001/jamaoncol.2014.197

75 Cheek DB (1962): Importance of recognizing that surgical patients behave as though hypnotized. Am J Clin Hypn 4: 227-236

76 *Die Zeit* vom 04.08.2015: Nieder mit der Ärztekorruption; im Internet (01.06.2016) unter www.zeit.de/gesellschaft/zeit geschehen/2015-08/aerzte-bestechung-korruption-pharmaindustrie/seite-4

77 *FAZ* vom 28.03.2016: Korruption im Krankenhaus; im Internet (01.06.2016) unter www.faz.net/aktuell/rhein-main/frankfurt/frankfurter-unfallklinik-korruption-im-krankenhaus-12938217.html

78 FAZ vom 01.10.2009: Pharmaindustrie zahlt für Anwendungsstudien; im Internet (01.06.2016) unter www.faz.net/aktuell/wirtschaft/wirtschaftspolitik/pharmaindus-trie-zahlt-fuer-anwendungsstudien-bis-zu-1000-euro-extra-fuer-den-doktor-1858134.html

79 Correctiv: Euros für Ärzte: Die Scheinforscher; im Internet (01.06.2016) unter www.correctiv.org/recherchen/euros-fuer-aerzte/artikel/2016/03/09/die-schein-forsche/

80 Correctiv: Euros für Ärzte. Datenbank https://correctiv.org/recherchen/euros-fuer-aerzte/datenbank/

81 Correctiv: Euros für Ärzte: Die Scheinforscher; im Internet (01.06.2016) unter www.correctiv.org/recherchen/euros-fuer-aerzte/artikel/2016/03/09/die-schein-forscher/

82 Datenbank des Paul Ehrlich Instituts zu Anwendungsbeobachtungen; im Internet (01.06.2016) unter www.pei.de/DE/infos/pu/genehmigung-klinische-pruefung/anwendungsbeobachtungen/awb-datenbank-pei/awb-datenbank-node.html

83 Correctiv: Die Daten hinter Euros für Ärzte, https://correctiv.org/recherchen/euros-fuer-aerzte/artikel/2016/03/21/die-daten-hinter-euros-fuer-aerzte/

84 KVWL: Bekanntgabe der Orientierungsfallwerte; im Internet (01.06.2016) unter www.kvwl.de/arzt/abrechnung/honorar/orientierung_2016_1.pdf

85 Lauterbach K: Die Krebsindustrie. Wie eine Krankheit Deutschland erobert. Rowohlt 2015

86 Zentrum der Gesundheit: Seehofer über die Pharmalobby; im Internet (01.06.2016) unter www.zentrum-der-gesundheit.de/pharmalobby-ia.html

87 *Der Spiegel* vom 21.01.2010: IQWiG-Chef Sawicki: Oberster Arzneimittelprüfer muss gehen; im Internet (01.06.2016) unter www.spiegel.de/wissenschaft/medizin/iqwig-chef-sawicki-oberster-arzneimittelpruefer-muss-gehen-a-673239.html

88 Grill M: Affären. Operation Hippokrates. *Der Spiegel* 11/2010; im Internet (01.06.2016) unter www.spiegel.de/spiegel/a-683761.html

89 Bussmann KD: Unzulässige Zusammenarbeit im Gesundheitswesen durch »Zuweisung gegen Entgelt«; im Internet (01. 06. 2016) unter www. gkv-spitzenverband. de/media/ dokumente/presse/pressekonferenzen _ gespraeche/2012 _ 2/ 120522 _ zuweisungen _ gegen _ entgelt/PK _ Studie _ Fehlverhalten _ 20120522 _ Kurz fassung _ 19733. pdf

90 *Bild-Zeitung* vom 22. 05. 2012: Jede 4. Klinik zahlt Ärzten »FangPrämie« für Patienten; im Internet (01. 06. 2016) unter www. bild. de/geld/wirtschaft/gesundheitswesen/schock-studie-patienten-handel-jede-4-klinik-zahlt-aerzten-fangpraemien-fuer-patienten-24258156. bild. html

91 *Handelsblatt* vom 02. 02. 2011: Deutschland ist Weltmeister bei Kernspinuntersuchungen; im Internet (01. 06. 2016) unter www. genios. de/presse-archiv/artikel/HB/20110202/deutsch land-ist-weltmeister-bei-ker/021102367. html

92 Heier M: Gefährliche Überdosis. Die Zeit vom 26. 05. 2011; im Internet (01. 06. 2016) unter www. zeit. de/2011/22/Kostenfaktor-Mensch

93 Vorsicht Operation: Das Informationsportal für eine bessere Gesundheit; im Internet (01. 06. 2016) unter www. vorsicht-operation. de

94 Sihvonen R, Paavola M, Malmivaara A, Itälä A, Joukainen A, Nurmi H, Kalske J, Järvinen TL: Arthroscopic partial meniscectomy versus sham surgery for a degenerative meniscal tear. N Engl J Med. 2013 Dec 26;369(26):2515 – 24. doi: 10. 1056/NEJMoa1305189; im Internet (01. 06. 2016)

unter www.nejm.org/doi/full/10.1056/NEJMoa-1305189

95 ARD Monitor Nr. 634 vom 24.05.2012

96 Barmer GEK Report Krankenhaus 2015; presse.barmer-gek. de/barmer/web/Portale/Presseportal/Subportal/Presseinformationen/Archiv/2015/150721-Report-Krankenhaus/PDF-Pressemappe-Report-Krankenhaus-2015, property = Data.pdf

97 Landgericht Hamburg verurteilt niedergelassenen Arzt und Pharmareferentin wegen Bestechlichkeit bzw. Bestechung gem. § 299 StGB, fachanwaelte-strafrecht-potsdamer-platz. de/de/news/arztstrafrecht-medizinstrafrecht/133-landgericht-hamburg-verurteilt-niedergelassenen-arzt-und-pharmareferentin-wegen-bestechlichkeit-bzw-bestechung-gem-299-stgb

98 *Die Welt* vom 22.05.2013: Staatsanwalt stellt Ratiopharm-Ermittlungen ein; im Internet (01.06.2016) unter www.welt.de/regionales/stuttgart/article116431223/Staatsanwalt-stellt-Ratiopharm-Ermittlungen-ein.html

99 Matter-Walstra KW, Achermann R, Rapold R, Klingbiel D, Bordoni A, Dehler S, Jundt G, Konzelmann I, Clough-Gorr KM, Szucs TD, Schwenkglenks M, Pestalozzi BC: Delivery of health care at the end of life in cancer patients of four swiss cantons: a retrospective database study (SAKK 89/09). BMC Cancer. 2014 May 1;14:306. doi:10.1186/1471-2407-14-306.

100 Heier M: Gefährliche Überdosis. Die Zeit vom 26.05.2011; im Internet (01.06.2016) unter www.zeit.de/2011/22/Kostenfaktor-Mensch

101 Bertelsmannstiftung: Faktencheck Gesundheit: Können Mä-

nner sich den PSA-Test sparen?; faktencheck-gesundheit. de/de/videos/mid/faktencheck-gesundheit-mit-e-von-hirsch-h-ausen-koennen-maenner-sich-den-psa-test-sparen/

102 Correctiv (2016): Die Unheiler; im Internet (01.06.2016) unter www. correctiv. org/recherchen/stories/2015/12/18/alternativmedizin-krebs-leben-der-patienten-gefaehrdet/

103 BGH, Beschl. v. 29.03.2012, Az. GSSt 2/11. openjur. de/u/428459. html

104 ARD vom 18.02.2016: Die Krebsmafia. Korruption bei Chemotherapie; daserste. ndr. de/panorama/archiv/2016/Die-Krebsmafia-Korruption-bei-Chemotherapie, antikorruptionsgesetz100. html

14 死亡延期联盟

1 Reichsgerichtshof vom 31.05.1894, RGSt 25,375,381

2 Hoppe JD: Grundsätze der Bundesärztekammer zur ärztlichen Sterbebegleitung. Dt. Ärzteblatt 108(2011)A346; im Internet (01.06.2016) unter www. bundesaerztekammer. de/filead-min/user _ upload/downloads/Sterbebegleitung _ 17022011. pdf

15 展望，或者希望

1 Wolfson D, Santa J, Slass L: Engaging physicians and consumers in conversations about treatment overuse and waste: a short history of the choosing wisely campaign. Act Med 2014;89:990-5

2 Osterloh, F: Nutzenbewertung. G-BA folgt oft der Ansicht der Ärzteschaft. Dt. Ärzteblatt 113(2016)A810; im Internet (01.06.2016) unter www.aerzteblatt.de/archiv/177836

3 Klingler C, In der Schmitten J, Marckmann G: Does facilitated Advance Care Planning reduce the costs of care near the end of life? Systematic review and ethical considerations. Palliative Medicine 2016, Vol.30(5) 423 - 433

4 Gläske G, Höffken K, Ludwig WD, Schrappe M, Weißbach L, Wille E: Sicherstellung einer effizienten Arzneimittelversorgung in der Onkologie. Gutachten im Auftrag des Bundesministeriums für Gesundheit. Bremen, August 2010; im Internet (01.06.2016) unter www.bmg.bund.de/fileadmin/ redaktion/pdf_allgemein/Gutachten_Sicher-stell-ung_einer_ effizienten_Arzneimittelversorgung_in_der_On-kologie.pdf

5 Loeb S, Bjurlin MA, Nicholson J et al.: Overdiagnosis and overt-reatment of prostate cancer. Eur Urol 2014;65:1046 - 55

6 Herden J, Ansmann L, Ernstmann N, Schnell D, Weißbach L: Therapie des lokal begrenzten Prostatakarzinoms im deutschen Versorgungsalltag. Dtsch Arztebl Int 2016;113(19): 329 - 36; doi:10.3238/arztebl.2016.0329; im Internet (Zugriff am 01.06.2016) unter www.aerzteblatt.de/archiv/178781

7 Lauterbach K: Die Krebsindustrie. Wie eine Krankheit Deutschland erobert. Rowohlt 2015

8 IDR: Neue Einrichtung der Palliativmedizin im Ruhrgebiet; im Internet (01.06.2016) unter www.informationsdienst. ruhr/archiv/detail/archiv/2006/november/artikel/neue-ein-

richtungen-der-palliativ-medizin-im-ruhrgebiet. html

9 Schäfer T, Zenz M, Thöns M: Spezialisierte palliativärztliche Patientenversorgung durch das Palliativnetz Bochum e. V. Der Schmerz 23 (2009) 518 – 522; www-brs. ub. ruhr-uni-bochum. de/netahtml/HSS/Diss/SchaeferTorsten/diss. pdf

10 Geck M, Krabbe F: Zu Hause angstfrei sterben. In: Gesundheit und Gesellschaft 2/2014, S. 20 – 21

11 CNN vom 11. 07. 2015: Patients give horror stories as cancer doctor gets 45 years; edition. cnn. com/2015/07/10/us/michigan-cancer-doctor-sentenced/

12 BGH-Urteil vom 25. 6. 2010 – 2 StR 454/09, BGH-Beschluss vom 8. 6. 2005 – XII ZR 177/03, BGH 2003, BGH 2005

13 *Die Zeit*: Ich hasse den Tod. 07. 06. 2007; im Internet (01. 06. 2016) unter www. zeit. de/2007/24/Bruno-Reichart

14 Thom (2015): Die orthopädische Zweitmeinung vermeidet 60 Prozent aller geplanten Operationen; im Internet (01. 06. 2016) unter www. krankenkassen-direkt. de/news/mitteilung/Deutsche-BKK-Die-orthopaedische-Zweitmeinung-vermeidet-60-Prozent-aller-geplanten-Operationen-948352. html

15 Blech J: Schattenseite der Medizin. *Der Spiegel* vom 29. 08. 2005; im Internet (01. 06. 2016) unter www. spiegel. de/spiegel/print/d-41583134. html

16 Periyakoil VS, Neri E, Fong A, Kraemer H: Do unto others: doctors'personal end-of-life resuscitation preferences and their attitudes toward advance directives. PLoS One. 2014 May 28; 9 (5): e98246. doi: 10. 1371/journal. pone.

0098246. eCollection 2014

17 Blecker S, Johnson NJ, Altekruse S, Horwitz LI: Association of Occupation as a Physician With Likelihood of Dying in a Hospital. JAMA. 2016 Jan 19;315(3):301 – 3. doi:10.1001/jama.2015.16976.

18 Weissman JS, Cooper Z, Hyder JA, Lipsitz S, Jiang W, Zinner MJ, Prigerson HG: End-of-Life Care Intensity for Physicians, Lawyers, and the General Population. JAMA. 2016 Jan 19; 315 (3): 303 – 5. doi: 10. 1001/jama. 2015.17408.

19 Bosch BKK: Zweitmeinungsprogramm; im Internet (01.06.2016) unter www.bosch-bkk.de/media/bkk_medien/50_service/20_formulare_und_infomaterial/10_kranken_und_pflegeversicherung/Beileger_Zweitmeinungspro-gramm.pdf

20 Gesundheitsstadt Berlin: Viele Patienten kennen Recht auf Zweitmeinung nicht; im Internet (01.06.2016) unter www.gesundheitsstadt-berlin.de/viele-patienten-kennen-recht-auf-zweitmeinung-nicht-5214/

21 Transplantationsgesetz vom 09.08.2013; im Internet (01.06.2016) unter www.organspende-info.de/sites/all/fi les/files/Gesetzestext%20Transplantationsgesetz-09_08_13-aktuell.pdf

附录二 德国联邦议院法律事务和消费者保护委员会的书面声明

1 Schildmann J, Dahmen B, Vollmann J (2014): Ärztliche

Handlungspraxis am Lebensende. Ergebnisse einer Querschnittsumfrage unter Ärzten in Deutschland. Dtsch Med Wochenschr; doi:10.1055/s-0034-1387410

2 DGHO: Stellungnahme der DGHO zur Sterbehilfe-Debatte; im Internet (01.06.2016) unter www.dgho.de/informationen/nachrichten/stellungnahme-der-dgho-zur-sterbehilfe-debatte

3 Thöns M, Wagner M, Holtappels P, Lux EA: Assistierter Suizid-wie ist die Meinung von Palliativexperten. Der Niedergelassene Arzt 01/2015

4 Zenz J, Tryba M, Zenz M (2015): Tötung auf Verlangen und assistierter Suizid. Einstellung von Ärzten und Pflegekräften. Schmerz 29: 211-216

5 *Tages-Anzeiger*; im Internet (01.06.2016) unter www.tagesanzeiger.ch/schweiz/standard/Frauen-greifen-zum-Gift-Maenner-erhaengen-sich/story/17894659

6 Inaugural-Dissertation Thomas Sitte 2015

7 Statistik Dignitas bis 2014: Freitodbegleitungen nach Jahr und Wohnsitz; dignitas.ch/images/stories/pdf/statistik-ftb-jahr-wohnsitz-1998-2014.pdf

8 Jaspers B (2011): Ethische Entscheidungen am Lebensende bei Palliativpatienten in Deutschland-Eine prospektive Untersuchung anhand von Daten aus der Kerndokumentation 2005 und 2006. Inaugural-Dissertation, Aachen

9 Deutsche Palliativstiftung: Statt »Sterbehilfe« -Palliativversorgung ist gelebte Suizidprävention; im Internet (01.06.2016)

unter www.presseportal.de/pm/115105/3034457

10 Müller-Busch HC: Terminale Sedierung. Ethik Med. 16 (2004) 369. Beck D: Ist terminale Sedierung medizinisch sinnvoll oder ersetzbar? Ethik Med. 16(2004)334

11 Thöns M, Wagner M, Holtappels P, Lux EA: Assistierter Suizid-wie ist die Meinung von Palliativexperten. Der Niedergelassene Arzt 01/2015

12 Minelli LA: Wie wollen wir sterben. Vortrag Oldenburger Kulturzentrum 23.01.2015; im Internet (01.06.2016) unter www.palliativstift ung.de/fileadmin/user_upload/PDF/2015-01-30_dignitas_referat-wie-wollen-wir-sterben-oldenb-urg-23 012015.pdf

13 Die Welt; im Internet (01.06.2016) unter www.welt.de/politik/deutschland/article127925742/Totschlag-Anklage-gegen-Sterbehelfer-Kusch.html

14 Gamondi et al: Legalisation of assisted suicide: a safeguard to euthanasia? Lancet 2014

15 Lebensschutz in Rheinand-Pfalz; im Internet (01.06.2016) unter www.cdl-rlp.de/Unsere_Arbeit/Sterbehilfe/Ster-behilfe-in-den-USA.html

16 Ganzini L, Nelsen HD, Lee MA et al. (2001): Oregon Physicians' Attitudes About and Experiences With End-of-Life Care Since Passage of the Oregon Death with Dignity Act. JAMA 285(18):2363-2369

17 *Donaukurier*; im Internet (01.06.2016) unter www.donaukurier.de/nachrichten/topnews/USA-Sterbehilfe-Kali-

fornien-vor-Legalisierung-der-Sterbehilfe;art154776,3119625

18 Damuth E, Mitchell JA, Bartock JL, Roberts BW, Trzeciak S: Long – 327 term survival of critically ill patients treated with prolonged mechanical ventilation: a systematic review and meta-analysis. Lancet Respir Med. 2015

19 *Der Bund*; im Internet (01.06.2016) unter www.derbund.ch/panorama/vermischtes/Kanada-legalisiert-Sterbehilfe/story/22754358

20 *Die Welt*; im Internet (01.06.2016) unter www.welt.de/politik/deutschland/article145642944/Neuen-Sterbehilfe-Regeln-droht-Aus-in-Karlsruhe.html

21 Wefelscheid R: Polizei und Palliativmedizin. Palliativforum Ruhr 15.03.2014, Witten

22 Fiedler G: Nationales Suizidpräventionsprogramm für Deutschland 2013; im Internet (01.06.2016) unter www.naspro.de/dl/Suizidzahlen2013.pdf

23 Jox R (2015): Tagungsbeitrag bei »Assistierter Suizid-Der Stand der Wissenschaft«. Berlin 2015; deutsches-stiftungszentrum.de/aktuelles/2015_06_15_assistierter_suizid/index.html

24 Ebd.; deutsches-stift ungszentrum.de/aktuelles/2015_06_15_assis tierter_suizid/index.html

25 Feuerwehr: Neue »Mode« -Gefährliche Suizide; im Internet (01.06.2016) unter www.feuerwehr-ub.de/neue-%E2%80%9Emode%E2%80%9C-gef%C3%A4hrliche-suizide

26 BGH vom 04.07.1984 (Az.3 StR 96/84)

Author：Dr. Matthias Thöns
Title：Patient ohne Verfügung：Das Geschäft mit dem Lebensende
Copyright © 2016 Piper Verlag GmbH，München/Berlin

Chinese language edition arranged through HERCULES Business & Culture GmbH, Germany

Simplified Chinese edition copyright：
2024 © SHANGHAI TRANSLATION PUBLISHING HOUSE (STPH)
All rights reserved.

图字：09-2023-0621号

图书在版编目（CIP）数据

临终困局/（德）马蒂亚斯·特恩斯著；王硕译
.—上海：上海译文出版社，2024.4
（译文纪实）
ISBN 978-7-5327-9401-0

Ⅰ.①临… Ⅱ.①马…②王… Ⅲ.①纪实文学—德国—现代 Ⅳ.①I516.55

中国国家版本馆 CIP 数据核字(2024)第 019786 号

临终困局
[德] 马蒂亚斯·特恩斯 著　　王硕 译
责任编辑/李欣祯　装帧设计/邵旻　观止堂_未氓

上海译文出版社有限公司出版、发行
网址：www.yiwen.com.cn
201101　上海市闵行区号景路159弄B座
山东韵杰文化科技有限公司印刷

开本 890×1240　1/32　印张　插页2　字数 202,000
2024年4月第1版　2024年4月第1次印刷
印数：0,001—8,000册

ISBN 978-7-5327-9401-0/I·5874
定价：58.00元

本书中文简体字专有出版权归本社独家所有，非经本社同意不得转载、摘编或复制
如有严重质量问题，请与承印厂质量科联系。T：0533-8510898